숲에서
숲으로

숲에서
숲으로

숲속 생명의 소리를 듣다

김담

아마존의나비

차례

숲에서 이어진 마을

봄의 기별, 경칩 _ 18

사라지고 없는 것들 _ 25

찔레꽃머리 _ 32

영산홍 _ 39

부들은 부들부들 _ 45

죽음은 영영 말해질 수 없는 것일지라도 _ 51

그리움의 출처 _ 60

선유담을 둘러보다 _ 68

산불이 휩쓸고 가다 _ 76

봉숭아 물들이기 _ 86

숲은 숨일지니 _ 93

은행나무 이야기 _ 99

도둑눈이 내리면 _ 106

숲의 선물

움트는 봄 _ 124

장끼와 까투리 _ 132

진달래꽃을 따러 _ 138

생강나무 꽃차를 만들다 _ 144

참나무 그늘에 돋은 천마 _ 151

버섯 철이 왔지만 _ 158

야생화를 만나는 기쁨 _ 165

수타사 터를 다녀오며 _ 172

파랑새를 보았네 _ 178

금꿩의다리 꽃을 만난 날 _ 186

꽃 진 자리마다 벌들이 잉잉 _ 192

싸리나무 물드는 동안 _ 200

모두 다 사라진 것은 아닌 달 _ 207

상수리는 도토리 _ 215

노루궁뎅이버섯이라고 발음하는 순간 _ 224

흰꼬리수리의 방문 _ 232

더불어 살아가려면

고양이와 발발이 _ 258

멧돼지와 고라니 _ 265

애완, 반려, 가축 _ 271

원앙 한 쌍 _ 278

동지 무렵 마을 풍경 _ 284

다시 노루를 보다 _ 292

운봉산을 오르내리며 _ 298

오디는 오달지다 _ 308

숲을 알 수 있는 날이 올까 _ 315

죄 없는 동물들의 수난 _ 321

조롱이 날다 _ 327

지구에 사는 인간의 예의

불볕더위가 빚어낸 풍경 _ 356

새삼과 칡덩굴 _ 366

부엉과 우엉 _ 372

'최후의 날 저장고'의 침수 _ 379

작가의 말 _ 403

숲에서
이어진 마을

목련

찔레꽃

애기나리 / 배초향과 쑥부쟁이

오동나무 꽃 / 삼지구엽초 꽃

각시붓꽃

개미취 / 복수초

감자꽃

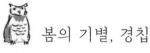 봄의 기별, 경칩

아픈 노루였다. 볕이 든 어느 하루, 대룡골 뿌다구니 기스락을 휘 돌아가던 길이었다. 바스락거리는 소리에 걸음을 멈추고 고개를 들었다. 하얀 엉덩이를 내게 돌린 채 노루는 몇 걸음 걷지 못하고 또 멈춰 서서 뒤를 돌아다보았다. 경중경중 냅뛰어도 시원찮을 판에 봉충 걸음이었다. 가만히 서서 지켜보았다. 노루궁뎅이버섯처럼 하얀 엉덩이가 눈앞에서 겨우겨우 사라졌다. 노루가 향하던 골짜기에는 여태도 눈이 앞뒤 첩첩 쌓여 있었다. 멀리 가지 못했을 테지만 그만 돌아섰다. 무릎을 넘게 내린 눈 때문에 노루와 고라니들이 골짜기 아래로 내려왔다는 소식을 들은 뒤였다. 마을 한가운데서도 심심찮게 눈 속에 빠져 가까스로 몸을 움직이는 고라니들을 보았다.

사무원처럼 겨우내 소설을 썼다. 소설을 쓰는 중에도 눈은 내려 쌓였다. 하루 이틀, 길어야 삼사일일 것이라고 여겼던 눈은 보름을 넘게 지지하면서도 거세차게 노박이로 내렸다. 낡은 창고와 비닐하우스들이 힘없이 무너져 내렸고 눈 속에 갇힌 개들은 빳빳이 굶어야 했다.

크고 작은 길에 굴착기와 트랙터가 동원되어 쇠눈은 굴착기가, 묵은 눈은 트랙터가 밀었다. 어느 하루 예닐곱 명의 병사들이 독거노인들이 사는 집 지붕에 올랐다. 두서너 집을 방문한 병사들은 장마철에 여우볕처럼 마을을 떠났다. 독거노인들은 눈을 치우는 일에 진저리를 쳤다. 물먹은 눈 한 삽은 천근 무게였다. 마을 밖에 사는 자식들은 고작 전화질뿐이라고 홀로 사는 노인들은 고까워했다.

처음부터 눈은 무릎을 넘어 숫눈도 밟지 못하고 한껏 길을 낸 큰길을 따라 어정어정, 동네를 한 바퀴씩 돌곤 했다. 눈이 올 때도 여우볕이 잠깐 날 때도 큰길을 따라 뺑뺑맸다. 홀로 사시는 노인이 계시는 집 앞에서는 눈도 두어 삽 거들어 치우고 안부도 여쭈며 잠시 잠깐 머물렀다. 큰길에서 집에 이르는 골목은 청장년들이 트랙터로 돌며 눈을 치웠다. 노인들은 퍽 고마워했다. 하루에 보통 트랙터 예닐곱 대가 돌아다녔다. 볕이 들면 눈에 띄게 푹푹 녹아들어가는 눈더미를 아쉬워하는 동안 어른들은 감자 농사를 근심했다. 큰길과 지붕 위에 무젖은 눈은 지시랑물과 눈석임물을 만들면서 끊임없이 흘렀지만 언제나 그 자리인 듯 동네를 한 바퀴 돌고 나면 신발이 추근추근했다.

아무개 씨가 도시로 가면서 시추 목줄을 풀어놓았다. 아무개 씨는 이따금 이곳에 와서 며칠씩 머물다 도시로 돌아가곤 했다. 시추는 빌어먹는 개가 되어 천지 사방 밥 동냥을 다니는 것도 모자라 아무 곳에나 똥을 싸 놓을 뿐 아니라 어느 집에서는 신발을 물어가는

바람에 원성을 샀다. 이웃집 어느 아저씨는 시추 목덜미를 잡고서는 눈더미 속에 파묻는 시늉을 할 정도였다. 우리 집 둘레를 오고가면서 눈 속을 나다니는 것을 싫어하는 도둑고양이를 위해 일부러 내놓은 먹이를 훔쳐 먹다 들키는 일도 잦았다. 차마 무어라 하지 못하고 모르는 척했다. 말 못 하는 짐승이 무슨 죄인가 싶어서였다. 눈이 내려 쌓이는 동안 목줄을 풀어놓은 풍산개들은 주인을 따라 큰 산을 오르내렸고 한때 반려견이었을 시추는 밥 동냥을 다니는 눈치꾼이 되었다.

큰 산 너머에 산양이 살고 있다는 소식을 전해준 약초꾼은 멧돼지들 안부를 궁금해 하는 내게 걱정하지 말라는 투로 큰 눈이 내려 쌓이면 멧돼지들은 솔수펑이로 모여든다고 일러주었다. 고라니와 노루가 먹이를 찾아 골짜기 아래로 내려와 모여드는 것과 달리 솔수펑이에 모여든 멧돼지들은 거의 움직이지 않는다고 했다. 뿔 달린 수노루와 하얀 궁둥이를 보고 싶다는 내게 마을 이장은 트랙터에 태워 구경시켜주겠다고 제안했지만 군부대를 통과해서 건봉사로 가는 군도(軍道/郡道)는 트랙터로도 눈 치우는 일이 어렵다는 이야기를 듣고서는 그만 아쉽게 그 제안을 물리고 말았다. 어릴 적엔 눈이 내리면 신작로 눈을 치우는 일에 군인들을 동원하는 일이 다반사였으나 이즘은 군부대 초소조차 눈을 치우지 않아서 마을 주민들은 고개를 갸웃거렸다.

바닷가에서는 며느리를 울렸다는 붉은 숭어가 밥상에 오르고 산

마을에서는 한창 고로쇠 물을 받을 철이었다. 설 지난 뒤 곧바로 고로쇠나무에 물 받을 구멍을 뚫었으나 눈에 길이 막혔으며 며칠 눈이 반짝 그친 날 번갯불에 콩 볶아 먹을 만큼 급한 성질을 가진 또 다른 이가 큰 산으로 들어갔으나 또다시 큰 눈이 내리고 말았다. 소나무 우듬지에서는 풀썩풀썩 눈무지가 눈갈기를 일으키며 내리쏟아졌다. 그 순간, 산 너머 어딘가로 달려가는 말발굽소리가 우렁찼다. 산 기스락은 숲으로 돌아갔으리라고 여겼던 멧짐승들 발자국들로 다시 또 어지러워졌다. 눈무지 속에서 오도 가도 못하고 우두커니 섰던 어린 고라니는 가까스로 소나무 그늘 아래로 들어섰다. 그 곁을 오르내리던 멧새 무리는 떼로 몰려다니며 벚나무 씨눈을 쪼아댔다.

그쳤던 눈이 다시 소나기눈이 되어 쏟아지던 날 아침, 어머니 목소리로 집 안팎이 들먹들먹 야단이 났다. 마당에는 눈이 한 자는 더 쌓여 있었으나 출입문 옆에 기대 세워 놓은 넉가래가 온데간데없어진 때문이었다. 좀처럼 큰소리를 내지 않는 어머니 음성이 사나웠다. 헛간에서 꺼내놓았다는 아버지 말씀은 아무런 위안이 되지 못했다. 어머니는 눈 위에 오고간 큰 장화 발자국을 따라 나섰고 이웃집 아저씨께서도 곁을 달았다. 넉가래 하나 때문이라는 사실에 조금 놀랍기도 하고 우습기도 했지만 어머니 화는 좀처럼 숙지지 않았다. 구두덜거리던 어머니는 여러 곳에 전화를 걸었고 마침내 넉가래를 말없이 가져간 사람을 찾았다. 곁에서 '죽고 사는 일'이냐고 했더니 '그럼 아니냐고, 제 급한 것만 급한 것이냐고', 어머니는 목청을 돋웠다. 한마디 말이었으면 되었을 것을.

　버들개지 피어나는 개울가 한가운데만 기껏 흐르던 개울물이 눈석임물로 그들먹해지면서 한껏 영롱해졌으며 눈더미에 깔려 가뭇없이 사라졌던 대숲에 대나무들도 우수수 눈을 털어내며 몸을 일으켜 세웠다. 전봇대에서 전봇대로 어느 한순간 숲정이로 사라지는 말똥가리를 눈여겨보는 일은 자못 즐거웠다. 한동안 만날 수 없었던 새였으나 언제부턴가 소나기눈이 내린 뒤 눈에 띄기 시작했다. 멧새와 박새 떼는 덤불숲에서 왁자글왁자글 북새를 놓았다. 발을 두어 번만 굴러도 새까맣게 날아올랐다. 반가움에 겨운 인사라는 것을 알 턱이 없을 것이겠으나 그렇게 실없이 놀았다. 직박구리 시끄러운 틈 사이로 낯선 새 한두 마리 찾아들었으나 이튿날이면 가뭇없이 사라져버리곤 했다. 길을 잃은 새였는지 아니면 무리를 떠나온 새였는지 꼭 그렇게 한 마리씩 나타났다 사라졌다.

북녘 어디에선가는 패름이 돌며 나뭇가지에 물오르고 남녘 어디에서는 동백에 바람꽃이 한창 피어날 것이겠으나 우리 동네 앞, 뒷산은 여태도 눈이 첩첩했다. 큰 눈이 내려 쌓이면서 큰 산 마루와 골짜기는 살아 있는 오롯한 짐승이었다. 금방이라도 남녘으로 치달을 듯 호흡이 거칠었다. 응달진 곳과 구석진 곳에는 묵은눈 위에 또다시 눈이 답쌓여 발을 디딜 수 없이 깊었다. 개구리 울음소리가 천지간을 진동시켜야 할 경칩에 눈바람만 마을에 가득했다. 별든 날 응달 곰처럼 별바른 곳 눈 녹은 자리를 찾아 엉성드뭇하게 봄나물을 캐던 노인은 백수십 년 만이라는 폭설에 쫓겨 눈 속에 다시 발이 묶였다.

나가지 못하는 걸음들은 주춤주춤 마을회관으로 모여들었다. 폭설 한가운데 이웃 마을에서 발생한 늙은이들 사고 소식은 소용돌이치듯 잠시 마을에 머물다 떠났다. 어떤 것도 예비할 수 없었고 또 어떤 것도 예단할 수 없었다. 이웃이 사촌보다 낫다는 말도 어쩌면 옛말일는지도 몰랐다. 끼리끼리 어울린다는 말은 이미 배제와 소외의 다른 이름이었다. 마을 공동체라는 말 또한 이제는 영영 다시 돌아갈 수 없는 '희미한 옛사랑의 그림자'인지도. 눈석임물은 까투리 까투리 얼었다. 경칩이었다.

사라지고 없는 것들

언 땅 위로 부슬부슬 비가 내렸다. 잔설이 남아 있는 응달진 논길을 제겨디디며 길섶 비탈에 있는 생강나무를 건너다봤다. 새끼손톱만 한 겨울눈이 금방이라도 꽃을 피울 듯 붉었으며 귀룽나무도 겨울눈이 뾰족하니 부풀어 올랐다. 이른봄 싹을 틔우는 괴불주머니도 올라왔고 민들레도 꽃을 피웠다. 지금은 음력 섣달이고 겨울 가운데 가장 춥다는 소한(小寒)이었다. 꾸어다가도 하는 게 소한 추위라고, 소한 추위에 장독이 얼어 터진다고 어릴 때부터 어머니한테 들어왔던 말이 싱거울 지경이었다.

지난 연말 소나기눈으로 나부랑납작해졌던 대숲이 다시 빳빳하게 키를 세웠다. 소나기눈은 낮 동안 가랑비로, 진눈깨비로 흩날리더니 해거름이 되자 소나기눈이 되어 줄기차게 쏟아져 내렸다. 눈석임물이 흐르면서 눈이 내렸는데도 쌓인 눈이 무릎을 넘었다. 그러나 눈더미에 묻혀 흔적조차 없었던 마른 갈대와 억새, 쑥대궁을 비롯한 키 작은 풀들은 어느 하루 볕이 뜨겁던 날 슬그머니 허리를 일으켰으며 발디딜 틈 없이 빽빽했던 수풀은 그 사이 헤싱헤싱해졌다.

눈 속에 묻힌 뒤 새떼들이 사라진 마을은 무서울 정도로 휘휘했다. 참새떼들마저 모습을 보기 어려웠다. 그러나 눈더미가 감쪽같이 녹아내리자 저물녘이면 대숲에서 분주탕이었던 물까치 떼가 갑작스레 나타났고 찔레덩굴에 깃들어 살던 노랑턱멧새 떼도 돌아왔다. 역시나 왁자지껄 도깨비시장이 되었다. 고운 깃털을 가진 물까치 떼는 어치나 직박구리만큼 듣그럽게 울었다. 가슴을 쥐어짜듯 울어대는 소리를 듣고 있노라면 머리가 찌글찌글해지고 서둘러 자리를 뜨고 싶어졌다.

개울에서 시적시적 큰 걸음을 옮기곤 하던 백로도 돌아왔다. 눈이 쌓이면 홀연히 눈앞에서 사라졌다가 눈이 녹아 없어지면 어김없이 돌아와 노량으로 강물을 헤집었다. 여름이면 앞산 솔수펑이에 떼를 지어 살곤 하던 백로 떼와 다르게 마을 개울에 나타나는 백로는 매번 혼자였다. 한수산의 소설 『군함도』를 읽다 문맥상으로 분명 백로여야 하는데 책에는 해오라기로 되어 있어 고개를 갸웃거렸다. 뒤에야 노인들은 백로를 해오라기라고도 부른다는 것을 알았다.

마을이 눈더미에 갇혀 지내는 동안 노름판이, 술판이 벌어졌다는 소식이 흘러넘쳤다. 마을 회관에서는 노인들이 하루 종일 십 원 내기 화투판을 벌이며 음식을 나눠 먹었고 젊은 패들은 토끼 고기를 안주로 술잔을 기울였다. 혼자 사는 노인은 혼자서, 부부가 함께 사는 경우는 또 부부가 짝을 지어 아침이면 메뚜기 떼처럼 마을회관으로 모여들었고 저녁이면 콩알들처럼 흩어졌다. 무료할 만큼 한갓진 겨울을 지내는 방편이었다. 이곳 겨울은 말 그대로 농한기였고 기껏 축사에 소여물을 주는 정도였다.

겨울잠을 자야 하는 개구리들 소식 또한 뜸했다. 기후 때문인지를 놓고 갑론을박이 한창이었다. 어릴 때는 개울물 속 돌멩이, 바윗돌 아래 숨어들어 잠을 자는 개구리들을 들깨워 화톳불에 구웠다. 알가지라고 부르던 암컷 개구리는 새까만 알이 그득했고 쫀득쫀득했다. 새끼손가락 한마디만 한 다리 또한 졸깃졸깃했다. 수컷 개구리는 먹을게 보잘것없어 외면했다. 온몸이 춥고 시려도 그쯤은 아무것도 아니었다. 노느라고 방학 숙제를 할 짬이 없었다.

비 오시는 저녁 무렵 논들은 쓸쓸할 만큼 조용했다. 손에 든 우산을 이리저리 빙글빙글 돌렸다. 후드득후드득 빗방울들이 사방으로 흩어졌다. 우산은 지팡이만큼 길었다. 긴 우산을 볼 때마다 영국에서 살해된 불가리아 작가를 떠올리곤 했다. '마르코프'는 아주까리 열매에

서 추출한 '리신'에 의해 죽었으나 이 사건을 흔히들 '우산 암살'로 불렀다. 범인이 누구인지 짐작은 하나 물증은 없는, 영구 미제로 남은 사건이었다. 소련 케이지비와 불가리아 공산당이 합작했을 것이라는.

우산과 씨앗이 계속 머릿속을 맴돌았던 까닭은 '벼'와 '쌀'을 구분하지 않았던 어떤 문장 때문이었다. 씨앗에 관한 책이었고, 문맥으로 보면 벼나 볍씨로 번역했어야 할 단어를 쌀알, 또는 쌀로 번역을 했기 때문이었다. 씨, 씨앗, 종자(種子)라면 벼나 볍씨여야 했다. 쌀은 벼의 껍질을 쓿은 또는 찧은 것을 이른다. 그리하여 벼는 쌀이 되고, 조와 수수 또는 옥수수들은 좁쌀과 수수쌀, 옥수수쌀이 되는 것이다. 그러므로 쌀은, 쌀알은 씨앗이 될 수 없었다. 싹을 틔울 수 없기 때문이다. 또 다른 음식 이름을 다룬 책에서는 '모를 찌다'라고 해야 할 것을 '모를 찧다'라고 했다. 책을 덮었다.

마을에 있던 물레방아와 디딜방아가 흔적 없이 사라졌고 집에 있던 절구와 맷돌이 자취를 감추었다. 커다란 통나무를 깎아 만든 절구와 절굿공이가 먼저 땔감으로 없어지고 맷돌은 짝을 잃은 채 담 아래 버려졌다. 도구와 농기구가 먼저 사라지고 그 다음 그것을 가리키던 말이 시나브로 자취를 감추었다. 흔히 방앗간이라고 불렸던 곳은 이제 정미소가 되었고 정미소에 가는 일이 불편해진 농가에서는 작은 정미기계를 들여놓았다. 길섶에 조를 심은 이웃집 노인은 절구가 아닌 믹서(mixer)로 조 껍질을 벗겨 서너 되의 좁쌀을 얻었다.

논밭에 모를 심기 전 또는 작물을 심기 전 단단한 흙을 부수거나 갈 때 그리고 땅을 평평하게 고르는 것을 '로타리 친다'고 한다. 이때 '로타리'라는 단어 속에는 '써레'와 '번지'라고 하는 농기구와 '써레질' 또는 '번지질'이라고 농사 용어가 함께 들어 있다. 이 써레질과 번지질을 한데 모아 '논을 삶는다'라고 하고 '로타리(rotary) 친다'는 용어는 경운기와 트랙터가 등장하면서 함께 온 용어로 논밭의 흙을 갈아엎고 바닥을 평평하게 고르는 것을 가리킨다. 트랙터에 연결하여 사용하는, 써레 역할을 하는 작업 도구는 통칭 '로터베이터(rotavator)'라고 하지만 그냥 로타리라고 부른다.

이 로터리가 써레와 번지의 역할을 다하는 것이 아니고 따로 또 '번지'라고 하는 작업 도구가 있다. 이 번지 역할을 하는 작업 도구를 농민들은 그저 '오리발'이나 '번지날' 이라고 부른다. 나무로 된 '써레'와 '번지' 또는 '나래'가 쇠로 된 '로터베이터'로 바뀔 때 미처 다 바뀌지 못하고 한데 뒤섞여서 로타리가 되고, 오리발이 되었다. 논밭에 흙을 갈고 땅 표면을 평평하게 고를 때 트랙터에 매다는 부속 도구로 '플라우(plow)', '로터리(rotary)', '해로우(harrow)' 들이 있다.

소의 목에 멍에를 걸고, 이 멍에에 다시 써레의 줄, 즉 봇줄을 잡아맨 뒤 소가 써레를 끌면 사람은 그 써레를 눌러 밀면서 소와 함께 논을 삶았다. 먼저 쟁기로 논을 갈아엎고, 그다음 논에 물을 대서 써레로 쟁깃밥을 부순 뒤 번지 또는 나래로 무논을 평평하게 만드는 것이다. 여기까지가 논을 삶는 것이었다. 논을 삶은 뒤 땅을 안정시킨 다음 모내기를 했다. 기계가 등장했다고 해서 논을 삶는 순서가 뒤바뀌는 것은 아니었지만 경운기와 트랙터가 등장한 뒤 그 용어가 바뀌었다. 이를테면 '논을 간다'라고 하면 트랙터 쟁기로 논을 갈아엎는 것이고 '논을 만든다'라고 하면 트랙터 '로타리와 번지'로 논을 삶는 것이었다.

'써레'는 조선 시대 농사 책에도 등장한다. '로타리'가 등장하면서 '써레'라고 하는 용어 자체가 아예 사라지고 말았다. 용어가 사라지고 없다고 해서 역할까지 없어진 것은 아니었다. 사라지고 없어지는 것을 막을 수는 없을 것이다. 그렇더라도 한 번쯤 되짚어봐야 하지 않을까. 그래야 벼를 쌀이라고 하지 않을 테니까. 보이지 않는다고 없는 것이 아니고 내가 모른다고 해서 존재하지 않는 것은 아닐 것이다. 쓸모없다고 다 버려야 하는 것인가.

비 그치고 나니 남서쪽에 떠오른 초승달과 샛별 사이가 조금 더 멀어졌고 동남쪽에 뜬 오리온자리의 삼태성은 매우 또렷해졌다.

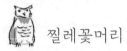 찔레꽃머리

해 질 녘, 휘파람새가 울었다. 먼산주름에 이내가 내리고 있었고 나는 산북천과 송강천이 만나는 두물머리 물둑 꼭짓점에서 걸음을 멈췄다. 갈대숲으로 바뀐 개울, 어른들이 '쩩변'이라고 부르는 작벼리에 버드나무, 싸리나무와 생강나무 그리고 다래나무와 칡덩굴들이 듬성드뭇 자리를 잡았고 휘파람새는 그 사이를 낮고 짧게 헤집으며 길고도 높은 목소리로 울고 있었다. 덤불숲 어딘가에 밥주발 같은 둥지를 짓고 알을 낳는 휘파람새는 대부분 단독으로 날아다녔다. 휘파람새가 우는 사이사이 검은등뻐꾸기가 방점을 찍듯 더 큰 목청으로 휘파람새 울음 사이를 가로질렀다. 만나지 못하고 서로 어긋나는 새 울음소리에 이끌려 겨우내 얼고 녹기를 반복했던 내를 오래 바라다보았다. 휘파람새가 당도했다는 것은 봄이 왔다는 신호였고 검은등뻐꾸기가 울기 시작했다는 것은 여름이 왔다는 의미였지만 들과 숲은 이미 돌이킬 수 없이 푸르디푸른 녹음으로 짙었다.

집 밖에서 휘파람새가 알을 품는 사이 우리 집 헛간에서는 딱새가 둥지를 틀고 알을 품었다. 어느 날 헛간 바닥이 에넘느레해진 이유를 몰랐으므로 조심조심 헛간을 살폈다. 한일자 형태로 문이 없는 작은 헛간은 아버지가 쓰시던 농기구들로 가득했고 자전거와 절구 심지어 어머니 유모차까지 온갖 허드레 물건들로 잡다했다. 어느 해는 박 속에 알을 낳기도 했던 딱새가 이번에는 벽체를 가로지른 도리 틈 사이에 둥지를 틀었다. 그때부터 절구에 새끼를 낳기도 했던 도둑고양이와 함께 묘한 동거가 시작되었다. 딱새 암·수컷은 새끼를 까면 새끼와 함께 헛간을 떠났으나 도둑고양이는 철에 상관없이 아무 때고 필요하면 자리를 잡고 새끼를 낳았다. 야생의 고양이는 인간이 버린 음식물 찌꺼기를 먹기도 하지만 때때로 새도 낚아채고 쥐도 잡아먹었으므로 지켜보는 마음이 사뭇 애가 탔다. 저물녘이면 딱새 수컷과 암컷이 번갈아 헛간 주변을 맴돌았다.

들녘은 모내기로 한창 바빴다. 비닐하우스에서 모판을 만들 때까지만 해도 올해는 봄가뭄 없이 비가 자주 내렸으므로 날씨 걱정을 좀 덜할 줄 알았으나 모판을 만들자마자 기온은 뚝 떨어져 모가 제대로 자라지 못해 모판 사이가 움쑥움쑥 꺼졌다. 유난스레 바람이 거셌다. 한번 불기 시작하면 좀처럼 잦아들 기미를 보이지 않았고 어느 때는 일주일 내내 몰아쳐 고춧대를 부러뜨리기도 했으며 비닐하우스 귀퉁이를 찢어놓기도 했다. 바람의 세기가 점점 강해졌고 뜨겁고 건조했던 날씨는 갑자기 춥고 서늘한 바람으로 바뀌어 차마 겨울옷을 정리하지 못했다. 양간지풍(襄杆之風) 통고지설(通高之雪)이라는 옛말을 떠올렸고 바람의 세기가 강해지면 질수록 불길한 기운이 엄습했다.

구부러진 길 끝에는 누이의 무덤 같은 찔레꽃 덤불이 꽃등처럼 환했다. 바람이 불고 비가 내리는 동안에도 꽃숭어리는 가만가만 제 품을 열어 벌들을 불러 모았다. '찔레꽃머리'는 초여름을 달리 이르는 말이었지만 올해는 유독 이르게 꽃들이 피고 졌다. 해당화는 찔레꽃보다 먼저 피어 어릴 때 '율구'라고 부르던 열매가 조롱조롱했다. 다시 말하면 한 달가량 계절의 속도가 빨라졌고 그리하여 이르게 꽃이 피었고 그만큼 또 빠르게 열매를 맺었다. 아까시나무 꽃들은 말할 것도 없었다. 숲속에서는 진달래꽃이 하룻밤 사이에 피었다 졌고 함박꽃이라고 부르는 철쭉도 전례 없이 이르게 피어서 몹시 어리둥절했다. 대체 내가 알고 있던 봄은 어디에 있는 것인지, 눈을 비비며 고개를 갸웃거렸다.

이웃이 모내기를 하는 논배미로 향했다. 남의 힘을 빌리지 않고 가족끼리 농사짓는 일을 호락질이라고 하고 지금은 이앙기와 단둘이 또는 많아야 셋이 모내기를 했다. 대부분 6조식 이앙기(移秧機)로 모를 심고 논의 상태에 따라 다르긴 하지만 하루 평균 2헥타르(ha)가량 심었다. 그 전에 비닐하우스에서 기른 육묘 상자인 모판을 논마다 가져다 놓아야 했고 논은 가래질 그리고 쟁기질과 써레질을 마쳐야 했다. 지금은 가래질은 물론 호리쟁기질, 겨리쟁기질 또는 써레질이란 말을 쓰지 않았고 통으로 '로타리(rotary) 친다'로 바뀌었으며 트랙터(tractor)에 '로타리'라고 불리는 장비를 달아서 사용했다. 그러니까 농사에 기계가 들어오면서 영어와 국어, 한자를 혼용하게 되었으며 가래와 쟁기, 써레는 이름마저 잃어버리고 실물은 박제된 채 유물이 되고 말았다.

어릴 적 집에서 모내기할 때를 떠올렸다. 며칠 전부터 막걸리를 담갔다. 우리 집은 식구가 많았지만 그래서라도 모내기를 할 때면 많은 사람들이 모내기에 참여했다. 보통 2~30명이 모꾼으로 동참했다. 논바닥 모판에서 모를 찌고 이를 져 나르는 모쫑 그리고 모꾼들이 줄꾼이 옮기는 줄에 맞춰 모를 심으며 바쁘게 움직이는 사이집 안에서는 '잿놀이' 즉 새참과 '기승밥'이라고도 불리는 점심밥을 준비해야 했으므로 종일 부엌이 후끈후끈했다. 어린 우리들은 가마솥에 눌어붙은 누룽지를 얻어먹을 요량으로 마당을 떠나지 못하고 부엌 안을 기웃기웃했다. 새참에는 집에서 밀가루를 반죽하여 밀고 썬 칼국수가 나갔고 점심밥은 무엇보다 중요해서 팥밥을 하고 고등어나 꽁치를 쪄서 양념장을 올려 한두 토막씩 일꾼들 앞에 몫몫으로 나눠주었다. 밥을 이고 나가는 할머니, 어머니 뒤를 따라 막걸리 주전자를 들고 가면서 몰래몰래 한 모금씩 마신 술로 술맛을 익혔다.

그 시절 못밥에 육미(肉味)는 없었지만 마련할 수 있는 생선으로 꽁치와 자반고등어가 최선이었고 이때 가랑잎에 싸서 몫몫으로 나눠준 생선은 오로지 일꾼들 각자 몫이었다. 아이가 따라온 경우에는 아이에게 먹였고 집 안에 늙은 부모가 있으면 집으로 가져갔다. 요즘은 모내기를 할 때든 벼 베기를 할 때든 집에서 음식을 하는 경우는 거의 없었다. 새참으로는 짜장면과 빵이 등장했고 점심은 읍내 음식점에서 배달을 시키든가 아니면 직접 읍내에 나가 삼

계탕이든, 보신탕이든 내키는 대로 먹었으며 농주(農酒) 대신 캔맥주와 커피가 흔했다. 작업 방식이 바뀌었기 때문이었다. 3헥타르 정도 벼농사를 짓는 내 이웃은 3천만 원가량 하는 이앙기를 사는 대신 이앙기를 가진 이웃에게 평당 백 원에서 백이십 원을 주고 모내기를 맡기곤 했다.

영농 기계화가 대량 생산을 가능하게 했으나 이에 따른 병충해 또한 만만치 않았다. 농사꾼은 죽어도 씨오쟁이를 베고 죽는다는 말도 이젠 옛말이 되었다. 볍씨부터 모판에 까는 모판흙까지 거기에 살균제, 살충제와 제초제를 비롯하여 '영양제'라고 불리는 성장 촉진제까지 한 단계 한 단계 거칠 때마다 농약을 필요로 했고, 이 또한 죄다 농협이든, 농사원이든 어디서든 구매해야 했다. 내 이웃은 농약 없이는 농사도 없다고, 말말이 나를 윽박았다. 그리하여 농약과 화학 비료는 곧, 신화(神話)였다. 그렇더라도 모내기를 하는 들판만큼은 흥겨움과 고단함, 설렘으로 마음이 바스대며 묘하게 어우러져 지나가는 이도 불러들여 커피도 나누고 맥주도 노나 먹었다.

고단함이 술을 부르고 술에 감긴 일꾼이 모는 이앙기의 못줄이 갈지자를 그리는 가운데 논들 끝에 하얗게 백로 떼가 날아 내렸다. 트랙터, 트럭, 이앙기 등의 기계 소리는 마을 어디서든 들려왔다. 다시 방향을 틀어 숲 기스락 그늘로 접어들었다. 잣나무 그늘 아래 애기나리가 떼판으로 피었다. 암수한그루로 홍송으로도 불리는 잣나무도 꽃을 피웠다. 지난겨울 산책길에서는 길바닥에 떨어져 흩어진 잣송이들을 발로 비벼 잣알을 주워 주머니를 채우곤 했다. 청설모가 먹지 않는 잣송이는 사람도 먹을 수 없었다. 대부분 도사리이거나 굴통이였기 때문이었다.

산등성이, 숲을 밀어내고 뜬 수만 평에 이르는 논들이 주인이 바뀌고 태양광 발전소 건설 예정지가 되면서 올해는 묵고 있었다. 다시, 검은등뻐꾸기 울음소리가 논들을 가로질렀다.

영산홍

소리 소문도 없이 느릅나무 꽃이 피었다 이우는 사이 숲 바닥에는 애기나리 흰 꽃이 떼판으로 피었다. 인간의 손을 덜 탄 두릅나무는 가까스로 잎을 피웠고 고비 또한 마찬가지였다. 잔대와 삽주를 캐는 동안 삼지구엽초 꽃은 벌써 지고 있었으며 검은 융단 같은 요강나물은 마디게 꽃봉오리를 열고 있었다. 두릅을 데쳐 먹었고 고사리도 삶아 말렸으니 봄은 봄일 것이었으나 여태도 언 땅 언저리 어디쯤에 머물고 있는 듯했다.

삼월에는 더워서 헉헉 땀을 닦느라 바빠났고 못자리 모들도 웃자라서 미처 논을 만들기도 전에 모내기를 하느라고 농부들은 드바빴다. 그러나 한편에서는 마당에 내놓았던 옥수수 모종이 죄다 얼어서 다시 파종해야 했다. 봄가물이 길게 이어질 듯하더니만 한여름 장맛비처럼 며칠씩 비가 내렸다. 꽃이 피는 때도 여름새들이 오는 때도 모두 다 빨라졌다. 대체로 음력 삼월 삼짇날 온다던 제비마저 이르게 나타나 둥지를 짓기에 이르렀다.

저물 무렵이면 발밤발밤 숲정이로 스며들어 꽃들과 인사를 나눴다. 봉오리인 채로 오래도록 애를 태웠던 요강나물의 꽃봉오리가 벌어지는 사이 쥐오줌풀과 백선 또한 꽃을 피웠다. 요강나물이 꽃을 피웠다고 해서 꽃술까지 들여다보이도록 활짝 핀 것은 또 아니어서 무릎을 구부리고 고개를 한껏 비틀고서야 종 모양의 꽃을 볼 수 있었다. 검회색인 듯 아닌 듯 흑갈색인 듯 아닌 듯 꽃봉오리 빛깔을 정명할 수 없어서 그래서라도 또 다른 색을 꿈꿀 수 있었으므로 며칠을 숲기스락으로 요강나물 꽃을 보러 다녔으나 끝내 꽃을 알 수는 없었다.

쥐오줌풀이 희미해지고 백선 꽃이 밝아지는 동안 찔레꽃과 아까시 꽃이 한꺼번에 피어서 아니 그 가운데 붉은 빛깔의 해당화가 피어서 고개를 들고 보니 보랏빛 오동나무 꽃이 뚝뚝 떨어져 내리면서 잎으로 바뀌고 있었다. 오동나무는 한자로 오동(梧桐)이라고 쓰고 오동나무 오(梧)에 오동나무 동(桐)자이다. 그러니까 그냥 오동나무인데, 오동나무는 참오동나무도 있고 벽오동나무도 있으나 이 둘은 또각기 다른 나무이다. 달리 말하면 두 나무는 과가 달랐다. 우리 동네에서 흔히 볼 수 있는 오동나무는 참오동나무로 꽃이 먼저 피고 꽃잎이 지는 동안 이파리가 자라는데 향도 퍽 진해서 벌떼를 불러모았다.

때와 철에 대한 어머니의 감각과 내 감각은 서로 달라 천마 철을 두고서도 매번 의견이 분분했다. 아까시 꽃이 피어야 천마를 만날 수 있다는 내 주장과 달리 어머니는 벚나무 열매인 버찌가 익어야만 천마가 나온다는 것이었다. 승자를 따질 일이 아니었지만 적어도 어머니보다는 내가 숲정이를 기웃거리는 일이 더 잦았으므로 굿은비가 그치길 기다렸다. 달력만 아니라면 한여름 장맛비라고 해도 틀리지 않을 듯 비는 며칠을 이어서 내렸고 빗줄기도 거세찼다. 그 사이에도 아까시 꽃은 산과 들을 희푸르스름하게 물들이고 있었다.

뒤늦게 텃밭에 감자를 심었다. 이웃 마을 할머니께서 감자 몇 알을 나눠 주신 덕분이었다. 겨우내 부엌에 매달려 있던 감자 몇 알이 싹이 돋았고 버리려고 나갔다가 싹이 자란 채로 쪼개서 심은 뒤였다. 그저 감자꽃이 피는지 궁금했다는 게 맞을 것이었지만 이 얘기를 들으신 노인께서 당신이 보관하고 있던 감자를 내주셨고 집에 돌아온 뒤 고랑을 만들고서는 감자 씨앗을 묻었다. 아무런 거름을 하지 않은 채였다. 지난해 고추 농사를 지었던 곳이었고 평소 비료와 제초제가 지나치다는 생각 때문이었다.

작물을 심는 일보다는 나무를 심는 일에 관심이 컸고 아버지가 가꾸던 산에 듬성드뭇 어린 나무들을 심었으나 또 지며리 돌보지는 않아서 어떤 나무는 말라죽고 어떤 나무는 칡덩굴을 뒤집어썼다. 나무를 심기는 해도 숲이 제 뜻대로 물오리나무도 키우고 싸리나무도 키우고 있었던 터라 또 굳이 이 나무들을 제거내지만 또 한편으로 끝까지 가꾸지 않을 것이라면 그대로 숲이 알아서 하도록 내버려둘까 하는 생각이 장마철 날씨만큼 변덕스럽게 오갔다.

그러면서 흔했으므로 오히려 눈에 잘 띄지 않았던 영산홍을 골똘

히 들여다보았던 것은 서정주 시인의 시 때문이기도 했지만 철쭉과
는 또 어떻게 다른지 궁금했기 때문이었다. 우리 동네에서는 철쭉을
함박꽃이라고 부르지만 함박꽃이라고 하면 도시에 사는 지인들은 산
목련이라고도 하고 북한에서는 목란이라고도 하는 함박꽃나무의 꽃
을 이르는 줄 안다. 이 함박꽃나무는 북한의 국화로 알려졌으며 일
본목련이라고 불리는 후박나무와 함께 목련과로 철쭉과는 전혀 다
른 나무이다.

오래도록 철쭉과가 따로 있는 줄 알았다. 그러나 철쭉과는 없고 철
쭉도 진달래과였으며 영산홍 또한 진달래과였다. 도롯가나 아파트 화
단에서 흔히 볼 수 있는 것은 대부분 영산홍이고 이 영산홍은 일본 원
산이라고 알려졌다. 그리하여 말말이 '나뭇집 아들'임을 내세우는 한
선배님께 영산홍과 철쭉은 어떻게 다르고 같은지 여쭈었다. 그리하
여 이야기가 길어졌다.

시인 서정주의 '영산홍 이야기'에 따르면 시인의 시 '영산홍'은 영
산홍을 보고 쓴 시가 아니라, '붉은 산단꽃'을 보고 쓴 시라고 고백
한다. 산단은 '하늘나리'의 다른 이름이고, 어떻게 영산홍과 하늘나
리를 헷갈릴 수 있는지 그것이 더 의아한 나로서는 어찌되었든 선배
님께 '고려 영산홍'에 대한 이야기를 들을 수 있었던 것은 큰 수확이
었다. 이 선배님은 시인의 '영산홍 이야기'에 나오는 '안양 옆 군포의
고려농원' 집 아드님이다. 선배님의 선대인께서는 영산홍 삽목(꺾꽂
이)을 위해 구례 화엄사와 순천 송광사 등에서 지내기도 하셨다고. 그

런데 영산홍을 삽목하면 자산홍이 나오는데 그 까닭을 모르겠다고.

영산홍은 왜철쭉이라고도 하고, 조선 전기 때 문신으로 시·서·화에 능했으며 용비어천가를 주석한 강희안이 쓴 『양화소록』을 보면 세종 임금 때 일본에서 공물로 바친 일본 철쭉과 우리 철쭉을 비교하는 대목이 있으니 이미 오래전에 일본 철쭉이 우리나라에 들어온 것은 분명해 보인다. 한자로 척촉(躑躅)이라고 쓰는 철쭉은 그대로 해석하면 머뭇거리는 꽃이라는 데 꽃이 머뭇거리며 피는 것인지, 구경하는 이가 머뭇거리는 것인지 알 수가 없다.

영산홍은 일본어로 고월(皐月, サツキ(사츠끼))이라고 부른다는데, 음력 오월에 꽃이 피는 까닭에 그리 부른다는 무심한 이름과는 달리 영산홍은 수많은 교배종을 낳아서 지금 우리들이 흔하게 볼 수 있는 꽃이 되었다. 시인 서정주는 영산홍을 일러 '느끼하다'라고 했으나 내겐 느끼함보다는 그 분홍 빛깔이 너무 옅고 부려해서 외려 멀미가 났다. 그래서였을까. 선배들의 아우성에도 불구하고 어느 골짜기 '산방'에 줄지어 심어 놓은 영산홍의 정수리를 아주 낮게 잘라 버렸다.

귀룽나무 꽃이 지고 열매가 푸르스름해지는 동안에도 코로나19는 맹위를 떨쳐 문밖출입이 여의치 못했다. 마스크를 하지 않으면 마을버스에서도 눈총을 맞았다. 『농경의 배신』을 쓴 제임스 C. 스콧에 따르면 인류가 농경을 시작하면서 과밀화된 인구 집단이 전염병을 불러들인다고 봤다. 코로나19 또한 밀집하지 말고 거리를 두라고 끊임없이 말한다. 집거(集居)하는 것을 당연하게 여기고 흩어져 사는 것을 별스럽게 여기던 관행에 쐐기를 박는 것이 다름 아닌 인수 공통 전염병이었다. 더 센 전염병이 올 것이라는 경고는 그래서라도 흘려들을 수 없다.

비 그치고 숲으로 달려갔더니 천마는 싹이 돋았으며 어느 것은 벌써 꽃을 피웠다. 버찌는 아직 영글지 않았다. 천마를 볼 수 있었던 것과는 달리 천마가 돋던 자리엔 멧돼지가 칡을 캐먹느라고 그랬는지 군데군데 움푹움푹 파인 구덩이가 보였다. 그곳은 모두 천마가 무드기 나던 곳이었다. 철책에 막혀 큰 산으로 들어가지 못한 멧돼지들은 민가 가까운 산 기스락에 덮쳐들어 땅을 파헤치고 있었다. 멧돼지들은 언제 다시 큰 산으로 돌아갈 수 있을까.

부들은 부들부들

논들에 콤바인과 트럭들이 나타났다. 지나새나 벼 건조기는 돌아가고 한길은 이른 새벽부터 소란 분주탕이었다. 그렇더라도 이슬이 말라야 했으므로 벼를 베기는 이른 시간이었다. 한여름 뙤약볕 속에서도 벼들은 잘 자라서 논들은 새뜻한 황금빛으로 바뀌었다. 있는 듯 없는 듯 푸르스레한 벼꽃이 피었고 우렁이로 제초한 논들에선 메뚜기가 뛰어올랐으며 쑥부쟁이가 꽃을 피우기 시작할 즈음 우꾼우꾼 벼 이삭 익어가는 소리가 들려왔다.

제초제와 살충제를 때맞춰 뿌렸고 때로는 논두렁 풀을 예초기로 깎았으며 아침저녁 논물을 살폈다. 모내기 때 모자란 모를 이웃에게 얻었고 피를 죽이는 제초제를 잘못 쳐서 벼 이삭이 패암할 무렵 피 이삭을 일일이 손으로 잘랐다. 햇볕과 구름과 밤이 왔고 태풍이 왔다 가며 날이 갰다. 논배미 근처 수로에는 옛날 식용했던 '줄(줄풀)'이 자랐으며 논둑에는 강아지풀과 달개비풀(닭의장풀)도 빠지지 않았다.

줄풀이라고도 불리는 줄은 볏과 식물로 옛 문헌에도 등장할 만큼 오래도록 우리 곁에 있었으나 이즘 우리 동네엔 줄풀을 아는 이도 없을 뿐더러 줄풀이 구황식물이며 뿌리와 줄기를 모두 식용, 약용했다는 사실은 더더욱 몰랐다. 어느 해 나는 줄풀로 차를 만들기도 하고 효소 발효액 재료로 쓰기도 했으나 줄풀은 여전히 저만치서 떼판으로 돋았다 스러졌다. 어느 곳에서는 부들과 함께 자라기도 해서 새싹일 때는 짐짓 헷갈리기도 했지만 줄은 볏과, 부들은 부들과로 열매는 하늘과 땅만큼 달랐다.

흔히 '콤바인'이라고 불리는 종합 수확기는 벼를 베는 일과 탈곡을 동시에 하므로 손으로 직접 할 때 거쳐야 하는 많은 과정이 생략되었다. 낫으로 벼를 벨 때는 벼를 베서 단으로 묶고 묶은 볏단을 지게로 논두렁이나 논바닥에 낟가리로 쌓아 말린 뒤 다시 타작마당으로 옮겼다. 타작마당에 탈곡기와 도리깨, 고무래 등이 등장하면 아이들은 모내기하는 날처럼 흥겹고 신났다. 발로 밟으며 낟알을 터는 탈곡기 전에는 홀태(벼훑이)가 있었지만 풋바심할 때만 잠깐씩 쓰던 홀태는 슬그머니 헛간에서 사라지고 없었다.

벼 타작이 끝나면 마당 한쪽에 짚북데기가 쌓이고 흙먼지처럼 날아올랐던 까끄라기는 잔치 마당처럼 돌아쳤던 아이들을 괴롭혔으나 닭장에서 풀어놓은 닭들은 타작마당과 짚북데기를 파헤치며 낟알을 찾는 데 고부라졌다. 바람이라도 불라치면 지푸라기와 북데기들이 날아 장독대며 집 안팎이 먼지로 뒤덮이곤 했다. 어른들에겐 즐거우면서도 고된 하루였을 테지만 아이들은 누룽지 한쪽을 더 먹을 수 있는 날이기도 했다.

　이앙기로 모를 심을 때도 그랬지만 콤바인으로 벼를 벨 때도 여러 사람이 필요 없이 한두 명만, 때로는 혼자서도 가능했다. 혼자는 콤바인과 트럭을 오가는 일이 좀 번거롭기는 해도 큰 장애는 아니었다. 수작업을 할 때는 타작한 벼를 마당이든, 빈터든 넓은 곳에 멍석을 펴놓은 뒤 말렸지만 지금은 대형 벼 건조기가 대신했다. 논바닥에 직접 만들던 모판을 비닐하우스로 옮기면서 많은 과정이 줄어든 것과 마찬가지로 추수 과정도 그러했다.

　'물수매(산물벼 수매)'를 할 때는 이 건조하는 과정마저 없이 논에서 흔히 RPC(rice processing complex)라고 부르는 미곡 종합 처리장으로 곧바로 이동했다. 예전처럼 볍씨를 씨앗으로 두었다 이듬해 봄에 다시 쓰는 일도 이제는 없었다. 볍씨 품종이 개량되면서 모두들 농협에서 구매해서 볍씨 파종기로 모판에 뿌렸다. 그리고 보통 모내기를 한 뒤 90일가량 지난 뒤 수확하지만 올해 처음 충청남도 농업기술원에서 개발한 극조생종인 일명 '빠르미'를 모내기한 뒤 70일 만에 수확하면서 재배 시험에 성공했다.

올해도 농민 단체에서는 '쌀 목표 가격' 인상을 촉구했다.

80kg(한 가마니) 기준 농협 및 민간단체에서 17만 원에 수매하고 생산비는 24만3천 원 정도라고. 쌀값이 폭등한다고 연일 대중 매체에서 부르대도 그것은 기껏 20년 전 수준으로 회복한 것이라고. 통계청 발표를 보면 2008년엔 일 인당 연간 75.8kg을 소비했던 반면 2017년엔 61.8kg을 소비했다. 다시 말하면 국민 한 사람이 일 년 내내 쌀 '한 가마니'도 안 먹었다. 그렇다고 쌀이 중요하지 않은 것은 또 아니었다.

지금은 이 '가마니'라는 말도 잘 쓰지 않는 죽은 말이 되어가고 있었지만 가마니는 1900년대 초 일본에서 들어온 가마스(かます, 叺)에서 온 말이었다. '섬 진 놈 멱 진 놈'이라는 우리 말 속담도 있지만 섬은 가마니에 밀려 사라졌고, 지금은 이 가마니도 사라지고 있었다. 섬과 멱처럼 볏짚으로 만든 그릇, 용구들은 이제 자취조차 찾기 힘들었다. 거적과 쌀가마니는 물론 멍석, 방석과 멱서리, 소쿠리, 삼태기, 새끼, 둥우리, 나락뒤주 그리고 가축의 여물과 깃, 지붕의 이엉으로 사용되었던 볏짚은 이제 겨우 소여물로 쓰일 뿐이었다.

농자천하지대본(農者天下之大本)을 읊조리고 농업을 으뜸이라고 여기던 때도 엊그제 일이 되고 말았으나 여태도 쌀은 주식이었다. 그러나 농촌은 이제 도시인들이 꿈꾸는 세컨드 하우스 이상의 의미가 없을뿐더러 농민의 고령화도 큰 문제다. 한편에서는 고소득 작물을 재배하는 젊은 농부들이 등장하는 반면 또 한편에서는 관행농에서 벗어나지 못하는 늙은 농부들이 농업의 태반을 짊어지고 있다. 2017년 기준 농가 인구 가운데 60세 이상은 절반이 넘는 55.3%, 65세 이상은 42.5%였다.

숨을 쉴 수 없으면 이미 죽은 몸인 것처럼 먹지 못하면 살 수 없다는 뚜렷한 사실 앞에서도 어쩐지 요즘 농촌은 그저 도시의 식민지 같은 인상을 지울 수 없다. 살얼음판 같았던 남북 긴장이 완화되고 남북 경협에 대한 기대 심리가 커지면서 올(2018) 3분기까지 전국 토지 매매 가격이 3.33% 오르는 동안, 접경 지역인 이곳 고성은 땅 매매 가격이 6.51% 올랐다. 휴가철이면 산으로 들로, 바다를 향해 차머리를 돌리면서도 그들이 떠난 뒤에는 쓰레기는 물론 이제는 반려견(伴侶犬), 반려묘(伴侶猫)라고 애지중지 안고 뒹굴던 개와 고양이를 두고 떠났다.

주식이 쌀이 아닌 빵으로 바뀐다고 해서 농촌, 농지가 중요하지 않은 것은 아니었다. 쌀과 마찬가지로 밀도 누군가는 재배를 해야 했다. 현재 밀가루는 대부분 수입 밀에 의존하는 형편이고, 이 수입 밀은 또 GMO(Genetically Modified Organism) 작물로 안정성이 의심되지만 우리나라 밀 자급률은 1% 남짓으로 매년 200만 톤이 넘는 밀을 해외에서 수입하고, 2017년 수입량은 239만 톤이었다. 그러나 해외에서 수입하는 곡물은 흉년이 들거나 당사국 정치 상황에 따른 변동 또한 피할 수 없다. 그러니까 돈이 있다고 물건을 살 수 있는 것은 아니라는 말이다.

지난 2007년 이상 기후로 밀과 같은 곡물 수확량이 감소하자 세계 최대 곡물 생산국들은 수출량을 제한하거나 수출 금지를 선언했다. 이로써 국제 곡물 가격이 급등하면서 중동 및 아프리카 빈곤국들이 식량 부족에 시달려야 했다. 우리밀은 또 우리밀대로 제대로 대접을 받지 못하고 있고, 수입 밀과 밀가루 가격이 오르면 물가가 요동치는 것을 매번 경험하고 있다.

300원에도 미치지 못한 밥 한 공기를 생산하기 위한 농민들 분투는 오늘도 이어지고 있다. 그러나 12월 18일 유엔 총회 채택을 앞두고 있는 '농민과 농촌에서 일하는 사람들의 권리에 관한 유엔 선언'(유엔 농민권리선언)이 지난 9월 유엔 인권이사회에서 의결됐지만, 그때 대한민국은 기권했다.

죽음은 영영 말해질 수 없는 것일지라도

한 생명의 삶과 죽음을 회억하고 애도하는 일은 쉽고도 어려울 뿐만 아니라 매우 곤혹스러운 일이기도 할 터였다. 어쩌면 그래서라도 죽음은 영영 말해질 수 없는 것이었을 테지만 그러므로 또한 애써 말해야 하는 것인지도 몰랐다.

자드락길을 올라가면 큰 산 골짜기로 들어가는 입새에 고목은 소나무가 있었다. 누군가에게는 치성을 드리는 장소였을 것이었고, 또 누군가에는 그저 쉼터에 지나지 않았을 것이었으나 아무려나 소나무는 그곳에서 백년 또는 그 이상을 노박혀 있었을 것이었다. 그렇지만 어느 해 부지런한 어떤 이가 소나무 둘레를 북돋으면서 둑 아래 물이 고일 수 있는 웅덩이를 팠고 그리하여 여름이면 마치 공원 쉼터 같아 보였다. 그러나 내겐 영 불길해 보였다. 그렇더라도 산책에 나서면 일부러 들러 한 번씩 올려다보곤 했다.

바람이 불 때마다 솔숲에서 들리는 소리는 차라리 아마득했다. 때

때로 웅숭깊다 또는 수메깊다고 표현했지만 적절했는지 고개를 갸웃거렸다. 어쩌면 소리는 볼 수 있었지만 들을 수 없었던 것인지도 몰랐다. 소나무들이 모여 있는 곳에서 듣는 바람 소리는 우물 속 어둠처럼 깊으면서도 폭풍이 휘몰아칠 때 바닷가 파도처럼 드넓었으나 이것만으로 솔바람 소리를 다 헤아릴 수 없었다. 송뢰(松籟), 또는 송풍(松風)으로도 쓰는 솔바람은 그래서라도 손에 잡히지 않고 스쳐가는 무엇이었으며 그것은 끝끝내 다다를 수 없는 타인과도 닮은 것인지도 몰랐다.

소나무는 우리와 가장 가까이 있던, 있는 나무였다. 아이가 태어나면 집 앞 대문에 왼새끼로 금줄을 치고 여기에 솔가지를 끼어 넣는 것을 시작으로 소나무로 지은 집에서 솔가리를 불쏘시개로 소나무로 불을 때서 밥을 짓고 난방을 했으며 생을 마치면 소나무 관에 누워 세상과 작별했다. 죽어서도 묘지 주변에는 도래솔이라고 소나무를 심어 바람을 막았다. 어릴 때는 소캐, 즉 관솔로 횃불을 만들어서 정월 대보름 망월, 쥐불놀이를 했다. 우리 할머니 말씀으로는 석유도 귀하고 전기도 없던 시절엔 불을 밝히기 위해 바람벽에 구멍을 낸 고콜에도 이 소깨로 불을 밝혔다고 했다.

이를테면 소나무는 궁중에서부터 일반 서민들까지 애용하는 나무였으며 심지어 궁중에서는 자신들만이 쓸 수 있는 소나무를 위해 금산(禁山)을 만들어 일반 백성들 출입을 막았다. 죽은 소나무 뿌리에서는 약재인 복령이 자라고 산 소나무에서는 송이가 돋았다. 그러나 이런 소나무도 병충해에서는 자유롭지 못했다. 솔잎혹파리와 재선충에 걸려 병이 들거나 말라 죽었다. 소나무 재선충병은 특히 그 전염 속도가 빨라서 한동안 방제에 애를 먹기도 했다.

낙엽처럼 흩어졌던 물까치 떼는 어느새 대숲 속으로 스며들었다. 까만 머리에 흰색과 파란색 깃을 가진 물까치 떼는 그야말로 떼로 몰려다녔고 이들은 바다 속 돌고래만큼 가족애를 대표하는 새들이라고 전해졌다. 논들과 숲정이를 오가는 새떼는 떼를 지어 오고 갈 때가 많았다. 오고갈 때 그러니까 하늘을 날 때도 조심성이라고는 없는 마치 짚불에 콩 튀듯 화락화락 하늘을 휘저어 놓는 듯해서 지켜보고 있노라면 눈앞이 다 얼얼했다.

까치와 물까치는 까마귀과, 때까치는 때까치과였다. 까치는 아침저녁 집 앞에서도 볼 수 있었고, 전깃줄에 앉아 있는 모습도 볼 수 있었지만, 물까치를 보려면 들로 나가야 했고, 때까치는 흔히 볼 수 없어서 숲정이를 한참 살펴야 했다. 그런데 까마귀과는 있고 까치과는 없었다. 까치는 길조이고, 까마귀는 흉조라고 흔히 알려져 있지만, 어느 스님은 절간에서는 아침 까마귀가 울면 손님이 올 징조로 여긴다고 했다. 마치 민가에서 아침 까치가 울면 좋은 일이 생길 것이라고 믿는 것처럼.

이웃에 사는 어떤 이가 까마귀 새끼를 길렀다. 그런데 그이 동무가 우리 집과 이웃해서 살고 있었고 이 까마귀가 자라면서 심심찮게 우리 집 앞 전봇대에서 울곤 했다. 어느 때는 감을 따먹기도 하고, 또 어느 때는 옥수수를 파먹기도 했는데, 연구에 의하면 까마귀는 우리가 생각하는 것보다 훨씬 영리할 뿐만 아니라 도구를 사용할 줄도 알았다. 사람을 인식하기도 해서 자신에게 해를 끼친 사람은 보복한다는 얘기를 들으면서는 웃을 수만은 없었다. 이웃이 기르는 까마귀가 그이 동무 집 앞에서 우는 까닭은 그이가 이따금 먹이를 주었기 때문이라는 결론에 이르렀다.

어쩌면 우리는 여태껏 달의 앞면만 보아왔던 것처럼 끝내 달의 이면에는 이르지 못할지도 모를 일이었다. 죽음도 그와 다르지 않을 것이었다. 죽음을 이르는 수많은 수사에도 불구하고 여전히 죽음을 알 수 없는 것처럼. 그것이 깊은 어둠이었건 회색빛 검붉은 어둠이었건 아니면 망각의 강을 건너는 것이었든 또 아니면 바닷속 어느 심해에 이르는 것이었든 말할 수 없으므로 자꾸 말해야 하는 것인지도. 그러나 일가 피붙이의 느닷없는 죽음을 말하는 일은 몹시 어려울 뿐만 아니라 제대로 말해질 수 있는지도 여전히 의심스러웠다.

사후에 로켓에 태워져 우주를 유영하고자 했던 한 사람이 새해 벽두 한밤중에 이승을 떠났다. 교통사고도 스스로 약을 먹은 것도 아닌 한밤중에 산속에서 산길을 걷다가 그만 숨이 꺼졌다. 그날은 바람이 간간이 불었고 특별한 일 없이 하루가 지나가고 있었으나 해질 무렵 산으로 약초를 또는 사냥을 하러 갔던 노인이 귀가를 하지 않아 실종 신고가 접수되었다. 군과 경찰 그리고 소방대원들 심지어 산악 수색대원들까지 출동하여 실종자 수색에 나섰다. 그 장소가 우리 동네 큰 산이어서 그는 그때 산길을 안내하는 길잡이로 나서게 되었다. 저녁밥까지 잘 먹고 나서.

산을 좋아한다고 해서 산을 잘 알 것이라고 여기는 것은 어쩌면 달의 일면을 보는 것과 같은 것일지도 몰랐다. 타자를 사랑한다고 해서 타자를 다 알 수 없는 것처럼. 그러나 그는 봄이면 고로쇠나무에서 물을 받았고, 가을이면 버섯을 땄다. 새해 첫날엔 앞산 산마루에 올라 해돋이로 신년을 축원하기도 했다. 그러면서 산천에 대한 예의를 역설했다. 이를테면 옛사람들이 멧돼지를 잡았을 때 어떻게 천지신명께 감사 인사를 드렸는지 또는 바위벼랑에 사는 구렁이를 만났을 때 어떻게 해야 하는지. 더불어 산양과 오소리, 노루와 멧토끼와 같은 산짐승들 습성에 대해 말하기를 멈추지 않았다.

하물며 딸을 낳으면 송화(松花)라고 이름 지을 것이라고 해서 비웃음을 샀다. 송홧가루로 다식을 만든다고 했으면 얼마든지 그러려니 했으련만. 봄날 온 산천을 뿌옇게 물들이는 노란 빛깔의 꽃가루를 굳이 딸내미 이름으로 해야 하는지 알 수 없었으므로 기꺼이 비식거렸다. 또한 소나무는 암수한그루로 수꽃과 암꽃이 한 나무에서 피고 졌다. 어릴 때는 소나무 가지로 목총을 만들어 전쟁놀이를 했으며 한겨울엔 또 그 소나무 가지로 팽이를 깎아서 얼음판에서 볼이 빨개지도록 팽이를 쳤다. 그러면서도 화목 보일러 땔감으로 소나무는 쓰지 않았다. 송진으로 인해 그을음이 심하기 때문이라고 했다. 그 송진이 말하자면 소깨도 만들고 호박(琥珀)도 만들었던 것인데.

그는 다음 생이 있다면 반드시 태어나 새로운 생을 살고 싶다고 했다. 매사 꼼꼼하고 깔끔했으며 때때로 섬세했다. 트랙터가 낡고 오래되어 잔고장이 잦아지자 그는 부품을 일일이 주문해서 스스로 고쳐서 썼다. 기계라면 어느 것이라도 입김이 어려 있을 정도로 애지중지 아꼈다. 그가 생을 마감하는 순간에도 인터넷 쇼핑몰에서 주문한 트랙터 부품이 집으로 배달 중이었다.

어느 날 문득 복권이 당첨되면 아주 좋은 고급 자동차를 사고자 했던 꿈도, 어릴 적 우주 비행사가 되고자 했던 꿈도 이제 모두 꿈으로 남겨 놓은 채 그는 숲으로 돌아갔다.

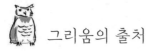 그리움의 출처

봄과 겨울이 서로 머뭇거리는 그 어름에 버들개지의 아퀴가 뾰족 뾰족하게 움트기 시작했으며 간밤에 내린 도둑눈은 아침 햇살에 녹아 말 그대로 봄눈 녹듯 사라졌다. 겨우내 가뭄으로 바스라질 것 같았던 초목에 물이 오르면서 갓 세수한 아이의 말간 얼굴처럼 생기가 돌았다. 마을에서 올려다본 큰 산은 판화가 오윤의 〈검은 새〉처럼 골과 마루가 뚜렷하고 선명해서 마치 칼로 조각을 한 듯했다.

이른 아침 마실 것을 챙겨 집을 나섰다. 송강리에서 건봉사로 가는 길은 오래 전부터 민통선이어서 자동차로나 겨우 출입이 가능했다. 이때 군부대 앞 검문소를 지키는 초병에게 신분증을 보여주어야 했고 때로는 승용차 트렁크를 열어야 하는 일도 있었다. 들어가는 곳과 나가는 곳의 검문소는 통제 주체가 달라서 나갈 때도 똑같은 절차를 거쳐야 했다. 그랬던 이 길이 2018년 9월 민통선에서 해제되었다는 소식을 접한 뒤에도 여태 뭉그적거리고 있었다.

어린 시절엔 부처님 오신 날 하루, 민간인 출입 통제가 해제되어 할머니 손을 잡고 절엘 갔다. 그렇다고 할머니가 불교도였는가 하면 그것은 또 아니었다. 할머니께서는 탁발 나온 스님에게 시주도 했고, 또 무당이 굿을 하면 어린 내 손을 잡고 굿 구경을 다니기도 해서 할아버지의 지청구를 듣기도 했으나 아랑곳없었다. 할머니에게 절은 종교 이전에 문화였으며 습속이었다.

초등학생이었던 어린 우리들은 또 성탄절이면 마을에 있는 군부대 위문 공연을 갔다. 내무반이었을 곳에서 공연을 했다. 그때는 왜 그렇게 자주 위문편지를 쓰고 위문품을 내고 그랬는지. 아니 반공 글짓기와 반공 포스터 그리기를 자주 했는지. 아무 영문을 모르는 채 위문 공연을 했으며 반공 대회에 참석했으니 할머니나 나나 뭘 모르기는 도긴개긴이었다.

설렘과 두려움이 잔물결처럼 일렁거리는 가운데 아무런 간섭도 없이 군부대 앞 초소를 지났다. CCTV가 나를 지켜보고 있을 것이었지만 그쯤은 아무렇지도 않았다. 그 길은 가을날 허가를 받고 버섯을 따러 들어갔다 돌아오면서 걸을 수 있었지만(그렇더라도 그곳은 이미 군 관할이었다), 내 발로 걸을 수 있다는 것만으로도 발걸음이 가든했으나 철조망 곳곳에 걸려 있는 경고판을 보는 일은 내내 편치 않았다.

'묘적'이라든가, '여승터'라든가, 또 '머내골'이라든가 하는 지명들은 거의 잊히고 하물며 군부대를 지나면서 만나는 다리 이름조차

'무내교'로 표기되어 있었다. 이것은 다리를 만들 당시 마을 이장의 고백대로 자신이 '문이교'라고 말해야 했지만 잘못 말하는 바람에 무내교로 굳어지고 말았다. 다리 아래를 흐르는 물길이 흘러오는 골짜기 이름이 '문이골'이었고, 기원은 알 수 없었다. 그러나 '노루목 교'가 그곳이 노루목이라고 불리어서 노루목교가 되었던 것과 같은 이치라면 이 다리 이름도 문이교가 되었어야 했다.

언제부턴가 건봉산이라고 부르고 있었지만 마을에서는 다만 '큰 산'이라고 부르는 이 말은 어떤 경외를 내포하고 있었으며 함부로 다가갈 수 없는 산에 대한 예의이기도 했다. '큰 산에 바람이 꽉 찼 다'거나 '큰 산 까치봉에 눈이 내렸다'거나 하는 말로서 마치 임금의 이름을 휘(諱)하듯이 그렇게 에둘렀다. 그것은 알지 못하는 것에 대 한 겸허와 겸양의 태도였을 것이었다.

미세먼지 없이 새파란 하늘에는 맹금인 말똥가리 한 마리가 제 자리에서 빙빙 돌고 있었다. 그러나 수풀 속에서는 작고 어린 새들 이 숨죽이며 사태를 지켜보는 것이 아니라 서로에게 위험 신호를 알 리느라고 분주탕이었다. 그 가운데 산까치라고 불리는 어치 울음소 리가 유난스레 거칠고 사나웠다. 사냥하는 자나 사냥 당하는 자나 서로에겐 굶주리느냐, 잡아먹히느냐 목숨을 건 전투일 것이었다. 고요와 소란으로 숲 골짜기가 그들먹했다.

송강저수지 둑 높임 공사를 하면서 산을 까뭉개고 길을 높이고 직선에 가깝게 고치면서 구불구불했던 옛길은 흔적 없었다. 산천도 변하고 사람도 바뀌었으니 그깟 옛길 좀 바뀌었다고 무엇이 그리 안타까울까마는 콘크리트 다리들이 마냥 좋은 것만은 아니었다. 또한 진행 방향 오른쪽 도로 옆 길섶에는 철조망으로 된 장벽이 세워져 있었고, 출입은 물론 촬영 등은 여전히 금지된 금단의 구역이었다. 그러므로 한쪽은 전과 같이 닫힌 채였다.

노루목교를 건너 비탈진 곳 마루에 오르니 호수 같은 저수지가 눈앞에 펼쳐졌다. 잔설이 희끗희끗한 골짜기에서는 솔바람이 불어오고 있었고 이제 막 패름이 돌기 시작한 저수지에는 성큼 봄이 들이닥친 듯했다. 금이 간 얼음장은 유목민들 양탄자 같은 기하 무늬로 눈길을 끌었으며 얼음장 밑에서 들려오는 소리는 영화 〈아쿠아맨〉을 떠올리기에 넉넉했다. 승천하지 못한 이무기라면, 바닷속 용왕이라면 꼭 그렇게 울었을 것이었다. 겨울 가뭄으로 저수지 수위는 퍽 낮았다.

묘적으로 들어가는 머내골 입구, 다리에 서서 아무리 고개를 빼고 숲 기스락을 내다보아도 비석이 보이지 않았다. 그 비석은 나무아미타불(南無阿彌陀佛) 비석으로 소화 16년, 그러니까 일제 강점기인 1941년(신사년辛巳年) 가을에 세운 비였다. 이 해에 조선 불교 조계종이 출범했다. 그리고 박설산 스님에 따르면 독립운동가이기도 했던 금암 스님께서 1941년 '냉천리 묘적동천에 극락교와 동 염불비를 건립하시'었다고 했으니 어쩌면 이 비가 설산 스님께서 말

씀하시는 그 염불비일지도 모르겠다. 그러나 과문한 탓인지 저수지 둑 높임 공사 뒤 이 비의 행방에 대해 듣지 못했다.

다리에 머물며 준비한 차를 마셨다. 아쉬움을 달래느라고 성급했는지 입천장을 뎄다. 오직 산마루를 넘고 골짜기를 내달려온 바람 소리뿐 어떤 것도 보이지 않아 차마 아마득했다. 걸을 때조차 먼 데서 온 바람은 귓등으로 넘어갔다. 자동차도 없었고 사람도 없었다. 이따금 얼음장 아래서 거친 숨을 토해내듯 저수지가 울었다. 어디론가 사라진 것들, 묻힌 것들 그리고 잊힌 것들이 오로지 그 바람 소리와 울음소리에 모두 녹아든 듯했다.

철조망이 장벽처럼 세워지기 전 어느 해 가을, 머내골 그 안쪽 어른들이 '여승터'라고 부르던 곳에 닿았다. 지붕이 그대로 주저앉았고, 주변에 수풀이 우거졌지만 암자 터였음직한 흔적은 고스란했다. 위아래로 오르내리면서 구경하며 살폈다. 괜히 그리고 싶어서 오래 머물렀다. 건봉사 큰 절에 딸린 아마도 비구니들 거처였을 그곳엔 전쟁의 상처는 잊힌 채 오로지 이끼 낀 기와장과 메숲진 수풀뿐이었다. 토끼길 같은 좁다란 길을 따라 집으로 돌아오면서도 자꾸 뒤를 돌아다보았다.

이쪽 산비탈도 한번 치어다보고 저쪽 산비탈도 한번 둘러보고 그러다가 어쩌다 지나가는 자동차도 짐짓 모르는 체 하면서 오래 전 버섯을 따러 다녔던 곳을 떠올렸다. 어느 골짜기에는 능이가 어

느 솔숲에는 송이가, 그리고 먹을 수 있지만 먹지 않는 껄껄이그물
버섯과 달걀버섯, 꾀꼬리버섯 등이 눈앞에 삼삼했다. 숲은 가을이
면 버섯이 지천이어서 달팽이도 먹고 사람도 먹을 수 있었다. 멧돼
지가 솔가리를 파헤쳐도 눈감아주었다. 그곳은 사람보다 동·식물들
영역이었으므로.

건봉사 입구까지 한 시간 남짓 놀민놀민 해찰하면서 걸었다. 그
늘진 곳에는 여전히 눈더미가 깊었으나 볕바른 곳에는 눈 자취마
저 없었다. 송강리에서 건봉사까지 어슬렁거리며 걸어도 한 시간이
면 닿을 수 있는 곳이었으나 오로지 내 걸음으로 걸어서 다다르기
는 처음이었다. 이제는 옛날 일이 되어버린 건봉사 입구 앞 검문소
를 걸어 나오면서 슬쩍 뒤를 돌아다보았다. 여전히 꿈속처럼 어리
어리했다. 눈 쌓인 건봉사 부도전에 들어서서야 겨우 봄 인사를 나
눌 수 있었다.

가고 오는 일이 아무리 덧없다고 여겨도 딱따구리는 나무 둥치
를 쪼았으며 까마귀는 또 까마귀대로 제 울음을 울었다. 어쩌면 우
리는 이렇듯 영영 그리움의 출처를 알 수 없는 것처럼 노상 한쪽만
보고 있는 것인지도.

선유담을 둘러보다

거칠고 사나운 직박구리가 마을로 돌아오는 동안 까치는 전봇대 높은 곳에 집을 짓기 시작했으며 땅속 두더지는 땅 밑 가까이 굴을 내 느라고 매바쁘게 움직이는 사이 복수초는 노란 꽃봉오리를 밀어 올렸다. 방생 법회를 진행하는 스님의 염불 소리가 해안을 다독이는 가운데 트럭에 실려 와 대야에 부려 놓은 물고기들이 황소숨을 몰아쉬려는 찰나 파도 따라 출렁거리던 갈매기 울음소리가 드높게 솟구쳤다.

큰 산마루에는 눈발이 타래쳤으나 마을엔 비가 내렸으며 그 가운데 어디쯤엔 진눈깨비가 흩날렸다. 기온이 높을 때 흔히 있는 일이었지만 겨우내 가뭄이 이어지고 있었던 까닭에 눈이든 비든 많은 양이 내리기를 바라는 마음이었으나 눈도 비도 오래 내리지는 않았다. 그렇더라도 바스라질 것 같았던 나무들 우듬지에 물이 오르면서 숲정이에 숨통이 조금은 트이는 듯했다. 그러나 바닥을 드러낸 개울은 여전히 가물었다.

깊고 푸르며 맑으면서도 깨끗한 호수를 상상하면서 선유담(仙遊

潭)으로 향했다. 가까이 있었으나 숱하게 지나쳤으며 그러면서도 마음속 한 귀퉁이에 여투어 두었던 궁금증이 건봉사엘 다녀오면서 되살아났다. 원주지방환경청 홈페이지 '동해안의 자연 호수 석호'에 따르면 강원도 동해안에는 18개 석호가 있으며 그 가운데 고성군에만 선유담을 포함 7개의 석호가 있다. 어쩌면 '있다'가 아니라 '있었다'라고 써야 했는지도 모를 일이었지만.

집에서 가까운 화진포는 내 집 텃밭 드나들 듯 수시로 오갔다. 어느 해는 얼음이 꽝꽝 언 얼음장 위를 걷다 지청구를 듣기도 했으며 지금은 잊힌 영화 〈파이란〉을 들먹이며 지인들에게 인문 지리와 국토지리는 어떻게 다른가를 짓떠들기도 했다. 여름이면 고목은 소나무와 해당화를 겨울이면 고니를 비롯한 철새들을 봄이면 물안개 속에서 솟구치는 숭어 떼들의 숭어뜀을 가을이면 물 위로 떠오르는 보름달을 보려고 그곳에서 슬몃거렸다. 내호와 외호로 나누기도 하는 너르디너른 화진포는 그러나 어른들이 기억하는 호수와는 또 사뭇 다른 풍광이었다.

이웃 어르신의 술회에 따르면 여름이면 호수에서 재첩을 잡고 굴도 따고 그리고 겨울이면 얼음을 지치며 빙어 낚시도 했다고 하나 지금은 다만 옛

이야기일 뿐 화진포는 낚시 금지 구역으로 묶였다. 내게는 여전히 얼음판에 난 오리 숨구멍과 고니 떼들로 기억되는 겨울 호수는 언제부턴가 부쩍 철새 떼를 구경하는 일이 쉽지 않았다. 주변에 순환 도로가 생기면서부터였을 것이었다. 인간에게 편리를 제공하는 도로가 새떼들에겐 소음의 진앙지가 된 때문인지도.

버스에서 내려 앞잡이 없이 밭을 가로질러서 갈대밭이 보이는 곳까지 다가갔다. 2013년에 원주지방환경청과 고성군에서 세운 안내판이 서 있었으나 호수 이름도 없이 그저 멸종 위기 야생 식물인 제비붓꽃, 조름나물, 각시수련 서식지라는 표기뿐이었다. 그 앞에서는 어른 키만큼 자란 묵은 갈대와 줄풀이 숲을 이뤄서 그대로 갈대와 줄풀밭이 되었으며 주변은 논과 밭 그리고 주택과 방치된 축사가 있었다. 강원고고문화연구원에서 2012년에 펴낸 학술 연구 용역 보고서에 따르면 선유담 면적은 자그마치 31,765㎡ 즉 거의 만평에 이르지만 보이는 것이라고는 갈대뿐이었다.

논들 가장자리에 난 농로를 따라 걷다보니 개집에 붙박여 있는 개도 짖고, 목줄이 풀린 개들도 마주 다가오면서 짖었다. 다시 도섰다. 논과 맞닿은 산 뿌다구니에 떼무덤 같은 바위들이 보였다. 얼다 녹기를 반복하여 물컹물컹한 논바닥 골풀을 제겨디디며 다가갔다. 마치 수렁을 걷는 듯 신발은 논흙으로 엉겁이 되었다. 찔레덩굴, 퉁가리라고 부르는 청미래덩굴과 떨기나무들 사이로 아무렇게나 놓여 있는 노암들을 살폈다. 가학정(駕鶴亭) 터로 여겨지는 곳에서 만난 것은 뜻

밖에 무덤이었다.

단원이 그린 「해산첩」이라고도 불리는 「금강산화첩」에 나오는 가학정을 떠올려 보면 짐작건대 그곳이 정자터라고 해도 어색할 것이 없을 듯하여 잠시 바장이다가 아무리 봐도 무덤은 생뚱맞아서 곧 돌아섰다. 다시 찾았을 때 먼저 그곳을 다녀간 이에게 전화를 했다. 바위에 새긴 글씨, 그러니까 석각(石刻)한 바위의 위치를 알고 싶어서였다. 두 곳을 알려주었고 드디어 찾았다. 아무런 길 안내판도 없었고 하물며 남의 집 마당을 가로질러야 했으며 암석 바로 옆 도랑에는 구정물이 흘렀다. 1995년 고성군수 장상국 씨가 세운 표지석엔 이끼가 끼어 글자 형태가 희미했다.

산 기스락에 붙박인 암석은 모르면 그대로 바윗돌이었고, 알고 봐도 비바람에 씻긴 글자는 손으로 매만지듯 가만가만 살펴야 겨우 알아볼 수 있었다. 세로로 새긴 글자 가운데 첫 글자인 仙자는 그런대로 쉽게 알아볼 수 있었지만 작은 표지석이 아니라면 그대로 암석이었다. 기스락을 따라 난 좁고 그늘진 길에는 얼마 전에 내린 눈이 하얗게 쌓여 있었고, 누구인지 모르는 먼저 걸어간 이의 발자국이 고스란했다. 그 길을 따라 정자터로 여겨지는 곳으로 향했다. 날씨는 미세먼지로 인해 뿌옜고 갈대밭으로 변한 호수도 누리끼리했으며 산과 들은 그대로 갈빛이었다.

산 뿌다구니 무덤 뒤에 커다란 바위에 새겨진 선유담 글자를 발견

하고서야 찌푸렸던 인상을 폈다. 알고서 보는 것과 모르고서 보는 것이 차이가 이토록 컸다. 그 바위는 처음 찾았을 때도 보았으나 글자가 새겨져 있을 것이라고는 생각하지 못했다. 사뭇 무덤이 못마땅하여 더는 둘러볼 생각조차 못하고 근처 바윗돌(이 가운데 빗돌을 세웠던 흔적이 그대로 남은 바윗돌도 있었지만)을 경중경중 건너뛰며 호수가 또는 연못이 멸종 위기종이라던 각시수련으로 뒤덮여 있었더라면 아니 보랏빛 제비붓꽃으로 한창이었더라면, 아쉬워했다.

국립생물자원관에 따르면 개수련, 애기수련 등으로도 불리는 각시수련은 멸종 위기 야생 생물 2급으로 강원도 고성과 황해도 장산곶 등에 분포하는 한반도 고유종이었다. 그림으로만 봐도 꽃잎은 흰빛으로 차마 순정해서 어쩌지 못할 만큼 담백하고 끼끗해 보였다. 보랏빛 제비붓꽃은 어느 해 송지호에서도 만났고, 우리 동네 숲정이에서도 보았으나 이 꽃이 멸종 위기종인 줄은 몰랐다. 찔레꽃머리쯤 숲정이에 들어가면 어렵지 않게 볼 수 있었으므로 내내 붓꽃이려니 했던 꽃이 멸종 위기에 처해 있다니 새삼스러웠다.

무덤 뒤 바윗돌에 새겨진 글자들 또한 닳고 닳아서 맨눈으로는 겨우 仙자만 알아볼 수 있었다. 좌우로 길둥글면서도 홀로 우뚝한 바윗돌에 새겨진 글자는 민가 근처에 있는 것과 달리 가로로 글자를 새겼고 선이 굵고 깊었지만 이 또한 세월의 풍상을 비껴가지는 못했다. 답답한 마음으로 가만가만 더듬었다. 仙자를 빼면 나머지 글자는 글자인 줄 알아볼 수 없을 만큼 아슴푸레했다. 조선 시대 우암 송시열의 글씨라고 하면서도 아무런 보호 장치 없이 건천에 방치되었기 때문이었다. 우암이라고 하면 주자학을 집대성한 주희를 좇아 조선의 주자(朱子)가 되고 싶어 했으며 조선 후기 정치와 사상계를 지배했던 인물로서 전국에 걸쳐 그이의 석각이 아무리 흔하다고 하더라도 고성에 있는 것은 또 고성에만 있는 것으로서 유일한 것일 텐데.

갈대와 줄풀이 뒤덮고 있는 선유담 바윗돌에 앉아 봄이면 순채나물을 안주로, 여름이면 제비붓꽃과 각시수련, 흰 꽃이 만발한 가을이면 달빛이 내려앉은 그리고 겨울이면 얼음판 위로 희디흰 눈밭이 펼쳐진 선유담을 꿈꾸듯 그리며 못 둘레를 걸터듬었다. 농경지가 넓어지면서 호수는 점점 좁아들었고 갈대뿐만 아니라 버드나무도 눈에 띄었다. 조선 시대 수많은 시인, 묵객들이 선유담을 읊고 그린 시와 그림들을 보고 있노라면 지금의 현실은 퍽 아쉬웠다. 문화유산을, 관광자원을, 자연환경을 이야기하면서도 곁에 있는 자원은 곧잘 잊었다.

무거운 걸음으로 돌아서는 순간, 그늘진 비탈에서 난데없이 여러해살이 식물인 '처녀치마'를 만났다. 벌써 재바른 누군가 다녀갔지만 처녀치마는 봄빛이 무르익어야 연보랏빛 꽃을 피울 것이므로 가만가만 새싹에게 봄 인사를 건네며 비로소 가슴을 펴며 조심스레 뒷걸음질했다.

산불이 휩쓸고 가다

집을 떠메고 갈 것처럼 광풍(狂風)이 불었다. 소리와 소리가 뒤엉켜 휘몰아치며 달려드는 바람은 몹시도 거세차서 방안에 꼼짝없이 갇혀 앉았다가 일어섰다가 좌불안석이었다. 그러다가 오후에 들어 인제군에서 산불이 났다는 소식이 문자 메시지로 왔다. 문밖으로 나갔다가 미처 한 발짝도 내딛지 못하고 다시 돌아섰다. 구옥(舊屋)인 우리 집 슬레이트 지붕은 말 그대로 금방이라도 바람에 날아갈 것처럼 들썩들썩했다. 책을 읽을 수도 음악을 들을 수도 없어서 소설책 『종이 동물원』부록으로 딸려온 코끼리 모양의 종이를 오렸다.

바람엔 어느 정도 익숙해졌다고 여겨졌지만, 2019년 4월 4일에 몰아친 바람은 바람 그 이상이었다. 지인들에게 이따금 '미친바람'이라고 일컫는 바람과도 비교할 수 없었다. 바람이 드세면 정신도 사나워지는 터라 그날도 도시에 사는 지인과 전화 통화를 하면서 불에 대한 두려움을 이야기했으나 도시에 사는 지인은 설마하며 대수롭지 않게 여기는 통에 그만 짜증이 났지만 우리 집이 바람에 날아갈 것 같아서 내가 과민했다고 여겼다.

사월에 부는 바람 속에는 불이 숨겨져 있었다. 프로메테우스가 제우스로부터 불을 훔친 죄로 독수리에게 간을 쪼아 먹히는 형벌을 받았다고 해서 불의 수난이 끝난 것은 아닌 듯했다. 동전의 양면처럼 축복과 재앙을 동시에 지닌 불은 그날만큼은 재앙이었다. 저녁 7시 50분 고성군청에서 보낸 '토성군 원암리, 성천리 일원에서 산불이 발생했으니 대피하라'는 문자가 왔다. 마치 문밖에서 틈을 엿보다 들이닥친 악마가 그런 모습일까, 순간 정신이 아마득해졌다. 한 치의 틈도 허락하지 않는 바람은 밀도 높게 불고 있었다.

그때부터 노트북을 켜고 인터넷을 연결하여 산불 소식을 접하는 가운데 고성군청과 속초시청에서 보낸 '대피하라'는 문자가 잇달아 들어왔다. 우리 마을과는 사뭇 거리가 있었지만 1986년 발생한 대형 산불이 마을 숲정이를 휩쓴 적이 있었으므로 안심할 수 없었다. 그런 가운데 한밤중에 군(郡)에서 나와 마을 주민 대피소에서 비상 물품을 싣고 가는 걸 보게 되었다. 내가 피난해야 할 상황이라면 수천 권에 이르는 책은 어찌할 수 없으니 컴퓨터 외장 하드와 손전등이나 챙겨야겠다고 생각하다가 그만두었다. 이미 재난이 된 산불 현장을 중계하는 텔레비전 생방송을 보다가 울화통이 터졌기 때문이었다.

첫 대피하라는 문자 이후 채 삼십 분도 안 되어 그러니까, 속초시청에서 보낸 두 번째 문자는 대피소를 지정해서 대피하라고 하는 안내 문자였다. 그만큼 바람은 거세찼고 불길은 급박했기 때문이었다. 그 바람과 불길을 보았으면서 지자체에서 지역 주민들에게 보낸 대피 장소조차 왜 안내하지 않는 것인지 어쩌면 그조차 벌써 늦었는지도 모를 일이었지만. 그렇더라도 집과 집들, 숲과 숲을 아무렇게나 건너뛰면서 내달리는 이른바 도깨비불이었으므로 재난 방송은 지자체와 연결해서 머뭇거리지 말고 냉큼냉큼 대피 장소를 전달했어야 했다.

자정에 가까울 무렵 휴대전화마저 불통이었고 그때 바람 소리 속에 문밖이 불빛으로 번쩍거렸다. 가까스로 문밖엘 나가보니 전기 공사 차량이 밖에 서 있었고 사람이 한 명 집 앞 전봇대에 올라가 있었다. 한밤중 미친바람 속에 전봇대에 오른 사람도 사람이려니와 바람 때문에 더 이상 서 있을 수 없어 다시 집 안으로 들어섰다. 우리 마을 동남쪽 산마루에도 붉은 기운이 비쳐 불길이 번지는 속도와 방향을 알아챌 수 있을 정도였다. 시시때때로 무언가 부서지는 소리가 들렸으나 일일이 확인할 수 없었으므로 근심은 더해갔다. 한밤중 우리 집 전기는 무사한데 개울 건너뜸은 캄캄했다.

새벽부터 바람이 조금씩 잠잠해지는 기미를 보이기는 했지만 안심할 수준은 아니었다. 자는 둥 마는 둥 꼭두새벽에 일어나 밖으로 나왔다. 바람은 한결 숙지근해졌으나 여진처럼 목이 칼칼할 정도로 흙먼지가 섞인 모래바람은 여전했고, 지난밤 사람이 올라갔던 전봇대에 또다시 사람이 올라가 있었다. 전날 밤 사고 위치만 확인하고 돌아갔다고 했다. 서너 시간 불통이었던 휴대전화가 다시 울리기 시작했고 개울 건너뜸에도 전기가 들어왔으나 마을 분위기는 심상치 않았다.

밤사이 바람의 속도는 초속 20미터가 넘었다. 우리 집은 별탈이 없었으나 앞집은 벼 건조기 지붕이 날아서 마당에 세워둔 기름통을 쳤고, 개울 건너에선 축사 지붕이 날아갔으며 위쪽 뜸에서도 헛간 지붕이 날아가면서 전봇대를 쳐서 이웃집 전화가 불통이었다. 양철 지붕과 샌드위치 패널 지붕이 뜯어지고 비닐하우스 비닐이 찢어졌으며 폐비닐과 같은 쓰레기들이 바람에 날아올라 바람아래 다리 밑에 담쌓였다. 나뭇가지가 부러지고 꽃잎들은 주눅이 잡혔다.

버스에 탔다. 새삼스레 2002년 태풍 루사로 인해 집이 침수되었던 기억이 떠올랐다. 이재민이 된다는 것은 말로는 다할 수 없이 힘들고 괴로운 일이었다. 속초 영랑호까지 가려던 생각을 접고 고성 봉포호 근처에서 버스에서 내렸다. 멀리 전남과 가까운 경기에서 온 소방차를 비롯 전국 각지에서 달려온 소방차와 소방관들, 언론사 승용차와 승용차들, 사람과 사람들로 봉포, 천진 인근은 북새통이었다. 봉포 리조트 근처 길섶, 불길이 지나간 자리는 그야말로 아수라장이었다.

하늘엔 여전히 소방 헬기가 떠서 잔불을 끄고 있었으며 불탄 집을 둘러보는 사람들, 잔불을 정리하는 사람들, 나는 큰길에서 벗어나 봉포호 가장자리에 서서 새까맣게 탄 갈대밭을 바라다봤다. 얼마만큼 사람 없는 불탄 자리를 둘러보다 그대로 돌아섰다. 우리 집이 물에 잠겨 한 달 가까이 청소와 뒷정리를 하는 가운데 전도하러 나온 교인들을 만난 뒤 재난 현장에 다가가는 일은 무척 조심스러웠다. 이재민을 위로하고 도와주는 일도, 취재하여 널리 알리는 일도 상대를 배려하고, 예의를 지키면서 진행되어야 한다고 여겼다.

봉포 이웃에선 여전히 뭉게뭉게 연기가 피어올랐고, 소방 헬기들은 쉴 사이 없이 물을 퍼 날랐다. 목이 따갑고 눈이 아팠다. 물을 마셨으면 하는 순간 거짓말처럼 길바닥에 생수 한 병이 눈에 띄었다. 겉면이 먼지로 뒤발하기는 했지만 새것이었다. 누군가 급하게 이동하면서 떨어뜨렸을 생수병을 집어 들었다. 간밤 아비규환의 생지옥을 겪었을 이들을 생각했다. 미친바람 속에 허겁지겁 피난했을 이들과 미처 울타리 밖을 벗어나지 못한 가축들과 나무와 그리고 꽃들까지.

걸어 걸어 대학교 교문 안으로 들어섰다. 화재 진압을 하고 온 검댕과 먼지로 뒤덮인 소방관들이 아무데나 앉거나 누워 쉬고 있었다. 어디 시원한 그늘막이라도 만들어주었으면 바랐다. 화재 현장 제일선에서 사투를 벌이는, 가장 먼저 들어가고 가장 마지막에 나온다는 이들의 휴식 시간마저 아무런 휴게 시설 없이 방치된 듯 보였기 때문이었다. 어쩌면 우리들 일상이 안전하고 평화로운 것은 보이지 않는 누군가의 희생이 뒤따랐기 때문일 것이었다.

답답하고 안타까운 마음이 더께더께 엉겨붙었다. 고성 천진리

매자나무로 이름이 잘못 알려진 팽나무 신목이 있는 서낭당으로 발길을 옮겼다. 숫서낭당은 바닷가 군부대 초소에 있어 출입이 여의치 않았다. 그렇지만 팽나무 서낭이 있는 암서낭당은 마을 한가운데 있어 출입이 비교적 수월했으나 찾을 때마다 자리가 비좁고 옹색해서 안타까웠다. 주민들 무사안녕을 빌었을 신목에는 실타래가 묶여 있었다. 고성군 서면에서 월남하여 천진리로 시집 와 육십 여 년을 사신 이옥자 어르신에 따르면 매해 음력 시월 초하루에 돼지를 잡아 마을 제사를 지낸다고 했다.

매캐한 탄내와 시커먼 불티, 붉은 화염 속에서도 팽나무 신목은 곧 흐트러질 것 같은 여리고 어리며 몽글거리는 꽃봉오리를 틔웠으며 불을 품은 바람 속에서도 아느작거렸다. 가만히 가슴에 손을 얹고 산불로 가족과 집 그리고 생활 터전과 일상을 잃고 고통 속에 있을 이들을 위해 조속한 복구와 가내의 안녕을 기원하면서 잠시 서성거렸다. 슬픔과 아픔, 낙담 그리고 분노가 곧 지나가지는 않더라도 먼저 평안하시기를.

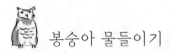 봉숭아 물들이기

먼산주름 끝에 저녁거미가 내린 뒤 반딧불이들이 까막까막 냇둑을 날고 있었다. 덩두렷이 떠올랐던 한가위 보름달은 구름과 숨바꼭질 중이었고, 풀숲에서는 벌레들 울음소리가 불꽃처럼 치솟았다가 사그라지는 잿불처럼 숙지근했다가 어느새 다시 기세 좋게 밤공기를 흔들곤 했다. 떼판으로 피었던 짙푸른 달개비풀이 숙진 자리에 거미줄이 내려앉았고, 덩굴진 돌콩 이파리에는 무당벌레가 날아들었으며 보랏빛 산비장이 꽃봉오리에는 여치가 앉아 있었다. 벼가 익어가는 논둑 가장자리에는 흰빛의 보풀이 피어났고, 논배미 벼 포기들 사이에는 보랏빛 물달개비가 얼굴을 내밀고 있었다. 가끔가다 피도 보였고 줄풀도 저 홀로 서 있었으며 이 둘은 모두 열매를 맺었다. 제초제 속에서도 살아남은 꽃과 열매였다. 저물 무렵 논배미에서 피 이삭을 자르고 있던 농부는 봄가물이 심했던 탓에 피가 그대로 자랐다고, 낫을 휘둘렀다.

달마중을 하러 나섰던 걸음이 보랏빛 물봉선이 떼판을 이룬 숲 기스락을 지나서 마을 입새 냇둑에 이르렀을 즈음 마을 안쪽에서는 보이지 않던 보름달이 느닷없이 눈길을 사로잡았다. 징처럼 둥그렇고 맑고 끼끗해서 가슴이 다 두근두근했다. 그제야 달님을 향해 마음을 나누었던 이들의 이름을 부르며 평안과 안녕을 빌면서 가만히 고개를 숙였다. 태풍이 지나가자마자 가을장마가 이어져 추석 전전날까지도 푸른 밤하늘은 기대하기 어렵지 않을까 염려하였으나 추석 전날 볕이 들기 시작하더니 마침내 추석 당일에는 장마로 눅눅하고 끈끈한 습기를 날려 버리기라도 하려는 듯 벼이삭을 흔드는 갈바람이 일었다.

명절을 앞두고 집안닦달을 시작했다. 아흔을 바라보는 어머니는 이제 집안일 따위는 슬그머니 뒤로 미루고 모르는 체하기 일쑤였을 뿐만 아니라 부모와 함께 살며 손님을 맞이해야 하는 처지 때문에라도 집안닦달을 하지 않을 수 없었다. 무엇이든 쟁여 놓기 좋아하는 어머니는 냉장고, 김치냉장고, 작은 냉동고 할 것 없이 숨도 쉴 수 없을 정도로 식료품들을 쌓아 놓았다. 틈틈이 정리하였으나 역부족이었다. 어머니 없는 사이 냉장고, 김치냉장고, 냉동고 순서로 어머니가 쌓아 놓은 오래된 식료품들을 정리하여 치웠다. 정리정돈이라면 남 못지않던 어머니는 노쇠해지면서는 아예 손을 놓은 정도가 아니라 정리하는 일 자체를 성가셔했다. 갑갑한 놈이 우물을 판다고, 보기 싫으니 헐수할수없이 해야 하는 일이었지만 그렇다고 아무렇게나 할 수 없는 게 또 집안일이었다.

어머니는 재료만 사다 놓고서는 김장조차 아예 손을 대지 않은 지

펙 오래되었지만 추석 때 먹을 김치뿐만 아니라 추석 송편을 시장에서 사는 걸 보고는 입을 다물었다. 맏며느리인 어머니는 집안 기제사를 다 없애고서는 명절 차례만 지내겠다고 선언했다. 아버지마저 이의를 제기하지 못했다. 당신의 큰 아들네, 작은 아들네뿐만 아니라 맏손자까지 외지에서 살고 있기 때문이라고 이유를 댔다. 그러면서 당신이 죽으면 또 화장은 하지 말라고, 두 번 죽기는 싫다고. 당신이 장례를 치를 것도 아니면서 죽은 다음을 무엇 때문에 걱정을 하는지, 누구도 자신의 주검에는 손대지 못하는 게 죽은 자의 운명일진대. 그렇게 입을 삐쭉거리기는 했지만 어머니 앞에서는 차마 말하지 못했다. 나이 순서대로 삶을 마감하는 것은 아니었지만 그렇더라도 죽음에 가깝다고 할 나이는 어머니였으므로.

아버지 직계 3대가 모일 예정이었다. 그러니까 증조부모와 증손자녀가 한자리에 모이는 것이었다. 추석 전날 먼저 도착한 작은올케와 함께 차례상에 올릴 차례 음식을 준비했다. 어머니는 제수만 사다 놓고서는 뒤로 빠졌다. 부엌은 이제 작은올케와 내 차지였다. 손이 무진장 큰 어머니는 과일과 생선은 머드러기여야 했다. 전은 삼십 명이 먹어도 남을 만큼 부쳐야 했으므로 재료 또한 그만큼 많았다. 명절에 오던 사람들이 다 모이면 삼십여 명은 넘었고 오래전부터 내 담당이었던 전은 아무도 손대지 않았으므로 구석에 자리를 펴고 조카 녀석을 옆에 앉혔다. 녀석에겐 부쳐 낸 전을 접시에 담는 일을 맡겼다. 명절 때마다 했고, 할 사람이 없었으므로 녀석은 그것을 크게 불평하지 못했다. 저녁 무렵에 큰올케가 도착하자 부엌을 담당하는 이가 바뀌었다.

막냇동생이 들고 온 살아 있는 문어를 손질하고 삶는 것은 내 몫이었고, 올케들이 부엌을 담당하는 사이 설거지와 걸레질은 내 일이었다. 그이들은 우리 집 부엌살림의 주체가 아니었으므로 함께해야 하는 일이었다. 누가 먼저랄 것도 없이 밥상을 차리고 차린 뒤에는 설거지를 해야 하고, 다과를 준비한 뒤에도 또 설거지를 해야 하고. 명절이 일 년에 두 번뿐인 것을 기쁘게 여기는 까닭이었다. 십수 명의 사람들이 한꺼번에 몰려오는 명절은 그야말로 비상이었다. 어른이든 누구든 모여 앉아 화투를 치지도 않았고 술판을 벌이지도 않는 것이 그나마 다행이라면 다행이었다. 그렇더라도 낯선 집에서 부엌을 담당해야 하는 올케들에겐 여전히 즐겁지 않은 일일 수도 있었을 것이므로 차례든 기제사든 의무와 책임감으로 강제될 일은 아닌 것이었다.

우리 집에서는 오래전부터 장을 담그지 않았다. 이번 명절 떡도 시장에서 샀다. 제주를 담그지 않은 지는 더 오래되었다. 누군가 불편을 느끼기 시작하면 제도든 문물이든 폐기되기 마련이었고 폐기되는 쪽으로 가닥이 잡힐 것이었다. 명절 차례 또한 오랜 관습이었다고 해도 내 부모들이 세상을 떠나도 지켜질지 의문이었다. 내가 어렸을 때 우리 집에서 지내던 차사(茶祀)들은 이제 다 없어졌다. 고려 시대는 9개 명절이, 조선 시대는 4개 명절이 그러나 지금은 겨우 설날과 추석뿐이었다. 그런데 우리 집 차례상에 올린 지방은 아버지의 고조까지였다. 그러니까 아버지의 증손자녀들에게는 대체 몇 대 조인 것일까. 자신들 증조부모도 모르는 터에 증조할아버지의 고조부모까지 알 턱이 없지 않은가. 며느리들인 내 올케들은 어떻고. 큰올케야 한

동네에서 나고 자랐으니까 내 조부모를 알았지만 작은올케는 내 조부모를 알지 못했다.

세대가 바뀐 것은 물론이거니와 생활 양식 또한 바뀌었다. 우리 집 경우는 특별한 일이 아니면 명절에만 모였다. 그것도 경우에 따라서 한 번일 때도 있었으니 일 년에 한 번 만나는 사람들에게 우애든, 사랑이든 얼마만큼의 크기인지 나는 알 수 없었다. 그것도 내 부모가 생존해 있으니 만나게 되는 것이 아닐까. 장남과 장손으로 이어지는 카르텔에도 불구하고 조상들 묘소 벌초조차 부모와 함께 살고 있는 막냇동생의 일이 되었다. 작은아버지들은 이제는 큰집 일이려니 했고, 장남과 장손은 남쪽 끝 도시에서 살고 있었으며 차남은 애초부터 무심했다. 그랬으므로 무덤을 없애지 않는 한 자손들 가운데 누구라도 먼저 마음을 낸 사람이 하는 것이 좋을 것이었다.

반딧불이들 춤추는 광경을 혼자 보는 것이 아까워 식구들에게 알려줬더니 손녀들 손에 봉숭아물을 들이고 있던 큰올케는 아들, 손주들을 앞세워 냇둑으로 나섰다. 얼마 전 문득 손톱에 봉숭아물을 들였고, 그것을 본 큰올케 또한 아이들 손톱에 물을 들여 주겠다면서 마을 샘터에서 봉숭아꽃과 이파리를 따서 절구에 찧었다. 손자 녀석은 싫다고 내뺐고, 손녀들은 할머니 무릎 앞에 얌전히 앉아서 할머니가 동여맨 손톱 위에 봉숭아물을 신기한 듯 들여다보다 제 손을 들어 불빛에 비춰보고서는 꽤나 재미있어 했다. 어릴 적 여름 방학이면 냇물에서 멱을 감다가 싫증이 나면 냇가 바윗돌에 핀 바위옷을 돌로 갈아서 손톱에 물을 들이거나 아니면 아까시 이파리 줄기로 곱슬곱슬하게 머리를 파마하곤 했다. 여름 한철 동무들과 함께 즐길 수 있는 놀이였으나 이제 그 동무들 다 어디로 갔는지.

밤새가 달빛을 가로지르는 사이 뜬금없이 소쩍새가 울었으며 어디선가 느닷없이 개가 짖었다. 샛노란 달맞이꽃들이 화들짝 놀라 꽃봉오리를 터뜨렸다. 밤에 깨어나는 숨탄것으로 수풀이 수선거리는 동안 달님은 구름 속을 빠르게 흘러갔다. 아니 구름이 달님 곁을 스쳐지났다. 밤길을 서성거리며 자식을 잃은 부모도, 부모를 잃은 자식도, 사랑하는 이를 잃은 모든 이들이 저렇듯 덩두렷이 떠오른 달님만으로도 그저 한순간만이라도 평안하였으면, 그랬으면 좋겠다고.

 숲은 숨일지니

볕바른 산 기스락 무덤가엔 매일같이 송아지만 한 개들 네 마리가 봄을 기다리는 아이들처럼 울멍줄멍 모여 있다가 저녁 무렵 내가 길을 휘돌아서 무덤가 근처에 나타나면 성급하게 컹, 컹, 컹 짖었다. 검정 개 세 마리와 하얀 개 한 마리이고 이들이 기다리는 것은 마을 이장님네 풍산개 암컷과 수컷이었다. 이 풍산개들은 너무 늙어서 이도 빠지고 힘도 전과 같지 않았지만 이들을 기다리는 네 마리 개들은 이 풍산개 암, 수컷이 나타나면 나를 향해 짖던 울음을 뚝 그쳤다. 그러고서는 슬금슬금 이 풍산개들에게 다가가서는 이들 가운데 늙은 수컷을 빙 둘러선 뒤 냄새를 맡으면서 머리를 들이밀면서 야단법석이었다. 늙은 수컷은 또 가만히 서서 이들이 자신을 빙 둘러싸고 냄새를 맡는 것을 모르는 척 내버려두었다. 이따금 이 수컷이 가진 권력은 어디서 나오는 것인지 궁금해 하면서 지켜보기는 했지만 그뿐, 이윽고 발걸음을 옮겼다.

족보 있는 풍산개라고 자랑이 대단한 이장님은 이 늙은 개들을 낡은 트럭에 태워서 다녔을 뿐만 아니라 큰 산에 들어갈 때도 어김없이 이 개들을 데리고 다니는 것으로 유명했다. 늙은 이 풍산개들은 가끔 우리 집 주변을 어슬렁어슬렁 지나가다 전봇대 아래에 오줌을 싸기도 했지만 나를 봐도 짖지 않았을 뿐만 아니라 멀뚱멀뚱 치어다보다 그대로 지나치곤 했다. 산 기스락 자드락길을 걷다가 덩치가 큰 검정개들이 나를 향해 짖어댈 때마다 나 또한 걸음을 멈추고서는 이들을 향해 집에 가라고 어르고 달래며 때로는 목청을 높이곤 했다. 검정개들 가운데 젊고 날렵하게 생긴 수컷 한 마리가 유독 사납게 짖었지만 개와 싸울 수도 없는 노릇이고 보면 그들을 곁에서 멀리 몰아내는 것밖에 달리 도리가 없었다.

집에 가라고 소리치면 이들 개들은 또 내게 달려드는 대신 슬몃슬몃 옆으로 비껴서 내가 가던 길을 갈 수 있도록 길을 터주곤 했지만 덩치가 송아지만 한 개들과 맞서야 하는 이 상황이 유쾌한 것만은 아니었다. 이들이 버려진 개들처럼 보이지 않는 것은 이따금 이들과 함께 산기슭 자드락길을 걸어가는 사람들이 먼발치에서 보였기 때문이다. 왜 개들을 풀어 놓는 것인지 궁금했으나 그 또한 그럴 만한 까닭이 있을 것이라고 여겼고, 간혹 이 개들이 무덤가 주변에 나타나지 않으면 안부가 궁금해지기도 했다. 그렇더라도 송아지만큼 덩치가 큰 개들이 주인은 물지 않을지는 몰라도 낯선 사람은 또 다를 수 있을 것이었으니 풀어놓지 않고 묶어 놓아야 할 것이었다. 마을엔 이따금 떠돌이 개들이 나타났고, 도둑괭이라고도 불리는 동네 고양이들이 흔하긴 했지만.

얼마 전 갑작스레 기온이 떨어진 어느 날 이른 아침, 밖에 나갔다 들어오신 어머니께서 고양이가 죽어 있노라고, 호들갑스럽게 말씀하셨다. 눈을 껌뻑거리며 섰다가 밖으로 나가보니 시멘트로 포장된 집 앞 길가에 누런 고양이 한 마리가 누워 있었다. 겉으로 보기에는 아무런 외상이 없어 보였으나 어딘가에 묻어야 할 듯해서 옮기다 보니 바닥에 피가 고여 있었다. 종이를 펴고 수레에 실었다. 근처 은행나무 아래 묻어주려고 하였으나 땅이 얼어 삽으로 팔 수 없어 다시 냇둑으로 향했다. 수풀이 우거지고 볕바른 곳을 찾았더니 다행스럽게도 흙이 얼지 않아 구덩이를 팠다. 장갑을 끼었는데도 손가락이 달아날 듯 바람이 차디찼다. 꽁꽁 언 고양이를 구덩이에 넣고 흙으로 덮고서는 잘 가라, 인사하고 돌아섰다. 막 아침 햇살이 앞산 위로 번지고 있었다.

누런 고양이는 한 번쯤 내가 밖에 내놓은 국물 우린 멸치나 생선 대가리를 먹었을 테지만 그보다는 짐승이든 인간이든 자연사하지 못하고 객사한 죽음이었으므로 어디든 마땅한 곳을 찾아 묻어주어야 했고 이번이 처음은 아니었다. 언젠가는 작은 새끼 고양이도 텃밭에 묻었고, 숲정이를 헤덤벼치다 보면 죽은 짐승들 사체와 마주쳤으므로 크게 놀랄 일도 아니었다. 새하얗게 육탈한 뼈일 때도 있었고 썩은 냄새를 풍기며 한창 파리떼가 우글거릴 때도 있었다. 요즘엔 몸뚱이는 사라지고 없는 새털들이 한자리에 흩어져 있는 것을 논둑길에서 자주 볼 수 있었다. 누구의 짓이었든 그것은 먹이 사냥이었을 것이었으니 이럴 때는 잘잘못을 따질 수 없었다.

몇 해 전 마을에 사는 한 노인이 개에 물리는 사고가 났었다. 야생 너구리로 인한 광견병이 유행하던 때였다. 광견병 예방 접종을 하지 않은 개였으나 주인은 개를 붙잡는 것이 어려워서 내버려두었다고 했다. 다행히 큰 탈 없이 지나갔지만 내가 좋아서 기르는 가축이므로 특히 신경을 써야 하는 것은 광견병, 즉 미친갯병은 인수 공통 감염병(人獸共通感染病)이었고, 우리 마을에서는 흔하게 너구리들을 볼 수 있었기 때문이었다. 광견병은 물을 무서워해서 공수병이라고도 불렸고 치사율도 높았다. 인수 공통 감염병은 '사람에게 전염되는 동물의 감염병'을 가리키는 말로 사스(중증 급성 호흡기 증후군), 일본 뇌염, 조류 독감, 메르스(중동 호흡기 증후군) 등이 있고, 구제역 또한 인수 공통 감염병이다.

바야흐로 과학과 의학이 발달하고, 발전했다고 하는 21세기인데도 세상은 여전히 전염병, 역병에 갇혀 옴짝달싹 못 하며 큰 혼란을 겪고 있었다. 국내에서는 2015년 메르스(중동 호흡기 증후군)로 38명이 사망했고, 지난해는 아프리카 돼지열병으로 온 나라가 떠들썩하더니 올해는 '코로나19' 감염병이 유행하고 있었다. 감염병 이름도 처음에는 원인을 알 수 없는 호흡기 전염병으로 중국 후베이성 우한에서 발생했다고 해서 '우한 폐렴'으로 불리다가, 폐렴의 원인인 병원체가 확인되면서 세계보건기구(WHO)의 권고에 따라 '신종 코로나 바이러스 감염증'이라고 불리다가, 지난 2월 11일 세계보건기구에서 '신종 코로나 바이러스 감염증'을 다시 'COVID−19'로 공식 발표했다. 따라서 우리나라도 국문 약칭 '코로나19'로 명명했다. 2015년 세계보건기구는 편견을 유도할 수 있다는 이유로 지리적 위치, 사람 이름, 동물, 직업, 문화 등의 항목을 표기하지 않을 것을 권고했다.

2020년 2월 19일 현재, 국내에 코로나19 확진자는 있지만 사망자는 나오지 않아서 다행스럽게 여겨지다가도 이웃한 중국을 떠올리면 정신이 아마득해지곤 했다. 매일 수십 명씩 사망자가 나오는 가운데 2020년 2월 19일 현재, 전 세계 사망자는 1,800명을 넘어섰다. 이 상황이 차라리 재난 영화였으면 바라기도 했지만 지금 이 지구에서 실제로 벌어지고 있는 일이었다. 이런 가운데 또 '격리'와 '배제', '지역'과 '혐오'가 하나로 묶여 난무하고 있었다. 때때로 원인을 알 수 없는 질병이 불안과 공포를 불러일으킨다고 해서 내, 외국 왕래가 자유롭고 이동하는 인구 또한 헤아릴 수 없이 많아진 오늘날 특정한 지역, 국적, 인종을 표적하여 공격하는 것이 과연 옳은 일일까.

코로나19 또한 신종, 새로운 감염병이었고, 백신과 치료제가 아직 없었다. 야생동물에서 유래했을 것이라고 추측할 뿐 정확한 기원은 여전히 오리무중이었다. 『인수 공통 모든 전염병의 열쇠』를 쓴 데이비드 콰먼에 따르면 인간이 동물의 영역을 침범함으로써 숙주(宿主)를 잃은 갈 곳 없는 바이러스들이 새로운 숙주를 찾기에 이르렀고, 그 새로운 숙주가 인간이라고 했다. 바이러스는 살아 있는 세포에 기생했으므로. 모기가 옮기는, 어른들이 학질이라고 부르는 말라리아, 한탄강에서 최초로 발병한 설치류가 옮기는 유행성 출혈열, 사스와 메르스, 이제는 코로나19까지 어느새 우리 귀에 익숙한 감염병이 되었으나 문제는 백신이나 치료제가 없다는 것이었다.

　왜 끊임없이 새로운 전염병들이 생기는 것일까. 어쩌면 그 답은 숲에 있는지도 모를 일이었다. 해마다 기온이 올라가고 빙하가 녹아내리고 태풍이 몰아치고 해수면이 올라가는 밑바탕에는 아무렇지도 않게 숲을 짓깔아뭉개는 데 있을 것이었다. 한번 부리를 딴 숲을 다시 되돌리는 일은 까마득할 뿐만 아니라 멀리 세계의 허파라는 아마존 밀림까지 갈 것 없이 우리 마을 숲정이만 둘러보아도 마치 기계총이 생긴 것처럼 숲정이가 얼룩덜룩했다. 자연 생태계를 파괴하면 그 여파는 마침내 우리들, 내게 들이닥칠 것이었다. 숲은 숨일지니.

　그런 와중에도 양양 낙산사 경내엔 흰색 백매가 꽃을 피웠더라.

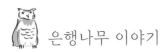 은행나무 이야기

톡톡거리는 소리가 끊이지 않았다. 아침, 저녁을 가리지 않을 때도 가끔 있었다. 부엌을 건너 내 방까지 들리는 소리에 이따금 귀가 쏠리기도 했지만 무심해지지 않을 수 없었다. 겨울로 접어들면서 시작된 소리는 끊어졌다 이어지기를 반복했다. 어머니께서 시장에 다녀오신 뒤면 그 소리는 며칠씩 이어지기도 했다. 어느 때는 시간차를 두고 부르는 이중창처럼 들리기도 했고 귓가에서 모기가 앵앵거리는 것처럼 귀가 쏠았다. 처음엔 무슨 소리인지 몰라서 방문을 열었다 닫곤 했다. 은행을 까는 소리였다. 은행은 껍데기가 딱딱해서 도구를 이용하지 않으면 쉽게 깔 수 없었다. 어머니께서 자루째 사다 놓으면 병석에 계신 아버지께서는 일삼아 그 일을 하곤 했다.

은행나무는 2억 7천만 년 전 화석으로도 발견되어 살아 있는 화석이라고도 하고 그 까닭은 이 나무는 거의 3억 년 가까이 멸종하지 않고 살아남았기 때문이었다. 지구에서 공룡이 사라지고 매머드가 멸종하고 없었지만 은행나무는 끄떡없이 살아남아서 오늘도 흔하게 이

나무들을 볼 수 있었다. 그렇지만 중국이 원산지인 이 은행나무는 1종 1속으로 그 흔한 친척 나무조차 없었으며 저 스스로는 또 자생하지 못해서 사람이 심어야만 했다. 그렇게 생명을 이어왔으면서도 또 매우 오래도록 살아남아서 우리나라에는 나이가 천 살이 넘는 나무도 꽤 많았다.

마을 주변에서는 아직은 천 살보다는 어린 나무들을, 향교와 사찰에서는 천 살에 가까운 나무들을 볼 수 있었다. 고성군청 마당엘 가면 어디에는 칠백 살이라고도 하고 또 어디에는 팔백 살이라고도 하는 은행나무가 옹벽 꼭대기에 동쪽을 향해 비스듬히 그러나 매우 우람하게 서 있었다. 그러나 가까이서 나무 둥치를 보면 말짱하지 않은 것을 알 수 있었다. 흔히 구새먹은 자리는 흰 뱀이 산다고도 하는 전설이 전해지기도 하지만 고성군청 은행나무는 구새먹은 곳을 수술한 자리가 매우 넓고도 커다랬다. 나무들은 속이 텅 비어도 겉만 멀쩡하면 얼마든지 살아갈 수 있었지만 그렇더라도 바라보는 마음이 편할 리 없었다.

고묵은 나무들은 으레 태풍에도 가지가 찢기고 폭설과 번개에도 아귀가 너덜나기 일쑤였다. 그렇지만 또 이 찢긴 가지들이 벌레와 곤충들을 불러 모으면 그 다음에는 조류가 나무에 구멍을 내기에 이르러서 마침내 크고 작은 새들이 둥지를 틀면서 구멍은 걷잡을 수 없이 커지게 마련이었다. 그러나 나무는 또 나무대로 기꺼이 이들과 동거하면서 갖은 생명을 품는 보금자리가 되었고, 인간은 또 이들의 공생이 불러일으키는 꽤 그럴 듯한 광경을 볼 수 있게 되었다. 마치 간성읍 자치 센터 쪽에서 보면 절벽에 매달려 허공에 떠 있는 듯 여겨지기도 했지만 나무 둥치 둘레를 가만히 살펴보면 아직 추위가 채 가시지 않은 음력 정월인데도 봄까치꽃이라고 불러야만 좋을 연푸른 빛깔의 개불알꽃을 촘촘히 키우고 있는 것처럼.

식물이 열매를 맺는다는 것은 꽃을 피운다는 것이었고, 그 꽃의 결과가 열매로 이어졌으며 열매는 또 종자, 씨앗이 되어서 다음 세대를 잇는 것이었다. 그렇지만 은행나무는 유심히 들여다보아야만 볼 수 있는 암꽃이 피는 나무와 수꽃이 피는 나무가 따로따로인 암수딴그루였다. 그러니까 암꽃이 피는 나무는 암꽃만 피고, 수꽃이 피는 나무는 수꽃만 피어 둘 가운데 하나가 없으면 열매를 맺을 수 없는 나무가 은행나무였다. 이를테면 소나무는 암수한그루, 즉 자웅동주(雌雄同株)여서 한 그루 나무에 암꽃도 피고 수꽃도 피어서 솔방울을 맺었지만 은행나무는 그렇지 않다는 얘기였다.

가을이면 열매가 뿜어내는 냄새로 악명을 떨치기도 하는 은행나무는 열매가 무거워 멀리 가지도 못해 대체로 밑동 주변에 떨어졌다. 그 옛날엔 은행나무 두어 그루만 있어도 톡톡한 가욋벌이가 되었고, 학자금을 보탤 수 있어 대학나무니 뭐니 하는 별칭이 따라붙었지만 근래에는 이것 또한 그리 주목을 받지 못하는 듯했다. 은행은 약재로서도 그 쓰임새가 유용하지만 중독을 일으킬 수 있으므로 주의해야 했다. 밥에 안치거나 팬에 볶으면 쫄깃해서 자꾸 손이 갔지만.

우리 집 마당에도 오래된 은행나무가 있었으나 마을 회관을 이전하면서 새로운 터전으로 함께 이사를 했다. 그러나 이사를 하기 위해 나무갓이 잘리고 가지를 제겨내는 바람에 꽤 볼만했던 나무는 그만 주먹손이 되었는데 옮겨 심은 과정에서 또다시 굴착기에 여기저기 나무 껍데기가 까졌다. 옮겨 심은 뒤 한동안 되살이하느라고 그랬는지 이파리도 제대로 피우지 못했었다. 근래에는 가을이면 샛노란 은행잎이 퍽 볼만해졌으나 이 나무는 한 그루였고, 아직 열매를 맺지 않았다. 은행나무는 심은 지 20~30년은 되어야 열매를 맺는 까닭에 '공손수(公孫樹)'라고도 불렸다.

고성군에는 보호수로 지정된 은행나무가 두 그루 있고, 한 그루는 수그루로 고성군청 마당에 있고 또 한 그루는 암그루로 간성읍 봉호리 농가 굴뚝 옆에 있다. 농가와 농가 사이의 틈에 있는 이 은행나무는 사백 살이라고 알려져 있었고, 대나무와 음나무에 둘러싸여 있어서 한여름에는 무성한 이파리 때문에, 낙엽이 지고 없는 한겨울에는 또 한겨울이어서 존재를 알아채기가 쉽지 않았다. 지난해에 이어 올해도 시적시적 노량으로 걸어서 옛 동해북부선 철길을 따라 은행나무를 보러 갔다.

한여름에는 뙤약볕이 무심해서, 한겨울에는 미친바람이 섭섭하기도 했지만 옛 동해북부선 간성역 터에서 주변을 둘러보기도 하고 너른 동호리 뜰을 내다보기도 하면서 걷는 길이 퍽 쏠쏠했다. 어디만큼에서 동호리와 봉호리가 갈리고 동호리는 또 오래전 염전이 있었다는 이야기를 듣고서는 한동안 옛 염전 터를 찾아 돌아다녔고, 문암리 또한 마찬가지였다. 이곳 동해안은 바닷물을 끓이고 졸여서 소금을 만드는 자염(煮鹽)이 흔했으나 이 또한 모두 옛일이었지만 터무니가 사라졌다고 해서 전해오는 이야기까지 사라지는 것은 아니었다. 마치 얼음강판 속에서도 실낱같은 물길이 흐르고 있는 것처럼.

오래된 나무들을 기리는 것은 때때로 이 나무들이 품었을 이야기가 그립고 궁금해서이기도 했다. 오색딱따구리와 백로, 때로는 수리부엉이와 소쩍새 거기에 떼를 지어 몰려다니곤 하는 참새떼도 잠시잠깐 나무에 의탁하여 날갯짓을 쉬었을 것이었다. 더불어 어느 해는 태풍이 심해서 열매가 여물지 못했고 또 어느 해는 폭설이 심해서 북쪽으로 난 나뭇가지가 꺾였을 것이었다. 또 어느 해는 볕이 좋아서 은행이 헤아릴 수 없이 수두룩하게 열려서 주인 영감의 마음이 해낙낙했을, 그 모든 일들을 일일이 나이테에 새겼을 것이나 인간은 또 명개만큼도 헤아릴 수 없는 일이고 보면 천 년을 사는 나무는 그저 아마득하기만 할 뿐.

지난해 여름 어느 날에는 장에 다녀오시던 집주인 노인을 만났으나 올해는 어디 마실을 가셨는지 구팡에는 슬리퍼만 나란히 놓여 있을 뿐 기척이 없었다. 지난해 노인께서는 속초 관광 수산 시장이 중앙 시장으로 불리던 시절, 가을이면 은행을 팔러 다녔던 얘기를 들려주셨다. 다시금 옛날이야기나 들어볼 요량이었으나 집은 적적했고, 텃밭에는 은행들만 나뒹굴고 있었다. 무엇보다 앞집에 사냥개처럼 험

상긋은 개 한 마리가 목줄을 끌며 내가 마을에 들어설 때부터 짖어대기 시작하더니 좀처럼 울음을 그치지 않고 있었다. 날은 또 온통 미세 먼지로 뒤덮여 그렇지 않아도 텁텁하던 하늘이 아예 실루엣으로 변하고 말았다.

은행나무를 뒤로하고 마을 논들 가장자리 벼 건조장 옆에 서 있는 고묵은 소나무를 둘러보러 가는 길에 웬 노인께서 우산을 질질 끌면서 논길을 걸어오고 있었다. 인사를 여쭈어도 노인은 본 척 만 척 그러면서도 서두르는 기척 없이 느릿느릿 지나가셨다. 몸을 돌려서 노인의 뒷모습을 바라다봤다. 등허리부터 온통 흙투성이였다. 고개를 갸웃거리며 벼 건조장 위로 덜름하니 솟아오른 고묵은 소나무를 올려다보았다. 하늘에는 느릿느릿 백로가 지나갔고, 좀 전까지도 요란스럽던 개 짖는 소리가 문득 사라졌다.

도둑눈이 내리면

갈까마귀 떼 날아간 자리에 도둑눈이 내렸다. 숲정이에 듬성드뭇한 생강나무는 한껏 꽃망울이 부풀어 올랐고 산 기스락 찔레꽃나무는 참새 혓바닥 같은 새싹을 내밀었다. 논두렁에 꽃다지는 깨알 같은 망울을 터뜨리고 있었지만 하룻밤 사이 꽃들은 난데없는 소나기눈 속에 갇히고 말았다. 우수와 경칩 사이 개구리들 입이 전례 없이 이르게 떨어졌으나 바투 다가온 농사 일정에 기대 반, 근심 반이었던 어제 일들이 한순간 저 깊은 땅켜 속으로 까맣게 묻혔다. 해 질 녘 빗방울은 진눈깨비를 지나 시나브로 함박눈으로 바뀌고 있었다. 자욱하게 피어나는 비안개로 겨우내 큰 눈비 없는 따뜻한 겨울을 보내던 대지는 모처럼 초근초근해졌다.

산책길에서 만난 이웃 마을 어르신은 논둑에서 닥나무 껍질을 벗겨내고 있었다. 마을에 몇 그루 없어 오며가는 눈여겨보던 나무들이었다. 까닭을 여쭈었더니 손주들에게 팽이채를 만들어주려고 한다면서 함박웃음이었다. 그리고 보니 나 어릴 때도 아버지께서 소나무를 깎아 팽이를 만들고, 닥나무 껍질로 팽이채를 만들어서 얼음 강판에서 놀 수 있도록 해주었다. 팽이에 쇠구슬을 박고, 크레용으로 알록달록 색깔도 칠했다. 누구의 팽이가 오래 돌아가는지 내기했다. 닥나무로 만든 채찍이 내는 바람 소리는 참으로 근사했지만 이젠 마을에서는 누구도 닥나무로 옷을 만들지도 않았으며 종이조차 만들지 않았다. 오디가 익어가도 따먹는 이 없어 혼자 두고 먹던 나무들이었지만 또 다른 쓰임새를 찾은 듯했다.

올해는 영등할미께서 딸과 며느리, 모두의 손을 잡고 오셨는지 바람과 비가 갈마들면서 바람은 곧잘 비가 되었다가 어느 날은 또 비와 바람이 한꺼번에 매우 사납고 거칠게 휘몰아쳐서 문밖출입이 쉽지 않았다. 그렇지 않아도 '코로나19'로 사망자가 발생하기 시작하였던 터라 설상가상이었다. 속초시에서 확진자가 나왔고, 이 확진자 동선이 공개되면서 고성군 관내 마을 경로당이 폐쇄되었으며 예방 수칙을 안내하는 문자 메시지가 줄을 이었다. 하물며 확진자가 발생하지 않았다는 문자 메시지까지 오는 걸 보면 한편 안도하면서도 과도하다는 기분도 없지 않았고 또 한편으로 우리가 느끼는 불안과 공포의 정체가 궁금하기도 했다.

밤사이 도둑눈이 내린 줄도 모르고 있다가 아침 햇살에 놀라 문을 열었다가 주춤했다. 간밤 눈은 쌓여 세상이 온통 새하얗게 변했다. 천지개벽이었다. 햇살과 눈이 빚어내는 풍광에 눈이 시울었다. 눈곱도 떼지 못한 채 마을 앞산 기스락 근처, 논둑에 저 홀로 우뚝한 고목은 소나무를 찾아서 서둘렀다. 큰 산 산마루에서부터 내려오기 시작한

햇살은 봄눈을 녹이면서 빠르게 하강하고 있었다. 응달진 곳은 여전히 눈으로 덮여 있었지만 마음은 다급했다. 햇살은 맑고 바람도 없었으므로 눈에 덮인 세상은 그린 듯 빼어났지만, 고묵은 소나무 나무갓에 쌓여 있던 눈은 비처럼 녹아내리면서 나무 둥치 주변은 둥그렇게 금을 그은 듯 그곳만 눈석임물로 질척질척했다.

논둑길 고묵은 소나무는 마치 조선 후기 18세기를 살다간 능호관 이인상이 그린 '설송도(雪松圖)'를 떠올리게 했으므로 눈이 내려 쌓이면 일부러 찾아가곤 했다. 설송도는 바위짬에 두 그루 나무가 한 그루는 거칠 것 없이 완고하고 기세차게 위로 뻗어 올라갔고 또 한 그루는 이와 다르게 강인하고 꼿꼿한 나무줄기 뒤로 눕듯 휘어져 가로와 세로가 절묘하게 어울렸다. 이를테면 직선에 함축된 곡선이 드러난 모습이랄까. 아마도 일자로 하늘로 치솟듯이 뻗은 나무 한 그루만 있었더라면 그림은 야멸치고 강퍅해 보였을 테지만 그 뒤로 슬그머니 휘어진 나무 한 그루를 배치함으로써 엄정하면서도 동시에 부드럽고 소탈한 풍정을 드러냈다. 두 그루 나무 모두 고묵어 나무줄기가 성기었고 거기에 눈까지 덮였으니 세상 풍파 다 겪은 늙은이의 마음 한자리가 이와 같을지도 모를 일이었다.

나무갓에서 끊임없이 눈 녹은 물이 떨어지고 있었으므로 오래 서있지 못하고 그리고 나무 전체 모습을 보려면 나무 아래서는 불가능했으므로 산 기스락 쪽으로 자리를 옮겼다. 이리저리 자리를 옮겨도 소나무의 전체 모습을 볼 수는 없었지만 그렇더라도 적당한 자리를

찾지 않을 수 없었다. 그러다가 산 기스락에 있는 작은 대숲까지 걸음이 이어졌다. 그늘진 대숲에는 눈더미에 묻혔던 대나무들이 댓잎을 덮은 눈을 털어내는 소리로 분주탕이었다. 마치 새떼들이 깃을 치듯 시끌벅적했다. 멀리서는 들리지 않던 소리가 가까이 다가가면 갈수록 고조되었다. 폭풍우가 휘몰아칠 때처럼 잠시잠깐 아득한 기분이었다. 나부랑납작 짓눌려 있던 대나무들이 허리를 곧추세우기 시작했다. 대숲이 수선수선하는 소리에 취해 잠시 소나무는 잊었다.

집으로 돌아오자마자 다시 이웃마을로 향했다. 이제나저제나 때를 가늠하고 있었으나 코로나19로 조계종 산문 폐쇄 소식이 들렸다. 매해 이른봄이면 양양 낙산사에 들러 얼음새꽃을 만났으나 올해는 그럴 수 없었다. 이날 목적지인 현내면 산학리는 노인산과 고성산 사이에 자리한 마을로 고성군 보호수인 소나무가 있을 뿐만 아니라 옛 성터도 아직은 그 흔적이 희미하게나마 남아 있었고, 무엇보다 얼음새꽃, 복수초(福壽草)를 볼 수 있었다. 옛 성터에는 12그루의 고목은 소나무가 한자리에 모여 있었으나 가시덤불을 헤치고 들어가야 나무들 그늘이라도 느낄 수 있었지만 그렇더라도 그곳에 서면 왼쪽으로는 노인산을, 오른쪽으로는 고성산을 볼 수 있으며 정면으로는 향로봉으로 이어지는 까치봉 줄기를 엿볼 수 있었다.

버스에서 내려 옛 죽정초등학교 앞을 지났다. 국민학교에 다니던 시절, 육상대회엘 나가야 하는데, 우리 학교에는 내게 맞는 '스파이크 운동화'가 없어서 이 학교에서 빌려 신었다. 죽정초등학교는 분교로 시작하여 학교가 되었다 다시 분교가 된 뒤 2008년 학생 수 감소로 폐교되었다. 늙은 미루나무가 울타리 곁에 있었으나 교문은 쇠줄로 가로막혀 있었다. 돌아서서도 텅 빈 운동장이 눈앞에 어른거렸다. 사라진다는 것은 어쩌면 소리를 잃는 것일지도 모를 일이라고 웅얼거리며 걷는 가운데 교문 앞에 서 있을 때도 그랬지만 어디선가 자꾸 냄새가 흘러들었다. 걸음을 옮길수록 냄새는 더욱더 짙어졌다. 그 냄새는 우리 마을과 이웃 마을 사이에 있던 돼지 축사에 흘러나오던 냄새와 닮았다.

아니나 다를까, 모퉁이를 돌아서자 줄지어 서 있는 자동차들과 방역 초소 건물이 그리고 바닥에는 누런 석회 가루가 덕지덕지했다. 그러고 보니 길섶 도랑 옆에 거대한 돼지 축사가 골짜기 움쑥하니 들어간 곳에 자리했다. 세상이 온통 코로나19로 들썩거리는 까닭에 까맣게 잊고 있었던 아프리카 돼지 열병(ASF)이 여전히 종식되지 않은 채 우리들 사이에 있었던 것이었다. 치료제와 백신이 없다는 점에서 아프리카 돼지 열병과 코로나19는 비슷했으나 아프리카 돼지 열병은 돼지과들 사이에서, 코로나19는 인수 공통이라는 차이점이 있었지만 전염병이라는 것은 동일했다. 집에서 기르는 돼지든, 야생에서 사는 돼지든 전염병 없이 살다 가면 좋으련만, 하물며 인간이랴.

청명했던 하늘에 시커먼 구름타래가 내뻗어오면서 흩뿌리던 비꽃은 그예 빗방울이 되었다. 우산도 없이 비를 맞았다. 고목은 소나무는 논들, 산 기스락 가까운 곳에 멀리서 봐도 한눈에 알아볼 수 있었다. 수풀이 무성하지 않은 때라서 더욱더 도드라졌다. 논길 한가운데서 노인께서 운전하는 경운기를 비껴서 조심스럽게 다가들었으나 눈앞에서 갑작스레 까마귀 떼가 날아올랐다. 외솔을 둘러싸고 까치 떼와 까마귀 떼가 서로 맞섰으나 단독인 말똥가리는 떼로 달려드는 까마귀들을 피해 멀찍이 줄행랑쳤다. 맹금인 말똥가리도 혼자서는 까마귀 떼들의 위협을 피할 수 없었던 듯했다.

철망으로 둘러싸여 있는 소나무는 외솔이었으나 두 갈래로 가지 뻗어서 자칫 잘못 보면 두 그루처럼 보였다. 조선 후기 간성군수를 지낸 권익륭의 영세불망비(永世不忘碑)가 있다고 알려졌으나 글자가 마멸되었을 뿐만 아니라 메마른 덩굴 식물에 가려 거의 알아볼 수 없었다. 그제야 이곳 외솔배기를 찾은 이유를 떠올렸다. 복수초, 얼음새꽃을 찾아 기스락으로 향했다. 묘지였을 그곳에는 빗방울을 머금은 얼음새꽃이 샛노란 연꽃처럼 피어나고 있었다.

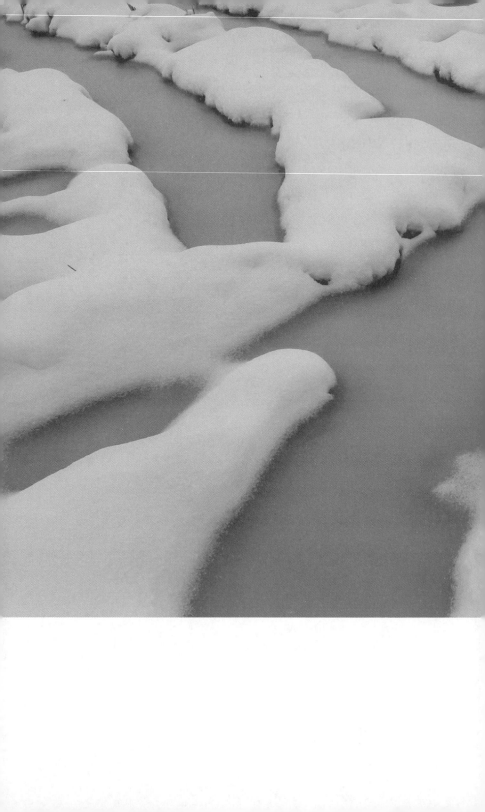

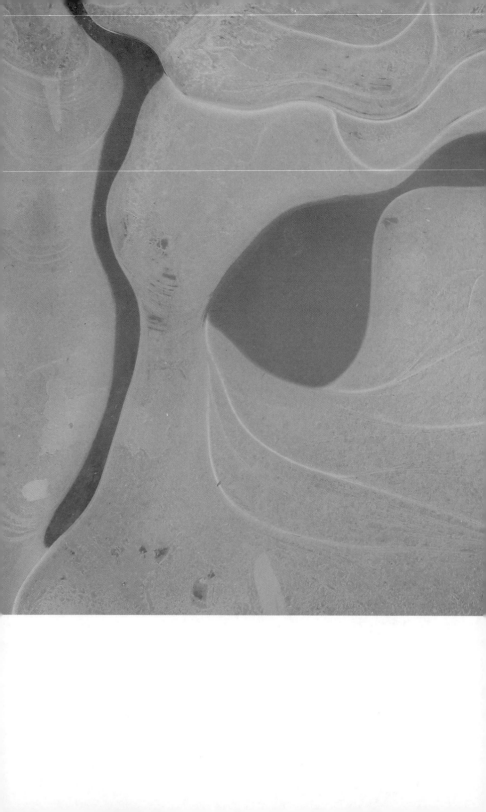

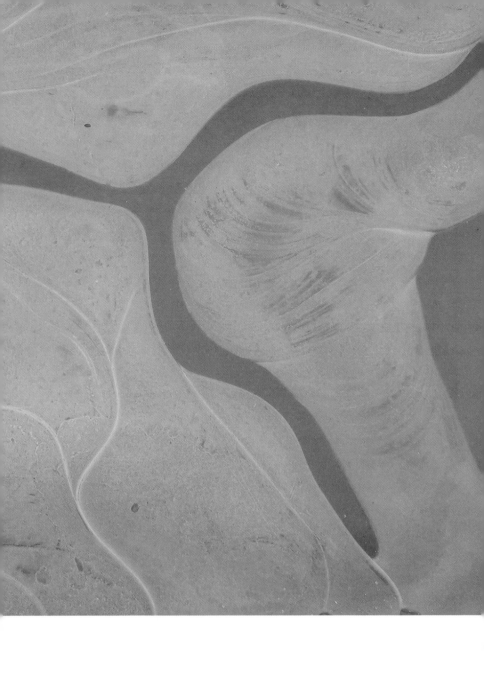

숲의 선물

 움트는 봄

말 씹도 터진다는 봄바람이 불었다. 손가락이 느끼는 체감 온도는 영하 이십 도쯤 되는 듯하고 귓불은 얼음이 박혀 사물사물했다. 아무도 밟지 않았던 농로의 숫눈은 바람에 쓸리고 햇볕에 녹아 진창길이 되어 매우 위태로웠다. 얼음판 위에 고였던 덧물은 다음 날이면 가뭇없이 증발된 채 눈석임물은 또 다른 물길을 만들며 흥건하게 흘렀다. 신발은 진흙으로 엉겁이 되어 천근 무게였다. 응달은 여태도 첩첩한 눈더미 속에 갇힌 반면 볕바른 양지는 거진 눈이 다 녹아 새싹들이 우꾼우꾼 돋고 있는 듯 푸르스레했다. 눈 녹아내린 자리에는 꽃다지, 벼룩이자리가 돋았고 솔수펑이에서 불어오는 솔바람 소리는 무젖은 듯 여느 때 없이 푸른빛이 돌면서 한층 깊은 소리를 냈다.

눈여겨봐둔 언덕 위 생강나무를 향해 나갔다. 눈더미에 푹푹 발이 빠졌다. 신발 속으로 눈 알갱이들이 들어오고 발뒤꿈치는 선뜩선뜩했다. 언제부턴가 새하얀 눈더미 위에 버려진 짐승의 주검이 자꾸 눈에 밟혔다. 눈 위에 매닥질한 흔적이 남았으나 삼 미터쯤 떨어진 거리에서는 어느 것도 알 수 없었다. 발가락은 사라지고 발목만 남은 주검이었다. 그것마저 누군가에게 밥이 되었는지 사날 뒤에는 껍데기만 나동그라져 있었다. 시간이 흘러야 빗물에 씻기고 바람결에도 흩어져 자취 없을 것이었지만 당장 눈앞에 보이는 짐승 껍데기는 그대로 주검일 뿐이었다. 눈이 녹으면 얼룩처럼 보이던 주검이 사라질까. 가시덩굴에 긁히고 억새풀에 미끄러지며 가까스로 생강나무 근처에 다다랐다.

고로쇠 물은 달달했다. 사촌동생이 제 사촌동생을 뒤세우고 큰 산에 들어가서 짊어지고 온 물이었다. 앞서 혼자 산에 들어가 고로쇠나무에 구멍을 뚫고 물받이 호스를 연결하느라고 기진맥진했다는 소리를 사촌동생에게 들은 지 한참 뒤였다. 큰 눈이 내리고도 날은 들지 않고 한때 흐려 있거나 어느 밤엔 꽝꽝 얼어붙어서 나무들 물길이 여의치 않았기도 했지만, 정신없는 여편네 떡 퍼 돌리듯 산지사방 지인들에게 되는대로 물통을 나눠주느라고 내게는 남늦게 당도했던 것이었다. 먼저 꼬리 친 개 나중 먹는다고 하더니 그 짝이었다. 그렇더라도 18리터, 한 말 물통이었다. 그것을 큰 산 골짜기에서 큰길까지 짊어지고 내려왔을 수고가 만만치 않았을 터였다. 한 모금 맛본 뒤 다음 날 어디어디, 누구누구랑 나눠야겠다는 생각을 여뤄둔 뒤 잠이 들었다.

노랑턱멧새는 덤불숲을 넘나들며 북새를 놓았다. 어디서든 불쑥불쑥 모습을 드러내는 직박구리는 무슨 일인지 사날없게 느껴졌으며 그 울음소리는 까막까치 지지대는 소리만큼 듣그러웠다. 숲정이에서 어치 울음소리를 들을 때처럼 저절로 눈살이 찌푸려지면서 신경이 곤두섰다. 그렇다고 직박구리를, 어치를 원망할 수 없으니 얼른 자리를 피하는 게 수였지만 생강나무 꽃눈을 만나려고 내친걸음이었다. 이제 막 벙그러지는 꽃눈도 있었지만 여태도 깜깜한 어둠 속에 갇혀 있는 꽃눈이 태반이었다. 까치발을 하고 팔을 한껏 뻗어서 나뭇가지 하나를 끌어당겼다. 발쪽발쪽 속을 드러낸 꽃눈은 손끝으로 비벼서야 겨우 알싸한 냄새가 날만큼 아직도 지층 저 아래 묻힌 듯 감감했다. 맥맥히 바라보다 돌아섰다.

이른 아침 부엌에서 덜거덕거리는 소리를 잠결에 들었다. 식전 마수에 까마귀 우는 소리처럼 불길했지만 이불을 껴안은 채 그대로 돌아누웠다. 눈으로 직접 보지 않았지만 어떤 일이 벌어졌는지 이미 알아챘다고 하는 것이 옳았다. 하지만 전날 어머께서도 물통에 고로쇠 물을 보셨고, 뒷집 아주머께도 한 병 드리라고 이른 뒤였으므로 손 큰 어미 장 도르듯 하는 어머니였지만 한편으로는 안심했다. 그러나 부엌에 남겨진 물통을 보는 순간 기막혔다. 물통에 물은 겨우 한 잔 정도 남아 있었다. 물을 어떻게 했느냐고 전화를 드렸더니 어머니 하시는 말씀, 담다 보니 그리되었다고 헤헤 웃으셨다. 판판이 당하는 판국이라 길길이 날뛰었지만 그뿐, 어머니를 당해낼 재간이 없었다.

이따금 아들에게 쥐어박히기도 하고 얻어맞기도 하는 이웃집 노인을 큰길에서 만났다. 아니 서로 비켜갔다. 노인께서 눈도 채 녹지 않은 볕바른 논둑, 밭두둑을 오르내리면서 봄나물을 캐고 다니는 것을 여러 날 지켜봤다. 손에 들린 하얀 비닐봉지가 제법 묵직해 보였지만 그래봐야 두어 움큼이 될까 말까 한 양이었다. 꾸벅 고개 숙여 인사를 하고 지나가면서도 걸음이 무거워 힐끗 뒤를 돌아보았다. 채 돋지 않은 봄나물을 찾아다니는 일이 진창길에 흘린 좁쌀 줍기만큼 어렵다는 것을 알고 있었기 때문이었다. 새퉁스러울 때가 많은 노인이어서 먀얄먀얄하게 대하는 편이었지만, 외알제기하듯 질질 발을 끌고 가는 걸음이 영 애발스러워 보였다. 노인의 나이 낼모레면 여든 살이었다.

눈더미가 짓깔아뭉갠 갈대숲 사이를 도도하게 시위난 것처럼 흘러가는 물길이 맥없이 좋아서 둑길을 위아래로 오르내렸다. 큰 산골과 마루는 여태도 첩첩 눈 덮여 있었지만 눈더미 아래서 끊임없이 녹고 녹은 눈은 물길을 이뤄 아래로 흘러내리고 있었다. 저수지 둑 높임 공사가 수년 째 진행되고 있는 까닭에 개울물은 바닥 밑으로 깔리거나 좁다란 도랑을 이루며 흐르는 게 고작이었다. 작벼리 또한 갈대가 떼판을 이룬 뒤에는 하다못해 구레조차 보기 어려워졌다. 그랬던 것이 눈석임물이 더해지면서 개울 양쪽 둑까지 개개면서 물길이 났다. 꽃샘잎샘 추위로 얼었던 마음이 한순간 다 풀리는 듯했다. 자국물과 발목물 사이를 오르내리던 물길은 내 속을 어리쩡쩡하게 만들곤 했기 때문이었다. 그 옛날처럼 둑까지 그렁그렁하게 개울물이 흘렀으면 하고 바랐지만 언제 또다시 물길이 찾아질지 알 수 없는 노릇이었다.

갈대들이 꺾이고 쓰러지고 난 뒤 버드나무들이 그 한가운데서 불쑥불쑥 모습을 드러냈다. 얼마 지나지 않으면 갈대가 다시 싹을 틔워 떼판을 이룰 테지만 난데없이 어느 사이 자리를 잡고 몸을 일으켜 세운 버드나무가 퍽 보기 좋았다. 소낙눈으로 나무들 가지가 찢기고 꺾인 가운데서 모처럼 만나는 홀가분한 풍경이었다. 그러나 물길이 갈대숲을 덮누르고 흐르는 동안 갈대숲에 깃들어 살던 개개비와 붉은머리오목눈이들은 또 그림자조차 보이지 않는다는 것을 한참 뒤에야 겨우겨우 알아차렸다. 개운하고 가볍던 발걸음도 잠시 잠깐이었다. 급기야 둑길에 서서 아무렇게나 발길질을 하고 말았다. 괜한 부앗가심이었다. 둑길 위에 묵은눈을 트랙터로 밀어버린 자리에 살얼음이 낀 것을 미처 몰랐다. 쭐러덩, 온몸이 뒤흔들렸다.

눈더미 위에 바람만이 길을 낸 곳에 발자국을 찍으며 걸었다. 뒤돌아서서 걸어온 걸음 모양새를 봤다. 삐뚤빼뚤했다. 팔자걸음인지 한쪽으로만 치우친 것인지 종잡지 못했다. 발자국을 의식하고 걸으면 발자국은 한가지로 매고르게 보였지만 잠시 한눈을 팔면 걸음은 그 즉시 어지러워지곤 했다. 도서서 오는 길에 내 발자국을 다시 밟으면서 어질더분한 흔적을 지우려고 애썼다. 하지만 그 다음 날 다시 그 발자국들을 보면 차마 눈 뜨고 볼 수 없이 민망스러웠다. 그럴 때마다 먼산주름을 바라다봤다. 남으로 치달리면서 흘러가는 산줄기는 흔들리면서도 고요했으며 그윽하면서도 담대해 보였다. 그 너머 먼 데는 언제나 아마득했다. 발길은 산 기스락을 휘돌다 다시 아래로 향하고 또 다시 물길을 거스르며 위로 향했다. 눈무지가 길을 막아서기도 하고 개울물 또한 흥글방망이놀았다. 건너편 그 옛날 서낭당이었던 그곳 늙고 고목은 소나무들은 그리하여 겨우내 이쪽에서만 바라봐야 했다.

골짜기 응달 깊은 곳, 샘물이 흐르는 그곳에는 앉은부채가 세세연년 피어났지만 제때 눈 맞춤한 적 드물었다. 번번이 늦거나 일렀다. 그 산 기스락 둘레에는 수양버들이 떼판을 이뤘다. 바람결에 그네를 타는 늘어진 가지와 우듬지에는 이미 봄볕이 내려앉아 불그죽죽했다. 칠년대한에 비 안 오는 날 없었고, 구 년 장마에 볕 안 드는 날 없었다고 했다. 벌써 봄이 왔다.

장끼와 까투리

　장끼가 날아올랐다. 감자밭에 감자꽃이 필 무렵부터 산 기스락 묵
정논에 꿩과 멧비둘기가 떼를 지어 나타나기 시작했다. 멧비둘기들
은 떼를 지어 날아올랐으므로 그다지 놀랍지 않았으나 꿩, 특히 수컷
인 장끼가 느닷없이 호들갑스럽게 날아오르면 화들짝 놀라지 않을 수
없었다. 날아가면서도 꺽꺽거리는 울음소리는 요란하고 드높아서 저
절로 얼굴이 째푸려졌다. 그러나 울음소리를 지운 장끼만 보면 금속
광택의 그 화려하고 현란한 깃털 색깔에 눈이 휘둥그레지곤 했다. 적
갈색의 몸 깃털과 청동색의 목, 붉은 빛깔의 머리를 보면서 일부다처
제인 날짐승들을 떠올리지 않을 수 없었다.

　그에 반해 암컷인 까투리는 수풀 속에 내려앉으면 있는 듯 없는 듯
수수해서 눈에 잘 띄지 않았다. 꿩의 새끼는 '꺼병이'라고 불렀다. 어
릴 때 보았던 길창덕 만화 제목은 '꺼병이'였다. 눈이 깊이 내리는 한
겨울이면 삼촌과 오빠들은 꿩 사냥 준비에 몰두했다. 날짐승이었으므
로 올무 대신 콩에 타래송곳으로 구멍을 뚫고서는 '싸이나'라고 부르
던 청산가리를 넣었다. 많이 넣어도 안 되었고, 적게 넣어도 안 되는,

적당량을 넣어야 했는데 그 까닭이 따로 있었다. 청산가리를 많이 넣으면 독이 퍼지는 속도가 오래 걸렸고, 적게 넣으면 독이 효과가 없었으므로 꿩이 콩을 먹고 곧바로 근처 어딘가에 떨어져야 뒤쫓아서 잡아챌 수 있었다. 청산가리의 양 조절이야말로 꿩 사냥의 사북이었다.

꿩 사냥으로 얻은 꿩은 느루 먹기 위해 국을 끓였다. 닭으로 끓인 닭국과 함께 한겨울 어쩌다 먹을 수 있는 특별한 별식이었다. 지금은 아무도 꿩 사냥을 하지 않아서 꿩들은 이 골짝 저 골짝에서 거칠게 울어대곤 했다. 해 질 녘 비둘기 울음소리가 멀고 아득하게 들리는 데 비해 발치에서 날아오르곤 하는 장끼의 울음소리는 몹시 귀거칠었지만, 투실투실한 몸으로 날개를 활짝 펼친 채 제 몸 숨길 곳을 향해 날아가면서도 꺅꺅꺅 거리는 모습을 지켜보고 있노라면 웃음이 나지 않을 수 없었다. 수풀 사이로 내려앉은 뒤에는 또 부스럭거리면서 설설 바닥을 기어가는데, 이 또한 웃지 않고서는 볼 수 없는 광경이었다.

샛노란 금계국과 달걀꽃이라고도 부르는 개망초가 함께 어우러져 꽃을 피우고 있는 둑길을 걸어 나가면 모내기를 마친 논들에는 왜가리와 백로들이 논배미에 내려앉아 먹이 사냥을 하며 어정거리는 모습을 쉽게 볼 수 있었다. 이 새들은 어찌나 귀가 밝은지 인기척이 들리지 않을 만큼 먼 거리라고 어림짐작한 곳에서 걸음을 멈추어도 귀신같이 알아채고 날아오르기 시작했다. 날갯짓이 굼뜬 듯 보였지만 새들은 순식간에 하늘 높이 떠올라 어느 쪽으로든 떼를 지어 날아갔다. 백로 떼 속에 왜가리는 섞여 있었으나 왜가리 속에 백로들 모습은 흔히 볼 수 없었다. 크고 작은 흰색의 백로들은 어디서든 눈에 잘 띄었다.

검은등뻐꾸기와 휘파람새가 돌림 노래를 하듯 울고 있는 동안 산기스락에는 초롱꽃이 피었으며 줄딸기와 뽕오디가 익고 있었다. 물까치 떼가 따먹고 남은 줄딸기를 한 알 한 알 조심스럽게 따서 한입에 털어 넣고서는 다시 또 까치발을 하고서는 덩굴식물인 줄딸기의 줄기를 잡아당겼다. 줄딸기 줄기는 가시가 돋았으므로 자칫 잘못하면 가시에 상처를 입을 수 있었고, 또한 청미래덩굴과 마, 국수나무 등이 뒤엉켜 있었으므로 배암이라도 만날까봐 긴장하지 않을 수 없었다. 그렇더라도 달면서도 시금한 딸기를 포기할 수는 없었다. 날짐승들 외에는 아무도 손대지 않았으므로 서너 움큼을 따서 먹고서는 자리를 뜨곤 했다. 걸으면서도 잇새에 낀 씨앗 때문에라도 딸기는 검질기게 나를 따라왔다.

아까시 꽃이 비바람에 시름시름하며 진 자리 아래에는 금은화라고도 부르는 인동초가 피어 코끝을 간질였다. 꽃은 흰색으로 피어서 노랗게 바뀌면서 시나브로 지곤 했다. 아까시 꽃이 미처 다 만개하기도 전에 비바람으로 흩어지는 바람에 올해 아까시 꿀 수확이 신통치 않다는 소식이 바람결에 들려왔다. 마을엔 서너 농가가 벌을 쳤고, 벌통은 집 근처에도 있었고 산골짝에도 있었다. 내겐 어릴 적 할아버지가 밤나무 밭에 놓았던 벌통에서 얻었던 불그스름하던 밤꿀이 기억에 남아 있었다. 꿀을 뜨고 남은 밀은 떡을 만들 때 썼다. 우리 집에서는 미지라고 부르는 밀은 굳는 성질이 있어서 겨울에는 화롯불에 녹여서 떡에 바르곤 했다.

손길이 굼뜬 젊은 농부의 논둑은 풀을 베지 않아서 온통 토끼풀과 지칭개, 개망초 세상이 되었다. 제초제를 치지 않아서 모내기가 끝난 뒤에도 논둑은 꽃밭 천지가 되었으나 늙은 농부들의 빤빤하게 풀을 벤 논둑에 익숙한 나는 쪼그리고 앉아서 꽃들을 구경하면서도 어딘지 편치가 않아서 자꾸 고개를 갸웃거렸다. 때때로 안타까운 것은 논둑에 제초제를 지나치게 쳐서 논둑의 풀들이 시뻘겋게 타들어 가는 것을 지켜보는 일이었다. 제초제를 친다고 풀이 돋지 않는 것도 아니었고, 풀을 깎는다고 풀이 나지 않는 것도 아니었다. 그랬으므로 임시 방편일 뿐이라는 생각은 끈질겼고, 그런 만큼 '풀약'은 조금 덜 쳤으면 하는 바람이 없지 않았다.

풀약 친 논둑을 제겨디디며 건너가면 봇도랑길에 떼판을 이룬 미나리아재비를 볼 수 있었다. 흔히 볼 수 없게 된 식물 가운데 하나로 노란 빛깔의 꽃잎은 마치 광택제를 바른 것처럼 윤이 났다. 마을 어르신에 따르면 이 미나리아재비는 새싹일 때 나물로 먹는다는데, 책으로 미나리아재비를 배운 내게는 유독 식물일 뿐이었다. 그것은 어쩌면 싸리버섯과 닮은꼴인지도 몰랐다. 버섯을 채취하는 이들이 하나로 뭉뚱그리기도 하는 싸리버섯도 각각이 고유하며 각각이 달랐다. 그런 까닭에 특히 싸리버섯은 삶아서 하루쯤 물에 우린 뒤 먹으라고 권했다. 삶아서 곧바로 먹은 뒤 배탈을 경험하는 이들이 있었기 때문이었다. 곡선이 직선을 내재하는 것처럼 식물에도 독은 필연일 것이었다.

뻐꾸기가 나른하게 우는 동안 샛노란 꾀꼬리가 눈앞에서 날아올랐다. 마을 윗녘에서 보았던 새였는지 알 수 없었으나 꾀꼬리는 아랫녘 숲정이로 사라졌다. 저녁 빛을 받으며 날아가는 꾀꼬리는 그 샛노란 황금빛으로 인해 더욱 눈에 띄었다. 울음소리를 가만히 듣고 있노라면 마치 저기요, 저기요 하는 것처럼 들리기도 해서 쉽게 자리를 뜰 수 없었다. 고구려 유리왕이 지었다는 '황조가'를 떠올리는 것은 그래서인지도 모를 일이었지만, 꾀꼬리는 그 몸통 깃털만으로도 보기 좋았으나 꾀꼬리는 여름새였으므로 한철만 마을에 머물다 떠날 것이었다. 어쩌면 떼로 몰려다니지 않아서 반가운 새인지도 몰랐다.

줄딸기를 먹었으니 뽕오디도 그냥 지나칠 수 없어서 아랫녘 논들까지 바람을 안고 걸었다. 날씨는 한여름 뙤약볕을 방불케 뜨거웠으나 뽕오디를 먹을 수 있다는 기대에 발걸음은 사뿐 가벼웠다. 약초를 캐시던 마을 어른들이 거의 작고하신 까닭에 인동초가 피어도, 익모초가 자라도 누구도 눈여겨보지 않았다. 이른봄 고비를 팔러 시장에 나가신 어머니께서 젊은이들은 고비보다는 고사리를 선호한다고, 고비를 먹던 늙은이들이 다 죽은 까닭이라고 아쉬워하시던 말씀을 떠올렸다. 고비와 고사리는 봄철에 나는 산나물로 주로 묵나물로 먹었다. 제사상에 올렸고, 우리 지역에서는 고사리보다는 고비를 더 값을 쳐주었다. 올고비는 어른 새끼손가락만큼 통통하니 맛도 부드러워서 입이 달았다. 입맛이 바뀌는 것이야 돌이킬 수 없다고 해도 사방에 널린 약초들이 그대로 스러지는 것은 안타깝지 않을 수 없었다.

고비

　앞으로 걸음을 옮길 때마다 물까치 떼가 눈앞을 어지럽혔다. 봇도 랑과 산 기스락 사이에는 줄딸기가 새빨갛게 익었고, 보라색 석잠풀 이 꽃을 피웠으며 고사리는 벌써 쇠서 이파리가 너풀거렸다. 참나리 가 키를 키우고 있었으며 돌복상이 익어가고 있었다. 발소리를 죽이 며 다가갔다. 서너 발자국 옮긴 자리에 뽕나무가 한 그루 있었다. 물 까치 떼는 제풀에 놀라 혼비백산하여 순식간에 숲정이로 사라졌다. 뽕나무에는 뽕오디가 익어가고 있었으나 선녀벌레로 알려진 좁쌀만 한 벌레들이 하얗게 진을 쳤다. 해충이었지만 익은 뽕오디만을 골라 서 땄다. 입은 냠냠거렸고, 손바닥은 시뻘겋게 물들었다. 하마 봄이 다 갔다.

진달래꽃을 따러

시커먼 먹장구름이 막 몰려오는 것을 보면서 꽃샘바람에 발을 동동거리면서 비설거지를 거의 마칠 즈음 우박이 헛간 양철지붕을 들두드려댔다. 가스레인지 위에는 우리 집 노인께서 드실 돼지고기가 끓고 있었으며 또 한쪽에는 내가 먹을 청국장이 데워지고 있는 가운데 창문턱에 서서 한참을 우박이 치는 창밖을 내다봤다. 쟁반에 콩알처럼 뛰어오르며 쏟아지던 우박 알갱이들은 순식간에 또 봄눈처럼 녹아 가뭇없이 빗물이 되어 사라지는 것도 잠시, 진눈깨비로 변한 빗발은 다시 함박눈이 되어 퍼부어댔다. 밤사이 꽃잎들 위에 두텁게 된서리가 내리고 손은 시렸지만 이른 아침 하늘은 청명(淸明) 그대로 맑고 푸르렀다.

겨우내 눈에 띄지 않던 누런 얼룩 고양이는 배가 불러 뒤뚱거리며 헛간에서 나왔다. 검은 얼룩 고양이가 나타나고 앙칼진 울음소리가 겨울 밤하늘을 찢어놓더니 그예 새끼를 가진 모양이었다. 새끼를 갖기 전에 함께 다니던 검정과 노랑, 새끼고양이들은 우리 집 둘레에서 자취를 감추었는지 보이지 않았다. 먹을 것을 주어도 고양이는 쉽게 곁을 주지 않았다. 강아지나 개처럼 치대고 꼬리치지 않아서 고양이는 멀리 두고 보기에 꽤 좋았다. 아궁이에 불 때던 어린 시절, 부엌 부뚜막은 언제나 고양이들 차지였다. 개와 강아지는 마루 밑에서 살고 고양이는 부뚜막에서 잠을 자고 내주는 밥을 먹었지만 집짐승이었는지는 모르겠다.

진달래와 개나리, 목련과 벚꽃, 자두꽃과 살구꽃, 느릅나무 꽃과 올괴불나무 꽃이 순서 없이 한꺼번에 피어 어안이 벙벙했다. 눈보라가 휘몰아치는 북극에서 뙤약볕이 내리쬐는 아프리카 모래사막으로 순간 이동한 기분이었다. 숲정이에 들어서 진달래 꽃잎을 따면서도 미처 실감하지 못했다. 새끼손가락만큼 돋아난 두릅 싹을 보면서도 아니, 그 두릅 싹을 데쳐 먹으면서도 고개를 갸웃갸웃 봄이 왔음을, 꽃이 피었음을 믿지 못해 한겨울 옷들을 그대로 두었다. 어른들은 감자를 심고 논들에 '로타리'를 쳤지만 물끄러미 바라만 봤다. 춥고 더웠던 기억을 한꺼번에 잃어버린 듯 몹시 허전하고 안타까웠다.

볕바른 오뉴월이나 되어야 먹을 수 있는 딸기를 한겨울 눈더미 속에 앉아 냠냠거리게 된 인간들처럼 자연도 어느 순간 어긋나고 삐걱댔다. 봄이라 할 만한 시절은 이제 인간들 기억 속에서만 오롯할지도 모를 일이었다. 봄나물이라고 할 만한 것들은 죄다 비닐하우스에 길러지고 있었다. 남들보다 하루라도 빨리 시장에 내놓아야 조금이라도 더 셈을 맞출 수 있기 때문이었다. 한겨울 비닐하우스는 전기나 기름, 연탄과 같은 전/화력에 기댔다. 우리들이 이른바 제철 음식을 찾아먹기만 했어도 밀양 송전탑 문제는 얼마간 비껴갈 수도 있었을 것이었다. 핵발전소 문제도 더 이상 남의 일이 아닌데도 여전히 강 건너 불구경하듯 했다.

사촌동생과 함께 진달래꽃을 따러 앞산에 들었다. 진달래 꽃잎이 천식에 효험이 있다는 얘기에 사촌은 두말없이 따라 나섰다. 꽃잎은 몽땅 따지 않고 솎아서 땄다. 한나절이 지나자 슬금슬금 느루 재던 사촌은 기어코 지루하고 힘들다며 헛푸념하기 시작했다. 이동거리가 멀지 않고 제자리걸음하면서 연하고 얇은 꽃잎을 하나하나 따서 담는 일이 처음에는 재미있고 신기할 법도 하지만 같은 일을 되풀이하는 일이 생각만큼 쉽지 않았던 까닭이었다. 하루를 함께 숲에서 보내고 난 뒤 두 번 다시 하지 않겠다더니 다음 날 또다시 숲정이를 찾았다. 설탕에 재운 양이 생각만큼 많지 않았기 때문이었다. 사촌은 이튿날도 한나절을 겨우 버티고는 그만이었다.

볕바른 곳, 솔수펑이 소나무 그늘 아래 연분홍 빛깔로 울긋불긋 피어난 진달래꽃 떼판은 한판 신명나는 무대처럼 우리들을 노루뜀하게 했다. 그러나 숲은 언제나 같은 듯하면서도 매번 또 다른 풍경을 보여주곤 했다. 재바르게 꽃잎들을 따서 모으며 등마루를 넘어서면서 우리는 문득 서로를 멀겋게 바라만 봤다. 겨우 몇 발짝 등마루를 넘어섰을 뿐이었지만 진달래나무가 한 그루도 보이지 않았기 때문이었다. 그런 일은 진달래에만 한정되지 않았지만 뜻밖에 맞닥뜨린 풍경 앞에서 느끼는 놀라움은 매우 컸다. 허거프게 웃으면서 다시 골짜기를 내려와서 가시덤불을 헤치면서 또다시 등마루로 올라섰다.

느릅나무 꽃을 본 것은 그때였다. 뿌리 속껍질인 유근피(榆根皮)로 더 많이 알려진 느릅나무는 해마다 이파리와 줄기를 잘라서 썼지만, 꽃을 보기는 처음이었다. 어쩌면 해마다 생강나무 꽃을 따면서 보았을 테지만 눈여겨보지 않았기 때문에 모르고 지나쳤는지도 몰랐다. 생강나무처럼 다닥다닥 꽃만 먼저 피웠다. 느릅나무 이파리도 생강나무 이파리와 같이 먹을 수 있었지만 이즘은 굳이 찾는 사람이 없었다. 계절 별미로 튀김을 해서 먹는 정도였다. 어쩌다 먹을거리가 허양 비닐하우스에서 자란 것들뿐이었지만 누구도 의심하지 않았다. 철 따라 씨앗을 심고 김매고 가꾸어서 수확하던 모습도 이제 곧 옛말이 될지도 모를 일이었다.

잣나무 숲에 이르러 발밑을 살피는 순간 노루 알똥들이 군데군데 무드기 쌓여있는 것을 보았다. 사촌은 지난겨울 눈더미에 갇힌 노루 떼가 한동안 머물렀을 것이라고 말했다. 고라니 똥은 새까맣고 동글동글한 반면 노루 똥은 길쭉길쭉하고 색깔은 짙은 갈색에 가까웠다. 발밑이 온통 똥밭이라고 구두덜거렸더니 사촌은 왜 그리 발밑을 살피냐며 빈정거렸다. 서로 옥신각신하다 빛깔이 곱고 키도 큰 진달래를 향해 나가다 그만 그대로 도망쳤다. 발 아래 까만 새끼 배암이 똬리를 틀고 꼼짝도 않고 볕을 즐기고 있었던 것이었다. 사촌은 우습다고 웃고, 나는 그만 진땀을 뺐다. 앞산에 배암이 많은 줄은 알았지만 이른 봄에 만나는 일은 드물었다. 첫인사치고는 고약했다.

어른 넓적다리만 한 칡을 두어 개 얻었다. 동네 청년들에게 자장면 한 그릇 사 주고 뒤에 술 두어 병 건네고 받은 것치고는 대단히 굵고 좋은 칡이었다. 톱과 도끼로 자르고 갈라서 얼마만큼은 발효액 항아리에 넣고 또 얼마큼은 잘게 쪼개서 햇볕에 말리고 또 큼직한 덩어리 하나는 이웃마을 할머니께 나눠 드렸다. 약초 가게나 봄직한 칡 뿌리는 캔 이들조차도 놀랄 만큼 크기도 컸고, 칡가루가 아주 많은 암칡이었다. 할머니께서 겨울이면 난로에 주전자를 올려놓고 갖은 약초로 물을 끓여 드시는 줄을 아는 까닭에 어느 저녁나절 칡을 품에 안고 고개를 넘어갔더니 할머니께서는 겨우내 아껴가며 느루 먹던 고구마를 삶고 만두를 쪄서 내주셨다. 손수 만드신 만두는 거칠고 딱딱하면서도 입이 달았다.

밭에 거름을 내고 혼자 감자를 심으셨다는 할머니께서는 부쩍 혼잣손에 떠멘 살림살이가 귀찮다는 넋두리를 자주 하셨다. 오전에는 노인 일자리 사업에 참여하시고 오후에는 집안일을 하시는데, 이제는 예전 같지 않고 힘에 부친다는 귀먹은 푸념이었다. '정치하는 놈들은 그놈이 그놈'이라고, 이제는 투표도 하지 않으시겠다는 말씀을 해마다 듣고 있었다. 봄이면 올해는 송이 밭을 내게 알려주시겠다고 하면서도 가을 버섯 철이 당도하면 비긋이 송이 밭을 다녀오시는 일과 닮았다. 그럴 때마다 히긋이 웃었다. 나이 든 노인들 죽는 게 낫겠다고 하시는 말씀과 다르지 않아 보였다. 아니 그러면서도 반드시 투표는 했고 또 1번을 찍었다. 뉴스 시간 텔레비전 앞에 같이 앉으면 서로 목청을 돋웠지만 할머니를 이길 수는 없었다.

항아리를 비우는 한편 다시 또 항아리를 채우기 시작했다. 냉이와 달래를, 고들빼기와 이른 두릅을 먹고서도 미처 봄을 맞이하지 못하는 가운데 고묵은 살구나무에는 해뜩발긋한 살구꽃이 하마 피었다 지고 있었다. 머위 꽃은 가만히 바라보는 사이 꽃대를 한 뼘쯤 키웠다. 동네 아주머니 한 분이 지난겨울 집 마당에 쌓인 소낙눈을 치우다 갈비뼈를 다쳐 병원에 입원하신 탓인지 들판에 봄나물이 남아돌았다. 들일에 손이 여물고 곰바지런한 분이었다. 주인 없는 아주머니 집 오랍뜰에는 달래와 고들빼기가 그대로 키만 키우고 있었다. 실쌈스러운 분이었지만 갓길에도 고구마와 콩을 심어 원성을 사기도 했다.

함박눈이 잦아들고 먹구름이 몰려가더니만 하늘 한쪽이 번히 밝아오며 해님이 얼굴을 드러냈다. 우박이 치고 진눈깨비가 날리고 다시 함박눈이 노박이로 쏟아지던 일이 마치 전생에 있었던 일처럼 한순간 아마득해졌다. 봄볕에 한창 무르익던 목련꽃은 시커멓게 멍이 들었고 채 피지 못했던 벚꽃은 시르죽은 고양이처럼 고개를 떨구었다. 벚나무 꽃가지들 속에서는 찌르레기와 직박구리가 자리다툼을 벌이는 사이 호두나무에서는 까치와 까마귀가 발톱을 치켜세우며 악악거렸다. 봄은 그 사이 어디쯤에 있을 것이었다.

생강나무 꽃차를 만들다

복수초가 피었다 이우는 사이 봄눈이 폭설로 내렸으며 봄눈이 쌓이는 동안 박새와 딱따구리, 멧새 떼들은 눈 쌓인 들판을 헤덤벼치며 먹이를 찾고 있었다. 일손이 재바른 농부가 논바닥을 갈아엎을 즈음 숲 바닥에서는 노루귀들이, 산기슭에서는 생강나무가 꽃을 피우기 시작했다. 겨울 한파가 유난스레 길었던 터라 눈앞에 꽃을 보면서도 믿기지 않아서 봉오리를 따서 향을 맡으면서도 실감하지 못했다. 알근하면서도 싸한 향이 코끝에 감돌았다. 걸음을 멈추고 가만히 나무 그늘 앞에 섰다. 한파에 얼어붙은 겨울눈은 까맣게 빛이 죽었고, 추위를 견뎌낸 봉오리는 붉은빛으로 부풀었다.

생강나무 꽃을 보았으니 꽃차를 떠올렸다. 지난 몇 년 동안 이른봄 생강나무 꽃이 채 만개하기 전에 꽃잎을 따 모았고, 그것으로 차(茶)를 만들어 도시에 사는 몇몇 지인들과 나누곤 했다. 생강나무 꽃을 시작으로 한여름엔 칡꽃으로 차를 만들기도 했으나 차를 만드는 일은 흥미로우면서도 퍽 번거로운 일이었다. 무엇보다 때를 놓치면 안 되었다. 잎이 활짝 피어도 잎이 덜 피어도 아니 되는 만개 직전 꽃잎이어야 향과 맛이 그윽할 뿐만 아니라 차로 우릴 때 모양새도 좋았으므로 매일같이 꽃그늘 아래로 스며들어 꽃봉오리 상태를 살펴야 했다.

이제는 유명하고 흔한 이야기가 되었지만 수 년 전까지만 해도 강원도 춘천 출신의 소설가 김유정이 쓴 소설 『동백꽃』이 생강나무 꽃이라는 것을 아는 이는 드물었다. 우리 마을 어르신들 또한 생강나무를 '동박나무'라고 불렀으며 검은 열매로 짠 기름을 머릿기름으로 사용했다고, 그렇지만 그것도 누구나 할 수 있는 일은 아니었다고 입을 모았다. 강원도 「정선 아라리」에도 '싸리골 올 동박' 또는 '동박지름을 슬슬 발라서'와 같은 가사가 나오고, 이를테면 강원도 산골에는 흔한, 이른 봄 숲에서 피는 꽃이라는 말이었다. 골짜기 기슭이든 산비탈이든 아무 데서나 꽃을 피웠으며 멀리서 보면 호박꽃 등처럼 보이기도 했다.

한여름 밤, 짝을 찾아 냇가 주변을 날아다니는 반딧불이들을 굳이 잡아서 호박꽃 속에 넣고 꽃 이파리를 오므리면 반딧불이들은 꽃잎 속에서도 반짝반짝 빛을 냈다. 어린 우리들은 그것을 호박꽃 등이라고 불렀다. 먹을거리가 귀하던 시절에도 하지 않았는데 요즈음 호박 꽃잎에 부침가루를 묻혀 튀겼으나 꽃등으로는 사용하지 않았다. 어쩌면 낭만은 사라지고 실재만 남았는지도 모를 일이었다. 그렇더라도 지인에게 차를 만들어주겠노라 약속했으므로 생강나무 꽃잎은 따야 했다. 무릇 모든 꽃잎이 그러하지는 않았지만 생강나무 꽃봉오리는 물 묻은 바가지에 깨 엉겨 붙듯 다닥다닥 피었으므로 가지를 붙잡고 하나하나 망가지지 않도록 따야 했다.

생강나무 꽃차 만들기

한 어미 자식도 아롱이다롱이라고 한 그루 나무에서 피어나는 꽃들도 이르게 피는 것이 있고 지르되게 피는 것이 있었다. 꿀벌들도 꿀을 모아야 했으므로 건너건너 꽃잎을 따야 했고, 그렇게 한 움큼을 모으려면 사뭇 더뎠다. 그랬으므로 마을 동서남북, 골짜기와 비탈을 찾아서 발품을 팔아야 했다. 어린 나무는 꽃봉오리도 작아서 차로 쓰기 어려웠고 또 큰 나무는 우듬지뿐만 아니라 둘레에도 손길이 닿지 않았으므로 나무 아래에 피어난 꽃봉오리만 겨우 딸 수 있었다. 저녁 산책길에 바구니가 아니라 손바닥만 한 비닐봉지를 들고 다니며 한 줌 한 줌 모으다 보면 부지하세월이었으나 그 또한 괜찮았다.

서쪽에서 동쪽으로 걸음을 옮기면서 행여 비닐봉지에 든 꽃봉오리들이 망가질까봐 가끔 봉지를 열어 들여다보곤 했다. 그러면서 겨우내 얼었다 녹았다를 반복하던 무논에 살던 미꾸라지의 안부가 궁금했다. 꽝꽝 얼어붙은 논배미에 미꾸라지가 살고 있는 것을 알아챈 것은 어느 날 그때도 평소처럼 저녁 산책을 하다가 문득 어릴 때 '빙구' 타던 일이 떠올랐고, 무심코 언 논배미로 들어섰다. 빙구도 없었고, 어릴 적 동무들도 없었지만 혼자서 얼음 위에서 미끄럼을 타다가 그것도 시들해진 뒤 얼음 바닥을 지켜보았다. 처음엔 꾸물꾸물 움직이는 게 무엇인지 몰라서 온몸으로 얼음판 위에서 뜀뛰기를 했다. 흙탕물 속을 헤엄치는 것은 미꾸라지였다.

얼음판 위에서 발을 구를 때마다 미꾸라지들은 놀랍도록 재빠르게 움직였다. 그러나 미꾸라지들에겐 어쩔 수 없이 한정된 공간이었으므로 더는 얼음판을 흔들어 미꾸라지들을 괴롭힐 수 없었다. 그리하여 산책을 할 때마다 얼음판 위에 쪼그리고 앉아 미꾸라지들의 움직임을 살펴보곤 했다. 얼음판 위에 서 있기만 해도 미꾸라지들에게 진동이 전해지는지 슬금슬금 움직이는 것이 보였다. 이번에는 또 손가락으로 얼음판을 똑똑 두드려서 기척을 냈다. 미꾸라지들은 느릿느릿 헤엄을 치거나 논흙 벼 뿌리그루 속으로 몸을 숨겼다. 논흙과 얼음판 사이 공간이 좁았으므로 때때로 미꾸라지들 움직임이 손에 잡힐 듯 선명해서 얼음판이 가로막은 사실마저 잊고는 했다.

그렇게 겨우내 산책길에 만나곤 했던 논배미 미꾸라지들이었지만 어느새 부지런한 농부는 논바닥을 갈아엎었다. 미꾸라지들 행방이 궁금했으나 해가 서쪽 큰 산 마루에 걸렸으므로 걸음을 재촉했다. 일상에서도 만나고 헤어지는 일이 다반사였으나 그렇다고 그 일이 또 말처럼 쉬운 것도 아니었고 쉬이 면역되는 것도 아니었다. 겨우내 두물머리 물둑에 서서 기다리는 것이, 그리워하는 것이 무엇인지도 모른 채 저녁마다 우두커니 서 있었던 걸 생각해보면 우리네 삶이란 그저 추운 겨울을 버티고, 오지 않는 봄을 기다리면서 언 내를 맴도는 것은 아닐까 하는 생각을 지울 수 없었다.

언 내에 패름이 도는가 싶더니 얼음은 녹아 없어지고 냇물은 빠르게 불어났다. 냇가 기슭으로 더듬더듬 내려섰다. 생강나무 꽃은 함함했고 나무의 키도 알맞추 커서 아무데서고 손길을 뻗으면 꽃잎을 딸

수 있었다. 꿀벌은 꿀벌대로, 나는 나대로 서로 자리를 바꿔가며 꽃잎을 따 모았다. 겨울을 난 벌레집도 피하고 거미줄도 피하느라고 손길은 더뎠지만 코끝을 맴도는 꽃 내음 때문에라도 차는 이미 마신 거나 다름없었다. 꽃잎을 따다 말고 비닐봉지를 펼쳐 냄새를 맡곤 했다. 막혔던 숨통이 터지고 머릿속은 맑아졌으며 눈이 시원했다. 꽃에겐 열매 맺지 못한 이른 죽음이었을 테지만 한 잔의 차를 얻을 내겐 잠깐의 위로이며 휴식이었다.

어릴 때 새집을 맡아 놓던 때처럼 머루와 다래덩굴을 눈으로 확인하면서 손에 든 비닐봉지를 덜렁덜렁 흔들면서 집으로 향했다. 아직 오지 않은 미래를, 가을을 떠올리며 입에는 벌써 군침이 돌았다. 어쩌면 멧돼지 무리들이 먼저 탐냈을 머루와 다래였을 테지만 가을을 떠올리는 것만으로도 발걸음은 가볍디가벼웠다. 해거름이 겨운 시간 두물머리 물둑에 다시 섰다. 버드나무에 물이 오르는 동안 새떼를 품은 갈대숲은 바람에 누운 채 수선거리고 있었고, 외딴 곳에 핀 살구나무 가지는 이제야 꽃눈을 내밀기 시작했다. 어느 것은 이르게 또 어느 것은 느리게 제자리에서 잎을 틔우고 꽃을 피웠다.

냇물 한가운데 큰물이 나면 물길에 잠기기도 하는 어펑바위에는 새가 앉았다 떠난 자리만 물그림자로 짙게 남아 있었다. 겨우내 홀로 냇물을 휘젓고 다니던 백로였을까, 서쪽 하늘을 까맣게 물들이던 기러기 떼였을까 아니면 좀처럼 모습을 보여주지 않는 수달이었을까. 바람도 없는 냇물에 물결이 일었다. 꽃마저 잊은 채 한동안 물가 기늙을 개개는 물길을 건너다보았다. 문득 주먹을 쥐었다 펴고서는 바람결을 만졌다. 물길은 그대로인 채 아무것도 손에 잡히는 것은 없었다. 어름사니 허공잡이를 하듯 잠시 앉았다 일어섰다. 떠난 뒤에야 이별한 후에야 비로소 뒤를 돌아다보는 인간은 그러므로 영영 어리석은지도 모를 일이었다.

참나무 그늘에 돋은 천마

산빛이 우윳빛으로 물들고 있었다. 그렇다면 이제 숲정이로 향해야 할 때란 뜻이었다. 해마다 아까시 꽃이 필 때면 '천마'도 함께 고개를 내밀었기 때문이었다. 가을, 버섯 철이 당도했다고 젊은이들이 설레발놓아도 어른들은 들깨 꽃이 피어야만 송이를 채취할 수 있다고 믿는 감각과 비슷했다. 올해는 산벚나무 꽃도 이르게 피었고 날씨도 널뛰기를 했지만 이른봄부터 숲정이를 들락거리면서 고비, 고사리도 꺾고 더덕과 잔대 그리고 삽주와 도라지도 캤으며 두릅도 땄지만 천마는 매우 특별했다. 혈압이 높은 어머니는 이따금 약 드시는 것을 까먹고는 했다. 연세가 연세이니만큼 그럴 때마다 숨이 가쁘고 어지럽다며 나를 불렀다. 아무리 민간에서 통용되는 민간요법이 의심스럽기는 해도 천마만큼은 어머니에게 특효약이었다.

난초과 식물인 천마는 꽃이 피었다고 해도 꽃인지, 무엇인지 짐짓 헷갈렸다. 어느 해는 커다란 원을 그리며 촘촘하게 돋기도 했고 또 어느 해는 두어 개만 보일 때도 있었다. 한국 특산종으로 대부분 참나무류 그늘 아래서 만날 수 있었다. 어쩌다 참나무를 베어낸 잣나무 숲에서도 만났으나 이젠 거의 찾아볼 수 없었다. 어른들은 천마가 나는 곳에 일부러 참나무를 베어 쓰러뜨려 놓기도 했다. 이를 테면 천마의 밥, 양분 공급을 위해서였다. 그리고 보면 솎아베기(간벌)를 한 숲에서는 버섯이 나지 않는다고, 나더라도 예년 같지 않다고 하는 것도 어찌 보면 나무의 당분을 먹고 자라는 버섯 처지에서는 당을 공급해 주는 나무를 잃었기 때문일 수 있었다. 마찬가지로 기생식물인 천마로서도 숙주를 잃으면 성장은 물론 싹조차 틔울 수 없다는 것은 달리 생각해 보면 당연했다.

걸음이 급했다. 마을 남쪽 숲정이에는 사방댐 공사가 한창 진행 중이었고, 마을을 빙 둘러가며 숲 기스락에 만들어 놓은 '토치카'에서는 훈련 중인 병사들이 진지 작업을 하고 있었다. 이쪽이든 저쪽이든 숲정이로 향할 때마다 매번 망설망설했다. 숲정이엔 따로 길이 없었으므로 아무 데고 걸음 내딛는 곳이 곧 길이었다. 숲이 무성해지기 시작하는 때였으므로 참취도, 참나물도 조금씩 쇠기 시작해서 묵나물로 만들면 안성맞춤일 듯했지만 그대로 지나쳤다. 첩이 아흔아홉이라고 하는 고사리는 이미 자랄 대로 자라 고사리밥이 너풀거렸으나 또 다른 곳에서는 손가락 마디만 한 고사리들이 고개를 내밀고 있었다. 잠시잠깐 망설였지만 이것도 손대지 않았다. 해 질 녘 산책길에 두어 움큼씩 꺾고 삶아 말려서 명절에 쓸 수 있을 만큼은 마련해두었기 때문이었다.

시차를 두고 싹이 돋는 천마는 해마다 같은 장소에서 싹을 틔웠다.

마치 성지 순례를 하듯 하루는 동쪽 또 하루는 서쪽 또 하루는 남쪽을 갈마들면서 천마 상태를 살폈고 대부분 열흘 내외로 싹이 돋았으며 그런 다음 꽃을 피우곤 했다. 손끝 한 마디만큼 싹이 돋았을 때는 덩이뿌리도 단단했지만 이미 꽃이 핀 다음에는 덩이뿌리도 양분이 다 빠져 속이 궁글었으므로 꽃이나 구경하고 물러나는 게 서로에게 이로웠다. 이파리가 없는 천마는 얼핏 오리나무더부살이와 닮아 보였다. 길이 나지 않은 숲정이 입새는 덩굴나무와 떨기나무들로 우거져 판판이 걸음을 잡아챘다. 마치 살얼음판을 걷듯 조심조심 떨기나무들을 주저앉히며 걸음을 뗐다. 그런 까닭에 고라니든, 멧돼지든 짐승들이 오가는 길목을 만나면 걸음이 달뜰 수밖에 없었다.

그러면서도 발밑은 잘 살펴야 했다. 뱀은 물론 눈에 잘 띄지 않는 진드기 때문이었다. 페터 볼레벤이 쓴 『숲 사용 설명서』(위즈덤하우스, 2018)에 따르면 진드기를 옮기는 매개체가 주로 노루, 멧돼지와 같은 산짐승들이기 때문이었다. 이들 진드기는 짐승들 털에 붙어 있다가 풀숲으로 자리를 옮겨 마침내 인간에게 이동하여 흡혈했다. 어른들 말씀으로는 깨알만 했던 진드기가 피를 빨아먹으면 메주콩만 해진다고 했고 어릴 적 들판에 놓아기르던 소에 들러붙었던 바로 그 진드기처럼 커진다고 했다. 요즘은 '살인 진드기'라는 이름으로 더 많이 불렸다. 아닌 말로 숲에서 나올 때마다 바짓가랑이에는 깨알 같은 진드기들이 새카맣게 달라붙어 있곤 했다.

그렇더라도 짐승들이 오고간 길은 이미 길이었으므로 다른 곳보다 걸음을 내딛기가 수월했다. 폭은 삼십 센티미터 남짓 되었지만 그 정도면 인간이 다니기에도 무리가 없었으나 이따금 짐승들이 오가는 길과 인간이 가고자 하는 길은 어긋나기 마련이었다. 나는 미련 없이 짐승들이 오고간 길을 버리고 수풀 속으로 들어섰다. 무릎 위를 웃도는 수풀 속 바닥은 보이지도 않았을 뿐더러 알 수도 없었으므로 조심조심 걸음을 내딛었다. 수년 전부터 오고가는 곳이 되었지만 매해 다른 느낌이었고 다른 색이었다. 올해는 참나무들이 조금 더 이르게 핀 듯 이파리들이 너풀거렸다. 보통 참나무라고 하는 나무는 참나무과 참나무속을 통칭하는 것으로 신갈나무, 굴참나무, 상수리나무, 졸참나무, 갈참나무, 떡갈나무가 있으며 우리 동네 숲정이는 떡갈나무가 흔했으며 어른들은 갈나무라고 불렀고, 이파리도 다른 참나무들보다 컸으며 어릴 적 못밥을 먹을 때 생선을 싸서 주던 나뭇잎이기도 했다.

가쁜 숨을 몰아쉬며 등성이를 넘어섰다. 짐승들에게 뜯긴 도라지와 삽주 싹들이 보였고, 멧돼지 습격을 받은 봉분도 있었으나 예전에 한두 뿌리씩 돋던 천마 싹은 볼 수 없었다. 몸을 낮추고 아래쪽에 서서 위쪽을 위쪽에 서서 아래쪽을 살폈다. 낙엽이 답쌓이고 수풀이 무성한 곳은 발로 슬슬 헤쳐도 보았으나 내가 찾는 천마 싹은 보이지 않았다. 다시 한번 왔던 곳을 도서서 살폈으나 마찬가지였다. 그렇게 기대가 실망으로 바뀔 무렵 손가락 한 마디만 한 싹을 본 것은 썩어가고 있는 나무 등치를 발로 툭툭 걸어차며 숨을 고르고 있을 때였다. 진달래꽃 나무에 가려져 바람결에 볕뉘처럼 아주 잠깐 모습을 드러낸 것이었다. 싹은 딱 집게손가락 길이만 했다. 조심조심 다가갔다. 옆에

답압(踏壓)으로 생긴 발자국은 내 신발 모양을 닮았다.

가슴에 손을 대고 천지신명, 사방팔방에 감사 인사를 드린 뒤 가만히 쪼그리고 앉았다. 싹의 줄기만으로는 덩이뿌리의 크기를 가늠할 수 없었으므로 손괭이로 살살 주변 흙을 파헤치며 머리 부분을 더듬더듬했다. 짐작보다 뿌리가 깊어 손으로 뿌리를 잡고 흔들어 뽑았으나 뽑히지 않았다. 이럴 때는 아주 잠깐이지만 머릿속엔 갖은 생각이 오고갔다. 크기는 얼마만 한지, 길이는 또 어떠한지 또 잡고 흔들다 중간이 끊어지는 것은 아닌지 그러면서도 덩이뿌리가 뽑히지 않으면 그때는 손을 놓고 주변을 더 넓고 깊게 파야 했다. 아니면 더덕이나 도라지 뿌리처럼 중간이 뚝 끊어질 수 있었기 때문이었다. 다른 무엇보다 뿌리가 끊어지면 여러모로 마음이 언짢았다.

올해 첫 수확은 내 손만 한 크기였고 주변에 다른 천마는 보이지 않았다. 오붓하면서도 아쉬웠다. 천마는 대부분 하나만 있지 않고 주변에 줄레줄레 고구마줄기처럼 둥그렇게 또는 일자 모양으로 길게 이어져 싹이 돋기 때문이었다. 하나만 싹이 돋은 이유를 알 수 없었다. 이삼일 사이를 두고 찾았으나 두어 뿌리를 더 얻을 수 있었을 뿐이었다. 어른들은 해거리를 하는 모양이라고 했다. 결과를 놓고 보면 가히 틀린 말도 아니었으나 무엇인지 석연치 않았다. 올봄엔 비도 충분하리만치 왔고 날씨가 들쭉날쭉하기는 했어도 여러 개가 돋는 자리에서 하나만 자랐다는 걸 믿기 어려웠다. 다른 이들 발자국을 찾을 수 없었으므로 더더욱. 그렇더라도 없는 것은 없는 것이었다. 숲을 나오면서 더덕 이파리를 발견했고 서너 뿌리를 캤으며 큰꽃으아리 꽃을 만난 것은 또 다른 기쁨이었다.

국수나무와 멍석딸기들과 같은 딸기들이 발길을 잡아챘다. 성가 시고 귀찮았다. 어쩌면 우리 인간이 꿈꾸는 궁극의 숲이란 안전하게 돌아다니며 몸에 좋은 약초와 입이 단 나물과 열매를 얻고 눈과 귀를 즐겁게 하는 풍광인지도 몰랐다.

버섯 철이 왔지만

개울가 갈대숲 위로 까막까막 반딧불이들이 날아올랐다. 우꾼우
꾼 벼 익는 냄새가 사방으로 번지는 사이 초여름 새끼를 친 제비 떼
는 먼 길 떠날 준비로 연일 분주탕이었다. 처서(處暑)를 지나자마자
전염병처럼 드셌던 한여름 열기가 벼락같이 누꿈해지면서 바람결 또
한 방향을 바꾸었고 보랏빛 물봉선과 쑥부쟁이 꽃들이 피어났다. 어
리둥절할 정도로 아침저녁 기온이 뚝 떨어지면서 불볕더위와 모다기
비를 반복하던 한여름이 무색해졌다. 뒤이어 산바람에 버섯 소식이
실려 왔다.

지난해는 버섯이 돋는 순서도 뒤죽박죽이었고 그러다 끝내 바라
던 버섯은 없었다. 산림조합에서는 수매를 취소할 정도였다. 그때 어
른들은 전례가 없다는 말로 버섯이 났다는 소식을 뭉갰고, 숲에 들었
던 사람들 손에는 싸리버섯, 능이, 송이들이 들려 있었다. 눈앞에 버
섯을 흔들어 보여도 어른들은 왼고개를 치며 '유월 송이', '어쩌다 불쑥
솟은 돌연변이'라며 전례를 들추었다. 버섯 철을 두고 한쪽에서는 아
직 철이 이르다며 기다려 보라고 했고, 또 다른 한쪽에서는 버섯이 두

번 도는 경우는 없다며 이번이 마지막일 것이라고 했다. 육십 년을 숲에 드나든 사람이나 십년 안팎인 사람이나 다를 게 없어 보였으나 경험은 몹시도 완악하고 검질겨서 쉽사리 자기 자리를 내주지 않았다. 성마르고 욕심 사나운 인간들이 된 것일까.

그랬으므로 올해도 이따금 큰 산을 올려다보면서 기미를 엿보던 어느 이른 아침 어떤 성마름에 이끌려 큰 산을 향해 집을 나섰다. 수풀엔 이슬이 무서리처럼 내려 바지 자락이 무거워졌고, 긴호랑거미가 친 거미줄은 얼굴을 뒤덮었다. 등성이 자드락길에 있던 '똥굴'이라고 부르는 오소리 굴은 등마루에서 기스락 쪽으로 장소를 옮겼다. 여러 개의 굴을 파 놓고 이따금 똥 싸는 자리를 바꾸는 오소리 굴은 세 개로 늘었으며 낮은 곳에 있는 굴 입구에 똥을 무더기로 싸 놓았다. 곰쓸개에 버금간다는 오소리는 한때 그 쓸개 때문에 수난을 당하기도 했으나 마을에 사냥꾼들이 사라지면서 새끼들은 는 듯했다.

지난해 보았던 샛노란 배암차즈기는 꽃을 피웠으나 각시취는 여태도 깜깜했다. 길섶 바윗돌에 누군가 자잘한 돌멩이를 올려 작은 탑을 쌓아 놓았다. 문득 걸음을 멈추고 밑에 쌓인 돌들이 무너지지 않도록 깨진 돌을 하나 주워 조심스레 그 위에 올려놓았다. 흩어지고 흔들리는 돌무더기일지라도 한동안 그곳에 자리를 잡겠거니 하고 뒤돌아보지 않으며 걸음을 재우쳤다. 도무지 익숙해지지 않는 오르막길은 판판이 호흡을 가쁘게 했다. 그러나 삽상한 바람결이 코끝을 간질였고, 솔숲 사이로는 이른 아침 빛살이 비춰 들었으며 귓가에는 계곡 물

소리가 파도처럼 출렁거렸다.

해마다 가을 버섯 철이 당도하면 한 번씩 오르곤 하던 등성이 가르맛길이었다. 어느 해는 숲 입새부터 깨금버섯(뽕나무버섯부치)이 흔했고 또 어느 해는 밤버섯(벚꽃버섯)이 수두룩했었다. 올해는 흔히들 '잡버섯', '똥버섯'이라고 부르는 무당버섯, 광대버섯들이 설핏했고 이들 이름은 어쩌다 이리 짓게 되었으며 이들 버섯이 죄다 독버섯인 까닭은 무엇일까 궁금해하면서 솔숲에 부는 바람결에, 귓가를 간질이는 물소리에 한동안 가만히 멈춰 서서 호흡을 가다듬었다. 변하지 않은 듯 그러면서 가뭇없이 변한 듯 제자리를 지키고 있는 듯하면서도 어딘지 모르게 버성기며 메마른 수풀 사이를 뚜렛뚜렛 살폈다.

숲에 들 때마다 이따금 버섯이 먼저인지, 숲속 풍경이 먼저인지 스스로 묻고는 했다. 어리석은 질문이었지만 그렇게라도 민통선인 큰 산에 드는 까닭을 만들고 싶었는지도 모를 일이었다. 등마루에 올라서자마자 만난 이웃 마을 주민은 그 이른 시간에 이미 산을 내려가고 있었다. 덕담을 들으며 등마루를 넘어 또 다른 골짜기로 내려서는 첫걸음에 손바닥만 한 능이를 만났다. 해마다 능이가 돋기 시작했는지를 기준으로 삼는 곳에서 한 발짝 정도 떨어진 곳이었다. 올해 처음 만난 능이는 그리 탐탁하지 않았으나 처음이었으므로 고개 숙여 천지 사방에 감사 인사를 올렸다.

수풀 사이사이 발길에 차이는 포탄 파편, 낡은 낙하산, 빗물에 물

크러진 삐라들 그리고 오래된 상표의 술병과 낡삭은 물병들을 물끄러미 들여다보았다. 그리고 점점 더 닳아서 낮아지고 있는 부족장 무덤이라고 해도 좋을 듯한 무덤들과 그 둘레에 도래솔이었을 법한 고목은 소나무들이 만드는 그늘에 기대 잠깐씩 다리쉼을 했다. 나뭇잎 사이로 흔들거리는 남으로 치달리는 먼 데를 바라보는 일은 어쩐지 애석하기도 하고, 또 시원섭섭하기도 했다. 먼 데는 노상 먼 데여서, 제자리는 또 제자리여서 애틋한 것인지도 모를 일이라고, 그러면서 자리에서 일어섰다.

맑게 영글어가는 물빛 위로 산그늘이 내려앉는 동안 모기떼는 또 여윈 개 겻섬 탐하듯 극성이어서 오래 앉아 있을 수도 없었다. 메마르고 푸석한 흙바닥에는 꽃 한 송이 피우지 못했으나 수풀 사이사이에서는 연보랏빛 솔체꽃이 이따금 고개를 내밀었으며 흔하디흔했던 도라지꽃은 가까스로 한 송이 구경했다. 초식동물들이 즐기는 먹이인지 줄기가 잘린 도라지가 눈에 띄기는 했으나 가물에 콩 나듯 드물었다. 그러고 보니 다래나무 아래서 다래 열매는 하나도 보지 못했다. 다래와 머루를 먹고 살자던 노랫말은 다시는 기약할 수 없는 언약이 될 모양이었다.

몸에 각인된 기억은 질기고 깐깐해서 등마루를 넘고 보면 지난해 넘나들었던 곳이었다. 발길을 옮길 때마다 먼저 오간 이들이 버리고 간 소주병과 음료수 병, 비닐봉지들이 눈에 띄었다. 산짐승들의 흔적이라야 잘해야 발자국과 똥 무더기뿐이었다. 고정불변하는 숲은 없

을 것이겠으나 아름드리 소나무들을 파내고 태양광 발전소를 세우는 모습을 지켜보는 일만큼 편치 않았다. 예전에는 목초지 조성을 이유로 소나무들을 파내더니 근래에는 태양광 발전소를 이유로 소나무들을 팔아치우고 있었다. 숲정이 곳곳마다 마치 헌데처럼 드문드문 태양광 발전소가 들어서고 있었다.

　독사 한 마리가 수로에 빠져 물길을 거스르고 있었다. 붉은 독사, 검은 독사, 얼룩 독사들이 눈에 띄었고 새끼 독사들도 없지 않았다. 가을은 뱀들 짝짓기 철이라고, 골짜기 물가를 조심하라는 사촌의 당부가 있었다. 처음으로 나무 졸가리를 주워 막대를 만들었다. 눈앞을 가로막는 거미줄도 걷어내고, 수풀 우거진 곳에서는 발밑을 헤집었으며 오르막에서는 지팡이로도 썼다. 그러나 한순간 단단하지 못한 막대가 부러지면서 앞으로 곤두박질할 뻔했다. 손목이 시큰했다. 미련 없이 막대를 던져버렸다. 낯선 것을 길들이는 일은 쉽지 않았다. 먼저 다녀온 이들이 전한 말과는 달리 숲 바닥은 빗자루로 쓴 것처럼 빤빤했다.

　팔월 뙤약볕이 길어진 것을 감안하면 고추 농사와 벼농사는 평년작은 되었다. 누렇게 익어가는 논들에는 참새떼가 파도처럼 일렁이며 무른 벼이삭을 씹어댔다. 새를 쫓는 허수아비들은 패딩 점퍼를 입었고, 노인들 손에는 비닐로 만든 먼지떨이, 총채가 들려 있었다. 한여름에는 흩어져 살던 참새들은 가을로 접어들면서 떼를 지어 벼이삭을 공격했다. 참새를 잡지 않은 지 오래되었다. 밤이면 멧돼지를 비롯한 산짐승을, 한낮이면 새떼를 쫓는 '대포소리'가 골짜기를 지나 마을을 뒤흔들었다.

솔수펑이 그늘엔 두텁게 쌓여 있던 솔가리들이 파헤쳐진 흔적이
고스란했다. 멧돼지 짓이었고, 송이 채취꾼들이 질겁하는 풍경이었
으나 아직 돋지 않은 송이를 찾기 위해 먼저 도착한 이들이 쇠와 나무
꼬챙이로 떠들어 놓은 곳도 그에 못지않았다. 솔가리 아래서 잠자고
있었을 버섯 포자들은 먼저 온 산짐승과 사람들 발자국에 밟히고 밟
혀 지상으로 돋아나도 찌그러지고 갈라져 있기 일쑤였다. 버섯 가격
이 치솟고 가을철 든든한 가욋벌이가 되면서부터 산은, 숲은 사람들
로 넘쳐났다. 한쪽에서는 금줄과 현수막을 내걸었고 또 한쪽에서는
그 현수막과 금줄을 칼로 찢고 잘랐다. 어쩌다 우리는 이렇게 성마르
고 욕심 사나운 인간들이 된 것일까.

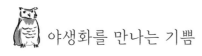 야생화를 만나는 기쁨

불을 품은 바람이 불기 시작하면서 하늘색이 수묵화의 발묵처럼 번졌고, 숲 기스락 생강나무는 활짝 피었다 이울고 있었으나 노루귀는 여태 감감무소식이었다. 매화가 마을에서 제일 먼저 봄소식을 알린다면 숲속에서는 복수초가 단연 으뜸이겠으나 내겐 노루귀가 피어야 비로소 봄이 왔노라고 기지개를 켤 수 있을 뿐만 아니라 그래야 바람결도 한결 달리 느껴지고 시냇물 소리도 쾌활해지는 듯했으며 무엇보다 우리 마을에서는 복수초보다는 노루귀 떼판을 더 자주 만날 수 있었으므로 그러했다.

복수초를 만나려고 멀리 양양 낙산사까지 다녀왔으나 그날은 눈 대신 때맞춰 비가 내리고 있었으며 꽃봉오리는 더디게 꽃대를 밀어올리고 있었으니 활짝 핀 복수초는 언감생심이었다. 경내를 두어 번 돌다 그대로 정문으로 향했다. 우리 동네 산 기스락 습지에서 해마다 다른 꽃들보다 먼저 잎을 피워 올리던 앉은부채가 감쪽같이 사라져서 어리둥절했던 터라 아쉬움은 더욱 컸으나 그 또한 불가항력이었다.

발을 구르는 것으로도 아쉬움이 가시지 않아서 이제는 세상에 없는 스님이 심은 소나무를 골똘히 들여다보았다.

큰 눈 없이 흐리마리하게 겨울이 지나고 난 뒤 꽃들은 예전과 달리 일찍 피었으나 그렇다고 한꺼번에 출발선에서 달려나가는 육상선수 같지는 않은 것이어서 한자리에서 피고 지는 꽃들도 저마다 이르거나 지르되기 일쑤였다. 한파가 닥칠 것이라는 지난겨울 예보는 그대로 예보였을 뿐, 기름보일러로 난방을 하는 우리 집은 어머니 말씀대로 기름이 적게 들어서 좋기는 하였으나 어쩐지 자꾸 고개를 갸웃거리게 했다. 같은 일이 반복되면 그 일에 무뎌지는 것처럼 기후가 변하고 있다는 실감에 예민해지고 긴장하는 게 아니라 언제부턴가 그러려니 무심해지고 있었다.

숲이 울창해지면 숲 바닥에 살던 키 작은 초목들이 사라졌다. 이를테면 산불이 지나가면서 초목이 불타고 산이 검게 그을리고 나면 호랑이 없는 골에 토끼가 왕인 것처럼 숲 바닥에서 숨을 죽이고 있던 고사리들이 떼판을 이루었다. 그러나 그것도 어느 한 시절뿐이었다. 떨기나무들과 큰키나무들이 와싹와싹 잘 자라서 그늘을 만들면 고사리와 같은 민꽃식물은 다시 보기 어려웠다. 어떤 것도 영원하지 않았다. 그렇더라도 어느 한 시절 함께 공기와 햇볕, 바람과 비를 나눈 사이라면 아쉽지 않을 수 없었다. 가고 없는 것이 그리운 것처럼.

생강나무 꽃으로 차도 만들었고 만개한 목련도 보았으니 마을 안이 골짜기 저 골짜기로 꽃을 찾아 쏘다녔다. 목련은 보통 사월이나 되어야 피었는데 올해는 무슨 일인지 삼월 초순에 꽃이 피었다. 큰 산기스락 외딴 곳 주인이 떠난 집에 저 홀로 자라고 있는 목련나무였다. 저물녘에 만난 흰 꽃봉오리들은 마치 나무에 전등을 매단 것처럼 흰 꽃을 드레드레 피우고 있었다. 학교에 다니던 시절엔 교정에 핀 목련을 몹시도 싫어했다. 꽃봉오리는 꼭 솜방망이처럼 보였고 교내 방송을 통해 울려 퍼지는 '목련꽃 그늘 아래서 베르테르의 편지를' 운운하는 가곡은 듣그러웠다. 그랬던 꽃이 이제는 봄소식을 전하는 전령으로 당도했다.

앞산 골짜기에는 오래전부터 봄이면 찾곤 하는 노루귀 떼판이 있었다. 큰 계류와 작은 지류가 만나는 곳으로 노루귀가 지고 나면 족두리풀과 화살나무들이 꽃을 피우고, 생강나무들 또한 떼판을 이루는 곳으로 이른봄 제일 먼저 노루귀 꽃 소식을 접할 수 있었다. 그런데 어찌된 일인지 숲 입새부터 조짐이 심상치 않았다. 골짜기 안쪽 다락논이 줄지은 곳에 시멘트로 농로가 포장된 것은 그렇다 치고, 아름드리나무들이 베어져 아무렇게 나뒹굴고 있었으며 트랙터도 오갈 수 있는 넓은 길이 생겼다. 땔감을 하던 옛날엔 발구가 다니던 발구길이 그 위쪽에 있었지만 계곡 옆은 겨우 지게나 지고 다닐 수 있는 좁은 길뿐이었다.

멧돼지가 파헤치고 어지럽힌 곳들을 발을 제겨디디면서 덩굴 사이로 머리를 숙이고서 조심스럽게 앞으로 나갔다. 참나무 둥치 옆에는 달래가 뾰족뾰족하게 싹을 내밀고 있었으며 생강나무들은 그야 말로 꽃판을 이루었지만 이 또한 이르게 핀 꽃들은 벌써 만개하였으나 여태도 겨울눈이 그대로인 생강나무들도 즐비했다. 계류를 가로질렀다. 그런데 물살이 개개면서 계곡의 기슭이 넓어졌고 벼랑 또한 더 높아졌다. 계곡과 맞닿은 숲 바닥 흙들이 무너지고 떨어져 내려서 발 디디는 게 여간 어렵지 않았다. 누군가 버린 소주병에는 낙엽으로 속이 꽉 찼다.

노루귀는 듬성드뭇했다. 엄지손톱만 한 꽃 이파리는 보기 어려웠으며 이제 겨우 봉오리를 내민 채 여기저기 피고 있는 꽃들이나마 몇떨기 되지 않았다. 자리를 옮겨 둘레를 살폈으나 답쌓인 낙엽뿐이었다. 행여 꽃들을 밟을 새라 조심조심하면서 다시 한번 주변을 살폈으나 못 보고 지나친 꽃은 없어 보였다. 풍란처럼 희귀해서 누군가 몰래 캐지도 않았을 것이니 궁금답답했지만 길래 있을 수도 없어서 계곡 위쪽으로 걸음을 옮겼다. 흙더미가 무너져 내린 벼랑 끝에 고목은 생강나무가 꽃은 피웠지만 아슬아슬했다. 반쯤은 뿌리가 드러났고 또 반쯤은 가지들이 바닥으로 기울어져 언제 쓰러져도 이상스럽지 않을 듯했다. 물살이 휘돌면서 치고 나가는 자리가 넓어지면서 생강나무가 서 있는 자리는 점점 더 옹색해지고 있었다.

며칠 뒤 건봉사 쪽으로 방향을 잡았다. 미친 듯이 바람이 휘불고 있었으나 모처럼 하늘이 파랬으니 꽃을 보겠다는 걸음을 막지는 못했다. 큰길이었지만 자동차도 거의 다니지 않는 길을 걷는 것은 횡재

나 다름없었다. 바람을 안고 걸으면서도 눈길이 닿는 곳마다 싱그러워서 발걸음이 가든했다. 그러다 산비탈 벼랑 끝에 핀 진달래꽃을 보았다. 그 며칠 전 마을 숲정이에서도 진달래꽃을 보았지만 벼랑 끝에 매달린 진달래꽃은 굳이 수로부인을 떠올리지 않아도 어딘지 모르게 퍽 애틋한 데가 있었다. 천 길 벼랑 때문이었는지 암소를 몰고 가던 늙은이 때문이었는지 아무려나 꽃은 피었고, 길에는 아무도 없었다.

건봉사 부도전은 아무 때나 일없이 찾아도 좋았으므로 다른 곳은 가끔 건너뛰기도 하지만 부도전 만큼은 그렇지 않았다. 꽃이 피는 봄이면 꽃이 피는 대로, 비가 오는 여름이면 비가 오는 대로, 낙엽이 지고 눈이 오면 또 그대로 넉넉했으므로 때로는 삼가는 마음으로 또 때로는 제멋대로 풀어진 채로 앉아 있거나 서성서성했다. 전생이나 내생엔 관심이 없었으므로 그저 그날 운수에 따라 가닿기도 하고 못가기도 하는 곳이 이제는 걸어서 갈 수 있었으므로 조금 더 발걸음이 잦아졌지만 전처럼 편치 않았다. 매번 공사 중이기 때문이었다. 이판이 있고 사판이 있는 것처럼 불사(佛事)는 물론 중요하고 필요한 일일 테고 그리하여 그곳이 절집으로서 존재하는 것일 테지만 꼭 금전벽우(金殿碧宇)는 아니어도 좋을 텐데.

눈이 내린 어느 날엔 바람만이 다녀간 부도전을 돌며 기찻길을 만들었다. 어릴 때 눈이 내려 쌓이기 시작하면 마당에 나가 두 발로 발자국을 냈다. 입으로는 칙칙폭폭 기적을 울리며 두 발을 모아 붙인 채 구불구불 길게 만드는 게 사북이었으므로 되도록 촘촘하게 걸었다.

그렇게 눈밭을 어지럽혔다. 그랬던 자리에 이젠 파랗게 새싹이 돋았으나 꽃들은 아직 일렀고 바람 소리만 거세찼다. 아무도 없었다. 잠깐 둘러보면서 자리를 뜰까 하다가 바람 소리에 이끌려 볕바른 곳에 가만히 앉았다.

바람 소리에 정신이 팔리는 사이 산등성이 솔수펑이가 눈에 들어왔다. 갈대가 눕는 일은 차라리 사소해 보였으며 바람결에 실려 오는 매화 향내마저 뒷전이었다. 거대한 파도가 밀어닥치는 듯 물멀미가 났다. 귓전으로 들리는 소리만으로 벌써 다른 세계였으나 눈앞에서 솔숲이 누웠다 일어서는 풍경은 다른 모든 것을 압도하였으나 그렇다고 또 빈틈이 없지는 않은 것이어서 어느 해 조계산 송광사에서 만났던 그 바람을 다시 떠올렸다.

얼레지, 애기중의무릇, 노루귀, 양지꽃, 돌단풍, 현호색, 산괴불주머니를 올해 처음 숲 기스락 이곳저곳에서 보았다. 불전에 나가지 않아도 이미 부처님을 뵌 듯.

수타사 터를 다녀오며

　수성샘터에서 물을 한 모금 마신 뒤 구불구불한 임도(林道)를 따라서 걸었다. 길은 탱크도 지나갈 만큼 넓고 잘 다져져 마치 옛날 신작로를 보는 듯했다. 임도이면서 군사 도로처럼 보였고 그것은 길가에 토치카, 즉 참호와 교통호 그리고 군 통신 시설들이 눈에 띄었기 때문이었다. 이곳 고성은 접경 지역이므로 군사 시설은 눈에 익었지만 참호를 곁에 두고 걷는 걸음에는 불가침 지역에 몰래 스며든 듯 긴장감이 어리지 않을 수 없었다. 더구나 그 큰길에는 오전인데도 사람은 아무도 없었고 길가에는 승용차만 두 대 서 있었을 뿐이었다.

　메숲진 솔숲에는 솎아베기를 한 듯 가지들이 늘비했다. 나뭇잎들이 시뻘겋게 말랐는데도 자른 나무와 나뭇가지를 모아 놓지 않았다. 가지치기를 한 소나무들을 보면서 '아보리스트(arborist)'를 떠올렸다. 그동안 잘못된 가지치기로 인해 나무들이 죽어가고 있다는 소식을 접했기 때문이었다. 노량으로 걸으면서 길섶에 소나무들을 훑듯 보았는데도 제대로 가지를 친 나무는 보이지 않았다. 나무를 죽음에 이르게 하는 원인으로 지목된, 가지를 길게 남기거나 또는 지나치게 짧게 자른 모습들이 곳곳에서 갈신거렸다. 줄기와 가지 사이의 간격이 길거나 짧아서 부후균 그러니까 균에게 먹이를 제공함으로써 줄기가 썩어 들어갔고 마침내 나무의 수명을 재촉했다.

인위적인 가지치기는 나무에겐 생살이 찢어지는 아픔일 테지만 나무는 또 나무대로 제 상처를 보듬고 삭이며 스스로 상처를 치유하는데 그 또한 한계가 있었다. 그리하여 나뭇가지를 자를 때 나무 스스로 상처를 얼싸안아서 치료할 수 있는 범위를 넘어서면 안 되는 것이었지만 인간은 나무의 상처에는 또 관심이 없었으므로 길게도 자르고 짧게도 잘랐던 것이었다. 아니 '두절'이라고 하여 아예 나무줄기를 잘라내기까지 하였으니 나무가 제대로 자랄 리 없었지만 이 또한 아무런 관심을 두지 않았다. 가로수가 엉망진창인 까닭이었다.

숲 입새에선 흰 빛깔의 까치수염이 반기더니 길 중간에선 누런 고라니가 멈칫멈칫 길을 가로질렀다. 나무들이 그늘을 드리운 가운데 길섶 비탈진 곳엔 주황빛 중나리가 빼꼼히 고개를 내밀고 있었다. 며칠 전 건봉사에 다녀오는 길에서도 활짝 핀 중나리를 보았지만 꽃들은 언제든 반가웠다. 백합과의 여러 나리들 가운데 애기나리는 벌써 꽃이 졌고 참나리는 아직 일렀으며 우리 동네에서는 만날 수 없는 말나리와 하늘나리들은 무엇보다 크지도 작지도 않으면서 숲속을 환히 밝히는 꽃등 같았으므로 만날 때마다 안녕! 안녕! 인사를 건넸다.

연보랏빛 노루오줌도 피었다. 산마루 부근에 이르러서야 산은 급하게 가팔라졌지만 길은 까다롭지 않아 동무들과 두런두런 이야기를 나누며 걷기에 알맞았다. 운봉산 등과 같이 화산체로 이루어진 고성산은 산꼭대기에 이르러서야 운봉산에서 보았던 검은 화산돌들이 보이기 시작했으며 수타사 터 방면으로 내려오다 보면 담쟁이덩굴에 뒤덮인 너덜 지대를 만날 수 있었다. 인간의 역사로는 헤아릴 수 없는 어느 시절에 화산이 폭발했고, 그 화산의 흔적을 또 아무렇지도 않게 마주할 수 있었다.

산마루에는 주민들이 새로 만들어 놓은 봉수대며 감시탑과 전망대가 있어 산꼭대기라기보다는 마치 너른 운동장처럼 보였다. 낡고 썩어 삐걱거리는 계단을 올라 이층 전망대에 섰다. 해발 삼백 미터가 되지 않았지만 사방이 훤해서 가까이는 차잠바위며 북쪽으로는 향로봉이 동쪽으로는 간성과 가진 그리고 동해가 바싹 다가들어 손에 잡힐 듯했다. 새소리마저 없는 적막한 전망대를 독차지하고 앉아서 주변에 나무들을 바라다봤다. 차잠바위를 좀 더 가까이 볼 수 있는 아래 전망대 쪽으로 내려가다 보면 샘물이 있고 가뭄을 타는지 물이 시원치 않았다.

고성산은 예나 지금이나 군사적 요충지 역할을 하는 듯 차잠바위로 가는 등산로 근처에 화산돌로 쌓은 산성의 흔적이 남아 있었다. 그도 그럴 것이 산꼭대기에 서면 사방천지가 거칠 것 없이 훤히 내다보였기 때문이었다.

길은 여러 갈래였으나 수타사 터 쪽으로 길을 잡았다. 처음부터 가파른 나무 계단이 발목을 잡았다. 사람 발길 뜸한 사이 낡은 계단 틈에는 풀들이 자라 계단도 잘 보이지 않았을 뿐더러 습기도 더해 날벌레들이 눈앞을 어지럽혀 조심스레 계단을 밟으며 가다 서다를 반복했다. 임도와는 다르게 나무들이 거의 넓은 잎나무였으므로 고개를 뒤로 젖혀 하늘을 올려다봤다. 이따금 아름드리 소나무가 눈에 띄지 않는 것은 아니었으나 쪽동백나무며 서어나무, 산벚나무들이 숲정수리를 이뤘다. 암자 터에서 샘물 한 모금으로 목을 축였으며 개다래 꽃을 기웃거리면서 개다래의 생존 방식도 가만히 훔쳐보았다.

밭 가장자리에 서 있는 낡삭은 석탑을 보고 돌아서는 길이었다. 마당에 감자 가루를 널어놓았고, 텃밭에서는 어르신이 김을 매고 있었다. 산을 등지고 앉은 집 앞에는 사래 긴 밭이 있었으며 밭둑 너머엔 시냇물이 흘렀다. 석탑은 시냇물과 제법 높은 밭둑 사이에 아슬아슬하게 서 있었다. 제초제를 친 주변은 매끈했지만 시냇가엔 갈대가 무성했다. 때를 알 수 없는 어느 시절에 세워졌을 석탑은 기단부에 조각이 남긴 흔적이 희미하게나마 있었으나 탑은 삼층인지, 오층인지도 모르는 채 상륜부도 없는 사층 석탑으로 서 있었다. 그마저도 비바람에 낡고 삭아서 탑 모서리가 떨어져 나갔고 곳곳에 흠이 생겼다.

시간 앞에서는 누구라도 작고 작아지는 것이었으나 변치 않을 것 같던 석탑마저 닳아서 사라지는 것을 보고 있자니 갖가지 상념이 구름처럼 피어오르는 찰나, 시내 건너편에서 개가 짖어대기 시작했다. 석탑을 둘러싼 밭에는 고추와 모종을 내기 위해 부은 들깨가 막 싹을 틔우고 있었다. 석탑이 있는 곳으로 가려면 그물 울타리를 지나야 했으므로 김을 매고 있던 어르신께 허락을 얻었다. 산골짜기였고, 짐승들이 인간의 밭과 자연의 숲을 구별할 리 없었으므로 아무렇지 않게 여겼으나 외려 어르신께서는 짐승들 때문에 울타리를 쳤노라고 덧붙였다.

마당에 널어놓은 가루를 보는 순간 감자 가루를 떠올렸지만 긴가민가하여 손으로 직접 만졌더니 요즘은 흔히 볼 수 없는 '감자갈기', 감자 녹말가루였다. 노인께 감자 가루네요, 했더니 김매던 어르신이 고개를 들었다. 나이가 몇인데 감자 가루를 아느냐고. 한여름 장마철이면 할머니는 감자 가루를 익반죽하여 소로는 강낭콩 등을 넣고 송편 모양으로 빚은 감자떡을 무쇠솥에 겅그레를 얹고서 쪘다. 쪄낸 다음 바로 들기름을 발라 입천장을 데는 줄도 모르면서 먹던, 거무튀튀한 감자떡은 눅진눅진해서 찌뿌드드하던 한여름에 만나는 별미였다.

감자 가루는 손이 많이 가는 식재료였다. 하지감자를 캐고 나면 지스러기와 호미 날에 찍힌 감자 등을 항아리 넣고 여름내 썩혔다. 가을걷이를 끝낼 무렵이 되어서야 감자 항아리에 손이 미쳤다. 우물가에 줄느런히 있던 감자 항아리에선 여름내 썩은 내가 진동했지만 누구도 쉽게 불평하지 못했다. 썩힌 감자를 어레미로 걸러 껍질은 버리고, 앙금만 다시 대야에 넣고 물을 넉넉히 잡고서는 몇 날 며칠 아침저녁으로 물을 갈아주면서 쿠릿한 냄새를 우려냈다. 구린 냄새가 다 가셨다 싶으면 이번에는 이물질을 걸러내고 나서 물을 지운 뒤 보드라운 앙금만을 도래방석 등에 광목 보자기 등을 펴고서는 맑은 볕에 몇 날 며칠 말렸다.

어르신과 헤어져 덜레덜레 산을 등지고 걸었다. 걸으면서 자꾸 뒤를 돌아다봤다. '조상답'인 지금의 논밭을 일굴 때 기와는 물론이거니와 발방앗간 터에서 돌확도 나왔으며 옆 골짜기에서는 '앉은 부처'님도 나왔다고 했다. 그리고 고성산 산마루 사이에 샘터와 암자 터가 있었으니 석탑 아래 안내판 내용처럼 절터였을 터인데, '수타사 터' 전설이 전해져 오기는 했지만 그곳에 있었을 절의 생몰 연대는 여전히 미궁이었으니. 탑동의 폐사지는 또 어떻고.

파랑새를 보았네

멍석딸기를 두어 줌 따서 먹은 뒤 구부러진 모퉁이를 막 돌아서는 길이었다. 얼마 전에 본 파랑새가 다시 눈앞에서 날아올랐다. 주황색 부리와 짙푸른 청록색 깃털 그리고 공중을 날 때만 보이는 흰색 깃을 가진 파랑새는 전깃줄에 앉았다 상수리나무 숲속으로 빠르게 자취를 감췄다. 잇새에 낀 딸기 씨앗을 혀로 굴리던 것도 잊은 채 멍하니 새가 사라진 곳을 바라다봤다. 건봉사에 가던 날도 보았지만 그때는 거리가 멀어서 큰유리새인가 하고 고개만 갸웃거렸을 뿐 더는 아무 것도 알 수 없었다. 수컷 큰유리새는 푸른 깃털에 부리가 검었을 뿐만 아니라 배 빛깔이 희었으므로 큰유리새는 분명 아니어서 무슨 새인지 궁금답답했었다.

파랑새가 등장한 주변에는 고목은 소나무가 세 그루 있었으며 주변은 수풀이 우거져서 담비가 나타났다고 해도 놀랄 것이 없는, 해 질 녘이면 주택가에서 사라진 후투티가 떼로 몰려다녔으며 딱새와 멧새 그리고 멧비둘기 떼들이 어울리는 곳이었다. 여름이면 돌아오곤 하던 후투티가 보이지 않아서 궁금하던 가운데 떼로 날아오르는 장관을 목도했다. 우관, 머리깃이 볼만한 후투티는 아무래도 이 땅의 새처럼 보이지 않았지만 집집마다 굴뚝이 있던 시절에는 주로 그 굴뚝 근처에서 흔히 볼 수 있었던 새였으나 굴뚝이 사라지고 난 뒤 후투티도 마을을 떠나 숲으로 돌아갔다. 이름마저 굴뚝새인 '굴뚝새'도 마을 안에서 자주 볼 수 없었다.

큰유리새도 그렇고 파랑새도 여름에만 볼 수 있는 여름새일 뿐만 아니라 흔히 볼 수도 없었다. 큰유리새는 마을 남쪽 숲정이에서 만난 적이 있었으나 파랑새는 올해 들어 전에 없이 여러 곳에서 눈에 띄었다. 파랑새를 보는 순간 나도 모르게, "파랑새를 보았네, 파랑새를 보았네"라고 중얼거렸다. 그리하여 집에 돌아오자마자 정민 교수가 쓴 『새 문화사전』(글항아리, 2014)을 떠들어 보았으나 내 의심은 해소되지 않았다. 파랑새를 한자로 청조(靑鳥)라고 쓴다는데, 조선 시대 화가 장승업이 그린 「해당청금(海棠靑禽)」을 봐도 그것은 큰유리새이지, 지금 파랑새라고 부르는 그 파랑새는 아니었다. 깃털 색깔로만 보면 큰유리새 수컷을 파랑새라고 불러야 될 성싶었다.

파랑새는 영어로 'Oriental Dollarbird'라고 하고, 큰유리새는 'blue and white flycatcher'라고 한다. 옛 그림에서 파랑새를 찾을 수 없는 까닭이 여기에 있는지도 모를 일이었다. 보이는 대로 이름을 붙이는 습성이라면 파랑새와 큰유리새의 거리는 왜 이다지도 먼 것인지. 연암 박지원이 그의 조카 박종선의 시집에 붙인 「능양시집 서」
를 보면 까마귀에 대한 묘사가 있고, 지금이라도 그처럼 쓸 수는 없지
않을까 싶을 정도로 까마귀 깃털이 빛에 따라 어떻게 바뀌는지 길게
썼다. 햇볕이 쨍쨍한 한여름 숲속에서 그것도 딱따구리가 떠난 소나
무 줄기 구멍으로 날아드는 파랑새를 볼 수 있다면, 그럴 수 있다면.

여전히 파랑새하면 녹두장군 전봉준을 먼저 떠올렸고, 어쩌면 자
연스러운 일일 듯했지만 지금 '청포', 또는 '청포묵'이 녹두로 만든 묵
이라는 걸 얼마나 알고 기억하고 있을까. '빈대떡'의 주재료가 녹두라
는 것마저 잊고 있었다. 몇 해 전 뒷집 아주머니께서 텃밭에 녹두를
심었으나 지금은 우리 동네에서 녹두를 심는 농가는 아예 없었다. 읍
내 마트에 가면 녹두로 기른 '숙주나물'을 만날 수 있었지만 어찌하여
파랑새는 파랑새가 되었고, 큰유리새는 큰유리새라는 이름을 가졌는
지 그것이 더 갑갑궁금했다.

냇둑에서 쥐를 입에 물고 가는 족제비를 본 뒤 갈대숲에서 떼를
지어 몰려다니는 붉은머리오목눈이 그리고 개개비들 안부가 궁금했
다. 마을 산책을 하는 동안 시멘트로 포장한 냇둑에 다다르면 갖은 동
물과 그 흔적들을 볼 수 있었다. 갈대숲으로 변한 작벼리에서 고라니
를 만나는 일은 다반사였으며 할미새와 노랑할미새 그리고 매번 사
냥 중인 물총새와 절름거리거나 할금거리면서 도망치는 모습을 보이
는 꼬마물떼새도 만날 수 있었다. 풍경처럼 왜가리, 백로가 날아다니
고 수면에서는 오리떼가 헤엄을 치며 뻐꾸기가 나른하게 울고 꾀꼬

리가 노란 빛깔을 뿜내는 가운데 호반새와 휘파람새 울음소리가 허공에 메아리쳤다.

여름이면 흔히 볼 수 있는 꼬마물떼새는 냇가 작벼리가 갈대로 뒤덮인 뒤엔 수풀이 거의 없는 콘크리트 다리 아래 자갈밭에서 자주 보였다. 인기척을 느낄 때마다 새된 울음을 울며 할금할금 나를 살피면서 가다 서다를 반복하는 게 썩 좋아 보이지 않아서 때로는 일부러 발걸음 소리를 크게 내며 새를 놀렸다. 꼬마물떼새 어미의 목청은 숨이 넘어갈 듯 다급해졌다. 발탄강아지처럼 돌아치던 새끼들은 그럴 때마다 어미와 반대 방향으로 달아나거나 숨을 죽이고 웅크린 채 어미의 행동을 살피고는 했다. 지나치게 겁을 먹게 하는 것은 좋지 않을 듯하여 두어 번 발을 구르다 돌아서곤 했지만 뒷맛은 영 개운치 않았다.

어느 날 마을 북쪽 숲정이에 이따금 모습을 드러내곤 하는 수리부엉이를 눈앞에서 보았다. 거리가 멀어 처음엔 어디 다친 게 아닌가 걱정하며 아주 천천히 앞으로 다가갔다. 논둑에 앉아 있던 수리부엉이는 앉은 자리에서 앞뒤 좌우로 고개만 돌릴 뿐 한 발짝도 떼지 않았다. 논둑에 앉은 모습은 처음이어서 가만히 지켜보았다. 그 논둑은 이웃 마을 어르신이 저녁이면 논물을 보러 오고, 때때로 제초제를 쳤으며 이따금 비료와 농약을 치기도 하는 곳으로 아주 빤빤했다. 작은 항아리처럼 동그만 모습에 이끌렸으나 한편 조바심이 났다. 수리부엉이 머리 위로는 왜가리가 느릿느릿 날아가고 있었으며 근처 숲정이에서는 물까치 떼가 아우성이었다.

언제 한번 수리부엉이 깃털, 그것도 귀깃을 쓰다듬고 싶다는 생각을 품은 채 눈이라도 마주치길 바라면서 가만히 바라보았다. 노란 빛으로 부리부리한 눈은 바라보는 것만으로도 즐거움이 몽글몽글 샘솟았다. 아직은 다 자라지 않은 듯했지만, 눈빛만은 빨려들듯 영롱했다. 부엉이는 논둑에 오두마니 앉아서 무엇을 하려는지 그저 두리번거리기만 할 뿐 더는 움직이지 않았으므로 모처럼 수리부엉이를 오래 마주볼 수 있는 것만도 좋아서 새가 날아오를 때까지 잠자코 지켜보았다. 날아가는 방향은 노상 수리부엉이들이 깃들곤 하던 북쪽 숲정이어서 그곳 어딘가에 새 둥지도 있지 않을까, 잠시 생각했지만 이내 발걸음을 옮겼다.

마을 북쪽 숲정이엔 상수리나무를 비롯하여 소나무는 물론 대나무가 숲을 이뤘는데 언제부턴가 물까치 떼가 모여들어서 아예 터를 잡았다. 이따금 때까치도 눈에 띄었지만 물까치 떼가 단연 으뜸이었다. 물까치 떼와 직박구리가 어울리면 그 소리가 도떼기시장을 방불케 했다. 거기에 마을 아랫녘 논들에서 자주 보이는 방울새까지 합류를 하면 그야말로 새들 세상이었다. 작은 새들끼리 복작거리고 있을 때 백로나 왜가리가 또 저 홀로 느릿느릿 하늘 높은 곳을 날아서 냇가를 오르내리는 모습을 보고 있노라면 세상이 퍽 기이해 보일 정도였다.

새는 새여서 즐거울까. '죽어 죽어 파랑새 되'겠다는 시인 한하운을 떠올렸다. 일생을 나병을 껴안고 살아야 했던, '가도 가도 황톳길

숨막히는 더위뿐이더라'라고 읊었던. 그 아찔한 막막함 끝에 그는 파랑새가 되었을까.

『파랑의 역사』(민음사, 2017)를 쓴 미셸 파스투로는 '희귀하고 도달할 수 없는 존재를 파랑새(oiseau bleu)'라고 한다고. 파랑새가 그렇게 희망을 상징한다고 한다면 그것은 아마도 영영 다다를 수 없는 그 무엇일 것이었다. 그처럼 우리 마을에 임시 거처하고 있는 파랑새는 높디높은 전깃줄에 앉아 있다가도 인기척을 느낄 만한 거리가 아닌데도 조금만 더 다가가려고 하면 저 먼저 놀라 달아나기 일쑤였다. 아무리 발소리를 죽여 살금살금 기척 없이 다가간다고 가는데도 낌새는 새가 먼저 챘으므로 번번이 파랑새를 가까이에서 보는 영광을 누릴 수 없었지만, 해 질 녘 그곳에 가면 이쪽이든 저쪽이든 날아가는 중이거나 전깃줄에 앉아 있거나 하는 파랑새를 볼 수 있었으므로 그것만으로도 올 여름, 내 새 관찰은 되우 즐거웠더라.

금꿩의다리 꽃을 만난 날

두백산(頭伯山)은 오봉, 왕곡마을에 있다. 마을에서는 그저 뒷산이라고 불렀을 두백산은 평지돌출한 듯 우뚝하여 채 삼백 미터가 되지 않는 산이라는 걸 잊게 했다. 한여름 뙤약볕 속에 무얼 하자고 길을 나섰는지, 이마를 타고 흘러내리는 땀을 닦으며 웅얼웅얼했다. 도로에서 바로 숲 입새로 들어서니 눈앞에 대숲이 나타났고, 그 한가운데로 작은 길이 있었다. 길을 잘못 들어섰나 싶어 잠시 두리번거렸으나 대숲 한가운데를 일부러 제겨냈으니 가다보면 끝이 있을 것이라고 여겨 그대로 앞으로 나갔다. 가다가 길이 막히면 돌아서면 될 것이므로.

짐승들 길이 사람들 길로 이어진 것이 아닌, 인간이 손대서 만든 길엔 풀이 돋았고 심지어 떡갈나무 어린 싹은 길 한가운데 떡하니 자리를 잡았다. 사람들 발길이 뜸했기 때문일 것이었으나 나무의 미래를 염려하지 않을 수 없으면서도 그 또한 나무의 운명이려니 그러면서도 어쩔 수 없이 잠시 걸음을 멈추고 무릎을 굽히고 앉아서 어린나무를 들여다보았다. 이제 겨우 한 살이 되려는 나무는 근처에 경쟁자가 없었으므로 너풀거리는 이파리가 내 손바닥만 했다. 아무런 기도도 없이 자리를 떠나 고라니 똥을 피해 발을 제겨디디면서 위로 위로 숨차게 치올랐다.

허공을 등지고 걷는 걸음에 힘이 붙을 리 없었으므로 주변을 기웃거리는 일이 잦던 가운데 눈앞에 연분홍 술패랭이가 가만바람에 나울짝나울짝했다. 산의 물매가 가파르고 무더위로 한숨짓던 순간은 간데없고 가슴이 쿵쾅거렸다. 술패랭이는 우리 마을 숲정이에서는 볼 수 없었으나 한눈에 술패랭이꽃임을 알아볼 수 있었다. 꽃들은 길섶 말뚝 근처에서 길 안으로는 들어오지 못하고 떡갈나무와 같은 나무들 그늘 아래 눕혀진 채로 또는 곧게 선 채로 아무렇게나 피었다. 벌써 이운 꽃잎은 거뭇거뭇했고, 이제 막 피어난 꽃잎은 새뜻했다. 안날 비가 오락가락했으므로 꽃 이파리는 가볍지 못하고 조금 무거운 듯하였으나 그쯤은 아무렇지 않았다.

숲 입새에서 건듯 지나쳤던 노란 빛깔의 '솔나물'을 떠올렸던 것은 그때였다. 이른봄 숲의 꽃들도 꽃들이지만 한여름 뙤약볕과 무더위, 장맛비 속에서 피고 지는 여름 꽃들이 새삼스레 되살아났기 때문이었다. 꽃들과 나무들을 노상 유심히 지켜본다고 여겼으나 그것은 어쩌면 나만의 착각이었는지도 모를 일이었다. 흙이 흘러내리는 것을 방지하기 위해 깔아놓은 깔개에는 버섯이 돋았고, 잔디와 꿀풀도 보였다. 그제야 가다 서다를 되풀이하면서 술패랭이가 눈에 띌 때마다 걸음을 멈추고 인사를 건넸다. 두백산 또한 고성산, 운봉산과 같은 화산체로 이루어진 산이었으므로 곳곳에서 어른들이 '각담'이라고 부르는 현무암을 볼 수 있었다.

가파른 물매 때문인지 나무 계단을 놓았고 가장자리엔 밧줄을 이어놓았다. 거기에 깔개까지 깔아놓았으나 물길은 제가 가고 싶은 곳으로 흘렀으므로 여기저기 움푹움푹 패이면서 물길이 만들어졌다. 앞이 보이지 않는 길을 구불구불 걸어서 올랐다. 다다를 곳이 어떤 모습인지 언제쯤 산마루가 나타날지 모른다는 것은 때때로 별 근심 없이 산길을 걷게 했다. 그것은 예정된 약속이 없었을 뿐만 아니라 아무리 해찰을 해도 두어 시간이면 왕곡마을로 다시 돌아올 수 있을 것이란 막연한 예상 때문이기도 했지만 산꼭대기 정수리에 올라서서야 아뿔싸! 했다.

바윗돌 옆에 의자가 하나 있었으나 자리가 옹색했을 뿐만 아니라 나무 한 그루 없어서 앉아서 사방을 조망할 수도 있었을 텐데 그럴 수 없었던 것은 넓지 않은 곳에 군부대 시설물과 거대한 높이로 우뚝 솟은 방송사 tv 중계소가 자리를 차지하고 있었기 때문이었다. 머리 위로 아무런 그늘도 없이 쏟아지는 뙤약볕에 얼굴이 이글이글 익었으나 그렇더라도 남쪽도 바라보고 동쪽과 북쪽을 아니 바라볼 수 없었다. 사방 천지를 다 볼 수 있었으나 서북쪽은 시설물에 가려 보이지 않았지만 목을 길게 빼고 삼방 천지를 둘러보았다. 이내가 끼여 시선 끝이 턱턱하고 뿌옜으나 서쪽 끝 멀리 인정리 마을 사람들이 '대고깔'이라고 부르는 죽변산도 덩두렷했다.

왕곡마을에서 나고 자란, 팔십여 년의 생을 살고 계신 어르신은 산 정수리에 중계소 탑을 박아 놓아서 마을에 큰 인물이 나지 않는다고 몹시 언짢아하셨다. 그러면서 어르신은 '마을 할아버이'들이 오봉, 즉 다섯 봉우리를 어떻게 불렀는지 일러주셨다. 동쪽에 있는 산은 손에 끼는 골무처럼 생겨 '골무산(骨蕪山, 拱帽山)', 남쪽 송지호 근처에 있는 산은 갯가 옆에 있는 산이라 '갯가산(湖近山)' 그리고 남서쪽에 있는 산은 밭도 있고 산이도 하여 '밭또산(辰方山)' 서북쪽에 있는 산은 집이 숨은 듯 보이지 않아서 '숨방골(骬防山)', 우리가 두백산(頭伯山), 뒷배재라고 부르는 산은 '두벽재'라고. 그러니까 백과사전 등에서 말하는 한자어와 닮은 듯하면서도 달랐다. 어르신은 인민학교를 졸업하고 초급중학교엘 다니다 전쟁이 나서 학업을 중단하셨다고.

TV중계소 옆을 지나 서북쪽으로 걸음을 옮기자 드디어 앞이 훤히 트였고 그제야 그늘도 만들어져 숨을 좀 쉴 수 있었다. 현무암 바윗돌 사이를 조심스럽게 내려서다 다시 돌아섰다. 바윗돌 사이에 돋아난 식물을 보았기 때문이었다. 기린초였다. 샛노란 꽃은 돌나물과 닮았으나 꽃은 벌써 지고 없고 꽃 진 자리에 열매가 영글어가고 있었다. 선유담에서 흔히 볼 수 있었으며 우리 마을 숲정이에서 볼 수 있는 꽃이었으나 메마른 너덜겅에서 만나니 유별하여 한참을 이리저리 자리를 옮기면서 들여다보았다. 행여 지르되게 핀 꽃잎을 볼 수 있지 않을까 하는 기대를 품고서. 그러다 기린초 꽃 대신 보랏빛 '용머리'를 보았다. 꽃부리가 마치 날름 혀를 내민 것 같은 딱 한 송이 꽃을.

까치수염에 앉은 은점표범나비, 또 다른 까치수염에 앉은 호랑나비를 보았으나 순간 멈칫했다. 수컷 호랑나비인데 어딘가 이상해서 가만히 살펴보니 망가진 오른쪽 날개가 보였다. 채 펴지지 않은 날개는 아마도 우화할 때 잘못된 것이 아닌가 어림짐작했다. 그리고 개망초 떼판을 옮겨 다니면서 꿀을 빠는 큰줄흰나비를 본 뒤 다시 덜레덜레 걷다가 수풀 사이에서 빨간 열매를 보았다. 처음에는 멍석딸기인 줄 알고 다가갔으나 붉은가시딸기라고도 부르는 '곰딸기'였다. 맛을 아니 볼 수 없어서 한 줌 되게 따서는 한꺼번에 입에 넣고 꼬약거렸다. 달콤하면서도 신맛이 강하고 씨앗도 굵어서 자꾸 잇새에 끼었다. 한국 원산이라고. 배부르게 따 먹을 수도 있었지만 새들 밥도 좀 남겨 두어야 할 것 같았으므로 자리를 떴다.

군데군데 무덤이 눈에 띄었고 그 틈 사이로 두백산 산정이 고스란히 올려다보였다. 산꼭대기 중계탑은 아무래도 이물스러웠다. 생각은 일제 강점기 쇠 말뚝에 이르렀다. 일제는 민족 말살 정책의 하나로 명당이라고 할 만한 곳곳에 쇠 말뚝을 박았다. 그것이 효과가 있었든 없었든 산 정수리에 쇠 말뚝을 박는 행위가 아름다워 보일 리 없었다. 그런데 금수리 고성산에도 산북리 뒤쪽 노인산에도 왕곡마을 두백산에도 산불 감시탑이든, 중계소 탑이든 쇠로 만든 거대한 탑들이 있었다. 요즘은 산줄기를 뭉텅뭉텅 잘라내고 밀어내는 일쯤은 아무렇지도 않게 행해지고 있으니 그깟 산 정수리에 쇠 탑 정도쯤이야 뭐 그리 대수일까마는.

노란 좁쌀알 같은 '좁쌀풀'도 떼판을 이뤘고, 무엇보다 꽃창포가 피었다. 채 피지 않은 꽃봉오리만 보면 틀림없는 붓 모양이었다. 꽃창 포는 올해 들어 처음 만나는 꽃이기도 했고 솔밭 그늘 속이기도 해서 더위도 식힐 겸 한참을 서성거렸다. 꽃들은 또 꽃들대로 사연이 있을 테지만 그 사연까지 알 수 없었으므로 설령 전해오는 사연을 안다고 해도 굳이 꺼내서 읊조릴 일은 또 아닐 듯하여 우리 마을 숲 기스락에 피고 지던 꽃창포들이나 찾아보아야지 속다짐을 했다. 그러다가 보았 다, 금꿩의다리 꽃을. 입이 함박만 해졌다.

화산암 지대는 물이 괴지 않고 곧장 흘러갔고 실제로 마른장마가 이어지면서 왕곡마을 안 개울은 바싹 말라서 바닥을 드러냈다. 들깨 모종을 한 텃밭머리에 앉아 계시던 어르신은 비가 오지 않는다고, 하 느님이 벌을 주시는 게라고 애가 탔으나 곧이어 장맛비가 쏟아졌다.

꽃 진 자리마다 벌들이 잉잉

　고묵은 소나무에 등을 기대고 앉자 너울이 이는 듯한 먼산주름이
한눈에 들어왔다. 깊고 두껍게 갈라진 검붉은 보굿이 눈에 띄는 오래
된 소나무들과 길차고 미추룸한 참나무들이 한데 어우러진 숲은 때로
는 깊은 탄식과도 같이 또 때로는 한여름 세찬 소낙비와도 같이 휘춘
휘춘 뒤흔들리며 소리 내 울었다.

　어디에도 있고 어디에도 없는 먼 데를 꿈꾸는 일은 소품치는 장대
높이뛰기 선수처럼 아슬아슬 위태로웠다. 하지만 가로대를 향해 한
순간 호흡을 멈추고 허공을 박차 오르는 찰나 아무런 상념마저 허락
지 않았으므로 먼산주름은 점으로 소멸하고 소리는 귀가 멀 정도로
높아졌다.

　아침노을이 번지는 이슬아침에 숲으로 향했다. 추석을 지낸 뒤부
터 마을은 전염병이 돌듯 술렁술렁했다. 올해는 추석이 일렀으므로

그렇다고는 해도 추석을 지난 뒤에도 버섯을 땄다는 이가 없었고, 숲에 다녀온 이들마저 숲이 메말랐다고 전하느라고 바빴다. 노인들은 들깨 꽃이 피면 송이가 날 것이라고 했지만 깻송이가 여물어 내일모레면 베어야 하는 때가 당도했는데도 버섯 소식은 감감했다. 또 어떤 이는 밤이 아람이 내리면 버섯이 날 것이라고 했다. 큰 산을 올려다보고 한숨 한 번, 치어다보고 또 고갯짓을 해도 그저 그뿐 아무런 소용이 없었다. 성급한 어른들은 올해 버섯은 그른 게라고 벌써부터 낙담하며 혀를 찼다.

숲 기스락에 떼판으로 피었던 물봉선은 하마 지고 있었으며 냇둑에 코스모스는 하나 둘 꽃망울을 터뜨리기 시작했다. 쑥부쟁이와 미역취 그리고 마타리 꽃이 피었다. 여름내 북쪽 상수리나무 숲을 오고가던 파랑새는 어느 순간 자취를 감추었고 처마 밑에 둥지를 짓고 새끼를 깐 제비들은 떼로 몰려다니며 비행 연습을 하느라고 종일 논들과 전봇줄 근처가 북새통이었다. 올밤은 아람이 불기 시작했다.

우꾼우꾼 벼 익는 냄새가 채 가시기도 전에 올벼 논에 콤바인이 들어갔고 논들엔 트럭과 트랙터들이 줄을 지어 오갔다. 볏짚은 썰어서 논바닥에 깐 곳도 있었으나 대부분은 알곡만 턴 채 그대로 펴서 두었다. 소먹이로 쓰기 위해서였다. 마을에 인구는 줄어들고 있었으나 날로달로 늘어나는 것은 대규모 태양광 발전소와 대규모 축사뿐이었다. 이제 전기와 육류는 인간 삶에서 떼려야 뗄 수 없는 불가분의 관계가 되고 말았다.

밤버섯(벚꽃버섯)
달걀버섯
광대버섯

만가닥버섯

가을이 오면 숲 입새에 둘러놓곤 하던 붉은 금줄이 낡삭았지만 올해는 새 줄로 바꾸지 않았다. 매해 마을 청년들과 함께 줄을 둘러치던 젊은이가 새해 벽두에 불귀의 객이 된 까닭도 없지 않았다. 꽃 피는 봄날 혼인을 앞두었던 그이는 바로 그 숲, 산에서 실종된 이를 찾기 위해 앞장섰다 영영 집으로 돌아오지 못했다. 떠난 자는 떠나서, 남은 자는 남아서 슬픔에 잠겼으나 꽃은 피고 또 지고 있었다.

버섯이 날 것 같다느니 안 날 것 같다느니 옥신각신하는 사이 육십여 년째 봄가을이면 숲을 오가던 이웃 마을 노인께서 논란에 종지부를 찍을 셈인 양 숲에 다녀오시겠다고 했다. 이따금 그동안 있어 온 전례 또는 노인들 경험을 믿는 편인지라 노인께서 어떤 결론을 낼 것인지 자못 궁금했다. 그 사이 나 또한 숲에 들었다. 땅 밑 속사정은 알 수 없었지만 숲은 어제와 다르게 매우 거칠고 메말라 보였으며 그 흔한 '잡버섯/똥버섯'마저 하나도 보이지 않았다. 어른들이 잡버섯/똥버섯이라고 부르는 버섯은 기실 마을에서 식용하지 않는 모든 버섯을 일컫는 말이었으나 이들 버섯들 일부는 식용 버섯이었으며 그 가운데는 널리 알려진, 로마 네로 황제가 버섯 무게만큼 황금으로 주었다는 '달걀버섯'도 있었다.

어릴 때는 송이, 능이는 물론이거니와 달걀버섯, 갓버섯, 꾀꼬리버섯들도 다 먹는 버섯이었다. 그러나 언제부턴가 버섯은 송이와 능이 그리고 싸리버섯과 벚꽃버섯이라고 도감에 나온 밤버섯, 까치버섯으로 도감에 실린 곰버섯 정도를 제외하면 나머지 버섯들은 그저 잡버섯 취급을 하며 아예 채취조차 하지 않았다. 그 이유는 시장에서 판매되는 버섯들이 위의 버섯으로 좁혀진 까닭도 없지 않았다. 그동안 시장에서 취급하지 않던 노루궁뎅이버섯은 항암 효과가 있다고 알려지면서—물론 양식도 하고 있다—새롭게 시장에 나오기 시작했다.

산등성이에 올라서자 계곡의 물소리가 거세차게 들렸으며 동트기 시작한 햇살은 나무들 사이에 볕뉘를 만들면서 옮겨붙었다. 정밀하고 고요하여 풀이파리 움직임까지 느껴질 법하였으나 내 숨결은 사뭇 거칠어서 오히려 민망할 지경이었다. 거친 암벽 옆에 매해 피고 지던 참배암차즈기는 꽃 피지 아니하였고 그 옆에 구절초 또한 봉오리만 간신히 부풀었다. 참배암차즈기는 연노랑 빛깔의 꽃 이파리가 마치 뱀이 입을 벌린 듯하여 붙여진 이름이었고 한국 특산이라고 알려진 식물이었다. 전례나 절기에 따르면 꽃은 이미 활짝 피었어야 했다.

사람들 발자국을 더듬으며 자국길에 새로 생긴 오소리 똥굴을 유심히 살피면서 더 높은 산마루를 향해 나갔다. 지난봄에 솎아베기한 숲은 제겨낸 나무와 나뭇가지를 아무렇게나 내버려두어 발을 내딛기가 버거울 지경이었다. 간벌(間伐), 즉 솎아베기를 하면 베어낸 나무든, 제겨낸 가지든 이른바 '집지(集枝)'를 하여야 하는데 사람들이 잘 찾지 않는 곳에서 솎아베기를 한 경우엔 집지한 곳을 찾는 일이 마치 모래불에서 바늘 찾기만큼 어려웠다.

올해도 지난해 찾았던 능이버섯 자리를 찾았다. 매해 내 나름대로 기준점으로 삼는 곳이었다. 고리 모양으로 버섯이 돋던 자리에는 낙엽과 부엽토가 파헤쳐져 있었을 뿐 버섯 흔적은 보이지 않았다. 능이, 송이는 해마다 거의 같은 곳에서 돋았으므로 '밭'이라고 이름을 붙여 불렀으며 아버지가 아들에게도 물려주지 않는다고 하는 게 바로 '송이밭'이었다. 그렇지만 그것 또한 옛말이었다. 해마다 산으로 몰려드는 사람들이 늘었으므로 밭을 혼자 독점할 수도, 건사할 수도 없었다. 물론 사유지라면 금줄을 치는 것으로 대응하겠지만 국유지인 경우는 사방에서 몰려오는 사람들을 제때, 제대로 막을 수 없었다. 임대한 경우에도 마찬가지였다. 지키려는 자와 뚫으려는 자들 싸움이 고성이 오가는 말다툼으로 끝이 나면 다행이었지만 때로는 고소, 고발로 이어지기도 했다. 버섯 값이 하늘 높은 줄 모르고 치솟으면서 벌어지는 일이었다.

부접을 못하는 사람처럼 이쪽 등마루 저쪽 골짜기를 헤덤벼치며 능이가 돋았던 곳과 송이를 만났던 곳을 찾아다녔다. 어느 핸가 송이를 만났던 곳에 다다랐다. 사람이 다녀간 자국은 없었으나 산짐승이 솔검불을 파헤친 흔적은 선명하여 머리를 빠뜨리고 돌아섰다. 다른 버섯들 이를 테면 무당버섯, 광대버섯, 껄껄이그물버섯, 나팔버섯도 한 꼬투리 볼 수 없었다. 버섯은 흔히 줄로 나기 일쑤이고, 송이와 능이도 그렇지만 싸리버섯과 밤버섯 그 가운데 어느 해 줄로 난 밤버섯을 헤아려 보니 백여 개에 달했다. 눈으로 직접 보고 손으로 따면서도 믿을 수 없었다.

한편에서는 고인이 된 그이가 버섯을 다 가져간 모양이라고 애써 마음을 다독거렸지만 아쉬움은 쉬이 달래지지 않았다. 그러는 가운데 산에 다녀온 이웃 마을 노인께서 송이풀(꽃며느리밥풀꽃)이 돋지 않은 것으로 보아 올해 버섯은 틀린 게라고 말꼬리를 흐렸다. 곧이어 이웃집 아무개 씨가 지난해 능이 났던 곳에 다녀왔고, 채 자라지 않은 버섯이 썩고 있노라고 전했다. 혼란은 더욱 가중되었고 이웃들은 가리산지리산이었다.

추석이 지난 지 이 주쯤 되자 슬몃슬몃 버섯을 땄다는 소식이 들려왔다. 어른들은 별일이라며 고개를 갸웃거렸다. 그러면서 한꺼번에 출발 신호를 기다리고 있던 선수들처럼 숲으로 향했다. 인간은 숲에서 일어나는 일에 감감할 수밖에 없으므로 외려 버섯이 돋아서 신기한 것이 아니라 온통 버섯에 집중하는 그 인내력이 그저 감탄스러울 뿐이었다. 버섯도 그저 균에 지나지 않는다는 사실을 직시한다면 버섯이 나지 않는다고 해서 또는 버섯이 흥청망청 돋는다고 해서 우울해 할 일도, 웃음꽃을 피울 일도 아닐 듯했지만 인간사, 세상만사가 어디 교과서처럼 논리정연하게 벌어지던가. 꽃 진 자리에 여태도 벌떼는 잉잉대며 날고 있는데.

싸리나무 물드는 동안

은빛 초승달이 서쪽 하늘에 떠올랐다. 빈 들에 바람이 일었고 낙
엽은 정처 없이 날아 내렸다. 힘지게 울어대던 방울벌레 울음소리도
어딘가 기운이 없는 듯 들릴락 말락 가냘퍼졌다. 채 한 달이 안 되어
논들에 가을걷이는 끝이 났고 이제는 논바닥에 깔아 놓았던 짚을 뒤
집고 묶는 일이 한창이었다. 한두 번 더 산에 들어가야지 했던 계획은
그대로 계획으로 끝났으므로 일없이 큰 산 까치봉을 올려다보는 일이
잦아졌다. 그 사이에도 비는 오다 말다 겨울을 재촉했으나 올해 단풍
은 바람이 적었던 덕분인지 오래도록 지며리 남아 있었다.

해는 어느새 노루 꼬리만큼 짧아져서 오후 4시쯤 산책을 나서도
6시쯤 되면 벌써 주변이 어둑어둑해서 도로로 접어들 때는 플래시를
켜지 않을 수 없었다. 냇둑으로 올라서면 붉은머리오목눈이와 개개
비들이 왁자글왁자글 분주탕인데 봄과 여름에 만났던 원앙과 물총새,
꼬마물떼새 등은 흔적조차 없었다. 그러나 전봇대를 올려다보면 파

랑새가 떠난 자리에 부엉이가, 까막까치가 앉아서 울고 있었다. 가고 없는 것이 확연한데 미련스럽게도 내년 봄이면, 내년 여름이면 또 만날 것이라는 알지 못할 희망을 애써 키웠다.

그나저나 나뭇잎이 물드는 모양은 나무마다 잎마다 제각각이었다. 한 그루에서도 어느 것은 이르게 또 어느 것은 지르되게 물이 들었을 뿐만 아니라 색마저 서로 달랐다. 이번에는 그동안 무심히 지나쳤던 싸리나무 이파리가 물이 드는 과정을 오가며 살폈다. 연노랑이 있는가 하면 샛노란 이파리가 있었고 또 어느 것은 검노랑에 가까웠으나 이 모든 이파리는 한 그루 나무에서 비롯되었다. 싸리 빗자루를 만들지 않으면서부터 들판에 싸리나무는 무성해지고 또 흔해졌다.

매해 가을이면 싸리 빗자루를 두어 자루씩 만들어 마당비로 쓰곤 하던 우리 집 노인은 이제 노쇠해져서 빗자루를 만들 여력이 없었고 내게 전수하였으나 나 또한 차일피일 미루고 있었다. 언제부턴가 집에는 PP(폴리프로필렌)로 만든 빗자루가 싸리 빗자루를 대신하고 있었다. 플라스틱이 강물로 흘러들어 마침내 바다를 오염시키고, 삭고 부서진 미세 플라스틱은 또 물고기들은 물론이고 인간까지 위협하고 있었지만 편리함을 포기하기란 쉽지 않은 일이었다.

냇둑에서 먼저 본 것은 새품이었지만 뒤늦게 내를 뒤덮은 것은 갈꽃이었다. 새하얗게 빛나는 억새꽃과 달리 어둑한 다갈색인 갈꽃은 억새꽃만큼 환영받지 못했지만 해 질 녘 저녁 빛이 사선으로 비껴들 때만큼은 강물에 비치는 윤슬만큼 투명하게 빛났다. 자리와 때에 따라 빛과 어둠이 스미고 섞이는 것처럼 햇빛이 없을 때는 그저 거무튀튀하게만 보이는 갈꽃도 빛에 따라 시시때때로 달라졌다. 또한 갈대 숲은 붉은머리오목눈이와 개개비처럼 작은 새들이 둥지를 트는 장소이기도 했으며 근처 둑에는 부엉이 새끼 털처럼 부얼부얼한 사위질빵 열매가 저녁 빛에 물들고 있었다.

매일같이 길섶에 있는 소나무를 치어다보면서 걸었다. 한여름에는 밑동 주변으로 풀들이 우거져서 서너 걸음 밖에서만 보았으며 나무 그늘 속으로 들어가서도 노상 우듬지만 치어다보느라고 아래를 살필 겨를이 없었다. 소나무를 둘러싼 주변에 있는 논은 벼베기가 끝났고 밭은 들깨 마당질이 끝났던 터라 소나무 그늘 아래로 스며들었다. 버릇처럼 서성서성하다가 눈길이 머문 곳은 고목은 소나무 둥치 동쪽이었다. 내 허리께까지 솔보굿이 벗겨진 것도 모자라서 안에는 말벌이 집을 지었는지 흔적이 남아 있었다. 아마도 누군가 말벌 집을 떼어낸 모양이었다. 구멍은 수리부엉이가 들앉아도 될 만큼 크고 넓었다. 매일매일 만나고 스쳤는데도 정작 나무 둥치에 무슨 일이 일어나고 있었는지, 눈앞에 있었는데도 보지 못했다.

파랑새가 깃들곤 하던 상수리나무 숲도 단풍이 들기 시작했고 동쪽에 있는 나무들이 먼저 노란 물이 들었고 서쪽에 있는 나무들은 여태도 새파랬다. 아름드리나무들이 길게 늘어선 사이에 오동나무와 밤나무 심지어 고욤나무가 함께 있었다. 고욤나무 가지는 길섶에서도 손이 닿았으므로 이즘엔 잘 익은 고욤을 따먹는 일로 고심하고 있었다. 팔이 닿는 곳에 있는 열매를 서너 알 따서 먹곤 했는데 때때로 산책이 끝날 때까지 고욤의 떫은맛이 입속에서 가시지 않았다.

우리 할머니는 음식 솜씨가 좋았고, 그 가운데 빠지지 않는 것 하나가 늦가을이면 고욤을 따서 항아리에 담아 재워두는 것이었다. 한겨울 눈이 폭폭 내려 쌓이면 어린 나는 대접에다 이것을 떠서 아랫목에 배 깔고 엎드려서 숟가락으로 퍼먹곤 했다. 씨가 많은 것이 성가시긴 했어도 그 달곰한 맛을 포기하기란 쉽지 않은 일이었다. 반면 우리 할아버지는 고욤나무를 감나무 접을 붙일 때 쓰곤 했다. 마을에는 열매를 맺는 고욤나무가 서너 그루 있었지만 누구의 눈길도 받지 않아서 새떼들은 자주 이 나무로 몰려들곤 했다.

마을 서쪽에 있는 논둑은 봄부터 줄곧 산책길로 이용하고 있었다. 논둑은 제초제 세례를 듬뿍 받을 때도 있었고 예초기에 바싹 깎일 때도 있었지만 다른 길로 돌아가지 않고 부득부득 이 논둑으로만 갔다. 그랬던 덕분에 보풀도 만났고 물달개비풀도 만날 수 있었다. 요즘엔 도깨비바늘과 별꽃아재비, 강아지풀, 방동사니들을 볼 수 있었다. 문제는 도깨비바늘이었다. 이 도깨비바늘은 하루도 빠짐없이 바지에 들러붙었다. 바늘처럼 생긴 열매 끝에 창 모양의 까끄라기는 힘도 세서 손으로 잡아떼도 잘 떨어지지 않았고 미세한 가시가 남아 있기 일쑤였다. 걷다가 어딘가 따끔거려 살펴보면 틀림없이 도깨비바늘이었다.

들판에는 산국마저 벌써 이울었는데 무슨 까닭인지 개망초가 무리지어 피어났고 간간이 노란 민들레도 볼 수 있었다. 서리가 내린 뒤여서 고추밭에 고춧대들도 시커멓게 변했다. 여름이면 떼판을 이루던 개망초를 바라보는 마음은 여러 갈래였다. 이제는 누구도 쉽게 개망초의 기원 따위를 읊조리지 않았지만 늦가을에 다시 핀 꽃을 보고 있노라면 어딘가 애잔한 구석이 있었다. 개망초는 북미 원산인 귀화 식물이었으며 '왜풀'이라고 부르는 곳도 있었고, 북한에서는 '돌잔꽃'이라고 불린다고 알려졌다. 누군가는 달걀꽃이라고도 불렀다. 그런데 눈길을 끄는 것은 같은 귀화 식물인 망초는 개망초보다 한 달가량 늦게 꽃을 피웠고, 늦가을에 다시 꽃을 피우는 망초는 볼 수 없다는 것이었다. 둘 다 국화과였다.

뭉근히 타오르기 시작한 단풍이었지만 큰 산 까치봉은 까치가 아니라 민머리독수리라도 된 듯 나뭇잎은 다 져서 무채색이 되었다. 산골짜기에서 시작한 단풍은 이제 산마루에서 내려와 마을 둘레에만 남았다. 벚나무 가로수들은 봄에는 꽃으로 가을에는 단풍으로 삭막했던 길을 물들여서 전에 없이 볼만한 풍경이 되었다. 올해는 또 지난해와 달리 큰 바람이 불지 않았던 덕에 단풍이 제풀에 떨어질 때까지 오래 머물렀다.

저녁거미가 내린 뒤 주변이 어둑어둑해서 간신히 사물을 분간할 수 있을 즈음 앞산 솔수펑이에서 부엉이 울음소리가 들려왔다. 앞산과 북쪽 숲정이 사이를 오가는 수리부엉이가 있는 줄은 알았지만 어느 날은 부엉이가 울기도 했고 또 어느 날은 부엉이 소리가 들리지 않았다. 부엉이 울음소리가 이끄는 대로 앞산 가까운 데로 걸음을 옮겼다. 앞산과 나 사이에는 냇물이 흘렀지만 최대한 가까이 다가가려고 애쓰는 사이 부엉이가 먼저 내 쪽에 있는 전봇대 꼭대기로 날아들었다. 그런 뒤에는 꼼짝도 않고 가만히 앉았다.

어느 날은 아주 가까운 냇둑에 있는 것을 모르고 엄벙덤벙 걷다가 눈앞에서 날아오르는 부엉이를 만났고 또 어느 날은 숲 정수리에서 하염없이 울고 있는 부엉이를 먼발치에서 지켜볼 때도 있었지만 점점 어두워가는 주변 때문에 간신히 형체만 알아볼 수 있었던 부엉이는 좀처럼 움직이지 않았고 나 또한 움직이지 않고 가만히 지켜볼 뿐이었다. 앞산 츠렁바위 부근에서 낮잠을 자는 수리부엉이를 본 뒤로 수리부엉이가 텃새라는 사실을 의심하지 않았다. 그러나 어느 날은 보였고 또 어느 날은 깜깜소식이었다. 그런데 수리부엉이는 왜 울지도 않고 움직이지도 않았던 것일까.

모두 다 사라진 것은 아닌 달

진눈깨비로 바뀐 비가 다시 눈으로 변했으며 저수지는 먹차올라 차란차란했다. 마을에는 여전히 비가 내리고 있었으나 군부대를 지나 송강저수지에 다다르자 풍경은 돌변했다. 습기를 머금은 눈송이가 솔 수펑이에서 눈꽃으로 피어났다. 눈앞에 쏟아지는 눈발은 한겨울을 연 상하게 했으나 이제 겨우 겨울 입새였다. 언제부턴가 큰 산 중턱까지 만 내리곤 했던 눈이었고 마을에서는 언감생심이었다.

가을에서 겨울로 바뀌는 풍경이었지만 그것은 경계 없는 들숨과 날숨처럼 끊이지 않고 이어져 있었으나 굳이 또 비와 눈 사이처럼 가 을과 겨울로 나뉘는 분기점이기도 했다. 그렇더라도 그것은 그저 인 간이 자의로 나누는 것일 테고 비가 눈이 되기도 하고 눈이 진눈깨비 가 되기도 하는 것처럼 자연에 어떤 뜻이 있을 리 없을 것이겠으나 다 시 돌아서서 눈이 내렸으니 마침내 겨울이 왔다고 외쳤다.

북미 원주민인 아라파호 족이 11월을 '모두 다 사라진 것은 아닌

달'이라고 부르는 것처럼 마을에는 여전히 빨갛고 노랗게 물든 낙엽들이 남아 있었으나 마을에서 올려다보는 산마루는 무채색의 검은빛이었다. 한여름 무더위 속일 때는 오지 않을 것 같았던 겨울이 눈 깜짝할 새 당도했다. 그랬지만 산 기스락 풀숲에는 지르되게 핀 민들레와 산국이 한두 송아리 남아서 이따금 걸음을 멈추곤 했다. 봄이 되어야 새싹이 돋는다는 믿음에 균열이 생기는 순간이기도 했다.

논둑이나 산 기스락 풀숲이 우거졌던 자리에는 지칭개 새싹이 새파랬다. 지칭개는 싹이 돋은 채 겨울을 났으며 우리나라 고유종이라고 알려졌다. 다시 말하면 싹이 돋은 채 겨울을 나는 '해넘이 한해살이' 풀이라는 것이었다. 그러니까 풀이든 나무든 꼭 봄에만 싹을 틔우는 것은 아니라는 것이었으며 생강나무는 벌써 겨울눈인 꽃눈과 잎눈이 돋았다. 물론 대부분의 식물들이 이른봄부터 싹을 틔우기는 했다. 사람의 일이든 자연의 일이든 어딘가 틈이 있었고 우리가 모르는 일이 있을 거라는 생각은 그리하여 또 검질겼다.

눈이 내리기 전에 초도습지를 거쳐 죽정습지를 한 바퀴 돌았다. 화진포 둘레에는 지난해 조성한 금강습지, 화포습지, 죽정습지, 초도습지가 있었다. 하늘은 맑았고 바람은 가만가만 불었는데도 습지에는 백로와 오리뿐 사람은 없었다. 꽤 오랫동안 겨울이 오면 고니를 보러 가곤 했으나 언제부턴가 그러지 않았다. 그 넓디넓은 호수에 빈 물결만 일렁거리거나 호수를 뒤덮은 얼음강판뿐이었기 때문이었다. 그리하여 호숫가에 있는 늙은 소나무들만 치어다보다 돌아서곤 했다.

죽정습지에는 무대가 있는 공연장과 휴게 시설 그리고 전망대도 있었다. 마른 수풀을 베고 정비한 길을 따라 느실느실 걷다가 전망대에 올랐다. 멀리는 잔설이 쌓여 있는 큰 산 건봉산을 비롯하여 가까이는 노인산도 한눈에 들어왔다. 어디서 시작했는지 모를 바람이 갈대숲을 휩쓸며 지났다. 그렇게 또 거칠 것이 없어서 허허롭기까지 했다. 만들어 놓은 산책로를 따라 남쪽으로 동쪽으로 북쪽으로 아무렇게나 발길이 닿는 대로 돌아보아도 보이는 것은 갈대밭뿐이었다. 겨울 입새였으므로.

주변에는 구역을 나눠 이런 저런 식물들 밭을 만들어 놓았으나 꽃은 물론 꽃대까지 모두 시든 뒤였으므로 한여름이면 보기 좋았을 풍광을 그만 놓치고 말았다. 아무튼 인공의 습지였으므로 습지에서 자생하는 습지 생물들을 보기까지는 얼마간 시간이 필요할 것이었다. 그렇더라도 짓깔아뭉개거나 매립하지 않아서 퍽 다행스러웠다. 그리하여 다시 선유담을 생각했다. 주변이 농경지로 바뀌었고 호수 또한 갈대밭으로 변해서 붓꽃 필 무렵에 붓꽃을 찾아 나섰으나 갈대밭으로 인해 접근조차 하지 못했다.

내게는 여전히 '오리 숨구멍'으로 기억되고 있는 화진포는 국가지질공원이기도 했으며 그리하여 호수를 생각할 때마다 계절에 따라 굴이며 재첩, 빙어 등이 떠올랐다. 거진이 고향이고 연세 여든이 넘은 이웃 마을 어르신은 화진포에서 보낸 어린 시절은 물론이고 시집온 뒤 낚시 좋아하던 남편께서 화진포에서 이런저런 생물들을 채취하여 맛있게 먹던 이야기를 자주 하곤 했다. 지금은 수질 오염 등의 이유로 낚시 금지 구역으로 묶였다.

인공의 구조물들이 늘어나는 바탕에는 기계, 도구의 힘이 커져서도 그렇겠지만 무엇보다 인간의 마음이 달라졌기 때문이 아닐까 싶었다. 산을 아무렇게나 까뭉개고 논바닥 모래를 파내 집을 짓는 게 우리들이었다. 곡선을 견디지 못하는 우리들은 기어코 굽이굽이 돌아서 가던 물길을 직선으로 만들고 도로 또한 굽이굽이 이어지던 길을 넓고 곧게 폈다. 마을 냇가 근처 농경지에서는 한창 모래를 퍼 올리고 있었다.

마을에 저수지가 생기면서 마을 내에 흔하던 물고기들이 대부분 사라졌다. 어린 시절엔 어쩌면 사계절 내내라고 해야 할 만큼 냇가에서 놀았다. 반두는 어른들이 주로 사용했고 어린 우리들은 체와 주전자를 들고 냇가로 나갔다. 그마저도 없으면 강아지풀 줄기를 뽑아서 물고기들을 꿰었다. 여름엔 옆구리에 일곱 개의 구멍이 있어 칠성고기라고 부르는 칠성장어를 잡았다.

뱀장어처럼 생긴 칠성장어는 내에서 태어나 바다로 갔다가 다시 돌아와서 내에서 산란했고 내에서 죽었다. 바다에서 돌아오는 이때가 산란을 위해서였으나 우리들은 또 그 알 때문에 칠성고기를 잡았고, 불에 구웠다. 칠성고기는 야행성이므로 고기잡이는 밤중에 이루어졌다. 이때 횃불을 만들고 비료 포대를 준비하는 일은 오빠들 일이었다. 지금은 멸종 위기종으로 마을 내에서는 볼 수 없었다. 마을 큰 산 골짜기 깊숙이까지 올라오던 연어, 은어는 물론 송어도 이제는 마을에서 볼 수 없는 사라진 물고기가 되고 말았다.

겨울이면 돌멩이를 들춰 개구리를 잡았고, '쩍변'이라고 부르던 작벼리에 모닥불을 피워 놓고 개구리를 돌멩이에 내리쳐 기절하게 한 뒤 알불에 구웠다. '알가지'라고 부르던 암컷 개구리의 새까만 알은 불에 구우면 쫀득쫀득했다. 개구리 또한 지금은 잡을 수 없었다. 개구리도 개구리였지만 사철 샘터와 샘터 도랑을 따라다니며 쳇바퀴로 잡을 수 있었던 '옹고지'가 있었다. 우리들에게 추어탕은 없었고 그저 옹고지국이 있었을 뿐이었다.

한동안 눈에 띄지 않았던 옹고지가 언제부턴가 다시 샘터 도랑에서 가끔 눈에 띄었다. 민물고기 도감을 펼쳐도 옹고지라고 불리는 민물고기는 보이지 않았다.

과거를 호명하는 일을 달가워하지 않으면서도 이럴 때만큼 과거를 호명하지 않을 수 없었다. 송어도 마찬가지였다. 송어는 작살로 잡았노라고 내 작은 아버지는 회고했다. 물론 마을 앞 내에는 게도 있었다고. 그 맛있는 참게인지는 모르겠으나 아무튼 민물 게가 있었노라고. 내가 기억하는 뚝저구라고 부르던 꾹저구, 모래무지, 버들개지, 퉁가리 등이 있었다. 사라진 것들은 그리웠지만 그보다는 안타까웠다. 강과 내가 강과 내일 수 있는 것은 어쩌면 그 많은 생물들을 품고 있었기 때문일 것이었다.

비거스렁이하듯 다시 찬바람이 일고 기온이 내려갔다. 바람이 하루 이틀 부는 것도 아니고 어른들 말씀처럼 바람만 아니면 살기가 좋은 곳인데, 하는 후렴구를 흉내내지 않더라도 바람이 불 때 냇둑을 걷는 것은 불을 지고 불길에 뛰어드는 것만큼 어리석은 일이었지만 그렇더라도 걸어야 할 때가 있었다. 걸음이 어긋나는 게 어디 산책뿐일까 마는 간밤에 마을에는 서리가 내려 마른 풀꽃에 눈꽃이 피었다. 이른 아침 눈곱을 떼자마자 냇둑으로 달려갔다.

산마루에 당도한 아침 햇발은 빠른 속도로 마을을 향해 내달려오는 것과 동시에 아침잠에서 깨어나던 마을은 높은 곳에서부터 햇볕에 물들기 시작했다. 서쪽 큰 산마루에서 내려오는 햇살이 마을을 물들이는 풍광은 자못 장관이었다. 그 속도에 따라 풀잎에 내려앉았던 얼음꽃 또한 빠르게 사라졌다. 바야흐로 겨울의 시작이었다.

상수리는 도토리

전쟁 중에 도성을 버리고 파천하던 임금의 수라상에도 올랐다던, 흔히 '굴밤'이라고 우리 동네 어른들이 부르는 상수리는 보통은 도토리라고 불렸다. '참나무' 종류 나무 열매는 멧돼지가 먹는 밤이라고 해서 도토리라고 했으며 상수리나무 열매는 특별히 상수리라고 구별해서 불렀다. 상수리와 도토리, 굴밤이라고 섞어 쓰기도 했지만 우리가 참나무라고 부르는 나무들은 제각각 상수리나무, 신갈나무, 굴참나무, 갈참나무, 졸참나무, 떡갈나무들을 한데 섞고 아울러서 부르는 것과 같이 참나무, 진목(眞木)은 없었다. 나무를 진짜라고 굳이 불렀던 것은 재질이 단단하고 쓰임새가 다양했기 때문일 것이었지만 '나도밤나무'는 나도밤나무과이고, '너도밤나무'는 '밤나무'와 같이 참나무과인 것처럼 그저 같은 과에 속했을 뿐이었다.

상수리나무는 키도 무척 커서 매번 고개를 뒤로 젖히고 올려다보아야 했고 그러고도 우듬지 끝에 시선이 닿는 일은 거의 없었다. 나무에서 멀리 떨어져서도 나무의 수관을 다 알 수 있으리라는 기대를 품기가 어려웠다. 그렇더라도 이쪽에서 저쪽, 저쪽에서 이쪽으로 옮겨

다니면서 나무의 정수리를 보려고 애를 썼지만 보려고 한다고 해서 다 볼 수도 없었을 뿐더러 굳이 그렇게까지 해야 하는지 또다시 의문이 들었다. 나무에 대한 궁금증을 떨쳐내는 일에 번번이 어려움을 겪곤 했다. 겨우내 'O holy night'을 스웨덴 바리톤 가수 호칸 하게고드를 시작으로 같은 노래를 다른 이들은 어떻게 불렀는지 궁금하여 여러 가수들 목소리를 찾아서 들었던 것처럼.

우리 마을뿐만 아니라 이웃 마을에도 작은 상수리나무 숲이 있었지만 단독으로 우뚝한 상수리나무를 보려면 고성군청 뒷머리, 와우산으로 가면 되었다. 가까이 다가갈 수 있는 길은 두어 갈래가 있었지만 고성 등기소와 고성 교육청 사이로 난 길을 따라 오르면 충혼탑이 나무를 가리고 있었고, 예전에는 울타리를 타넘어야 했지만 얼마 전에 산책로를 내면서 울타리를 터놓았으니 전보다 접근하기가 쉬웠다. 그런데 산책로를 만들면서 길옆에 낸 배수로뿐만 아니라 고성군 보호수이기도 한 아름드리 상수리나무 두 그루가 우뚝한 곳 주변은 비좁고 옹색해서 여러모로 언짢고 못마땅했지만 아쉬운 대로 언제든지 상수리나무를 볼 수 있었다.

고목은 나무들이 신성(神聖)을 잃은 지 오래되었다지만 나무들은 두 팔로도 다 안을 수 없을 만큼 거대했다. 어쩔 수 없이 인간보다 오래 살면서 인간들의 간난고초와 희로애락을 다 지켜보았을 것이었다. 그리하여 저절로 경외감이 드는 것은 마을에 늙고 오래된 나무가 있으면 어딘가 마음이 놓이는 것과 닮았다. 와우산 상수리나무도 한때는 제단이 있어 인간의 제사를 받던 곳이었으나 전쟁이 지나가고 사람들이 바뀌면서 시나브로 사람들 사이에서 잊힌 채 외따로 서 있었다.

그렇더라도 상수리나무 가지를 아무렇게나 뚝뚝 잘라낸 것을 보면 손가락에 가시가 박힌 것처럼 마음이 썩 좋지 않았다. 상수리나무에는 또 영원불멸을 상징한다는 황금빛 열매를 가진 황금가지, 겨우살이가 자라는 까닭에 새들의 먹이 터이면서 놀이터가 되곤 했다. 그런 나무들이 땔감으로 또는 도로를 넓힌다는 명목으로 베어졌다. 그러니까 옛 문헌에 '즘게'라고 표기했던 나무, 큰 나무들은 한 번 잃으면 두 번 다시 돌이킬 수 없는 일이 되고 마는 것이었는데도 아무도 서슴거리지 않았다. 어떤 이들이 나무를 신성한, 거룩한 무엇처럼 여기는 까닭은 나무가 무슨 대단한 기적을 행하거나 영험을 보여서가 아니라 오래도록 곁에 있으면서 때때로 위안과 위로를 주었기 때문일 것이었다. 아무런 말없이 등을 기댈 수 있는 대상이 흔하지는 않았을 것이었으므로.

이웃집 할머니는 여전히 가을이면 서너 됫박쯤 도토리를 주워서 말린 뒤 한겨울이면 도토리묵을 쑤곤 했다. 묵을 쑤는 때는 주로 명절이었지만 귀한 손이 오면 그때도 빠지지 않고 별미로 준비했다. 도성과 백성을 버리고 황급히 파천하여 당장 호구할 음식이 없었을 임금에게 백성들은 비상식량으로 여퉈 두었던 도토리 가루를 내놓았을 것이었고, 이것이 임금의 밥상에 올랐을 것이었다. 도토리 열매는 가루를 내거나 빻아서 음식 재료로 쓰였으며 이제는 겨우 묵을 만드는 식재료로 한정된 느낌이 없지 않았지만 우리 할머니는 묵은 물론이거니와 도토리범벅, 도토리수제비 등을 만들어 주었다. 실제로 상수리는 상수리쌀이라는 낱말로 남아 있었으며 상자다식과 상자죽, 상자병과 같이 다양하게 사용되었다. 상수리는 한자로 상실(橡實), 상자(橡子)라고 불렀다.

참나무라고 불리는 위의 여섯 나무들은 같은 과이면서도 나무껍질, 나뭇잎은 물론이거니와 열매를 싸고 있는 깍정이 모양도 다 제각각이었다. 그렇더라도 모르고 보면 졸참나무가 갈참나무 같고, 신갈나무가 떡갈나무 같기는 했다. 그런 가운데 이파리만 놓고 보면 굴참나무와 상수리나무는 서로 비슷했지만, 자세히 보면 상수리나무 이파리가 조금 더 길고 끝이 뾰족했다. 무엇보다 두 나무는 수피, 즉 나무껍질에서 큰 차이가 났다. 코르크가 매우 발달한 쪽은 굴참나무여서 이 나무껍질로 '굴피집' 지붕 재료로도 쓰고 지금은 플라스틱으로 대체되었지만 이웃 어르신 말씀에 따르면 고기잡이 배 그물망 벼리에 매다는 '보굿'이 바로 이 굴참나무 껍질이었다. 이 보굿을 이곳 강원 고성 방언으로는 '툽'이라 불렀다고 일러주셨다.

화목 보일러를 사용하는 이들이 참나무류를 선호하는 이유는 불땀이 세기 때문이었다. 숯의 재료 또한 참나무 종류였다. 쓸모로 친다면 단연 참나무류가 으뜸일 것이었지만 무엇을 쓸모의 유무에 따라서만 가치를 매길 수 있을까. 마을 주변에서 볼 수 있는 상수리나무 줄기는 일자로 곧게 뻗어 위로 올라간 게 아니라 마치 땅바닥을 기어가는 뱀처럼 구불구불했다. 이런 상수리나무들을 우리 마을과 이웃 마을에서는 흔하게 볼 수 있었고 이들 나무들은 대부분 비탈진 논두렁 주변이나 집 뒤 작은 언덕에 숲을 이루고 있었다. 상수리나무들 사이에 오동나무가 듬성드뭇하긴 했으나 이 나무들이 베어지지 않고 오래도록 살아남은 까닭이 궁금했다.

어릴 때는 상수리나무 줄기에서 수액을 빨아먹는 사슴벌레를 흔하게 보았고, 동네 아이들은 이 사슴벌레를 잡아서 뿔싸움을 시키기도 했다. 마치 마을 버덩에 자유롭게 풀어 놓곤 했던 소들이 있는 곳이라면 어디서든 소똥구리가 뒷발질로 똥을 모아서 점점 더 큰 공 모양이 될 때까지 지켜볼 수 있었던 것처럼. 이제는 사슴벌레는 물론이거니와 하물며 소똥구리는 자취를 감춘 지 이미 오래되었다. 누구도 소를 버덩에 내놓아 풀을 뜯게 하지 않았다. 소들은 죄다 거대한 축사에서 태어났으며 도축장으로 실려갈 때나 되어서야 겨우 축사 바깥으로 나올 수 있었다.

지난해 4월 발생한 고성 산불의 여파가 채 가시지도 않은 가운데 이번에는 지난해 9월 발생한 호주 산불이 넉 달째 이어지고 있다는 소식이었다. 피해 면적만 2020년 1월 초 현재, 우리나라 면적의 60%에 이르는 600만ha이며 12억 마리 이상의 동물이 희생되었다고 전한다. 유칼리나무 잎만 먹고, 하루의 대부분은 잠을 자며 동작이 매우 굼뜬 코알라 소식을 접할 때마다 이 산불의 끝은 어디인가, 되뇌었다. 사람들이 죽고 다치고 생활 터전이 잿더미가 된 산림에는 코알라뿐이었을까. 캥거루며 왈라비는. 나무와 꽃들, 균류와 이끼류는 아니 인간에 의해 도입되었으면서도 물을 너무 많이 먹는다는 이유로 살처분당해야 하는 낙타는 또 어떻게 되었을까.

언제부턴가 당산나무, 둥구나무, 정자나무, 그늘나무 같은 낱말을 입에 올리지 않았다. 마을 수호신으로 보호받으며 제사를 받던 나무가 있다는 말은 이제 전설이 되었다. 농촌이 도시화 되는 등 생활 환경이 바뀌었기 때문이겠지만 여전히 논밭 농사를 짓고 사는 곳이 또 농촌이었으므로 당산나무, 둥구나무들을 굳이 없앨 이유는 없을 것이었다. 오래된 나무들이 사라지면 그 나무가 품었을 이야기와 동식물들 또한 사라지는 것일 터였다. 마을에 저녁 빛에 빛나는 고목은 나무 한 그루쯤 있으면 그 아니 넉넉하고 아름답지 않을 수 있겠는가.

노루궁뎅이버섯이라고 발음하는 순간

'노루궁뎅이버섯'이라고 발음하는 순간, 언젠가 가을 화진포에서 마주쳤던 덩치 큰 노루 궁둥이가 떠오른다. 저녁 어스름 속에서도 노루 볼기에 손바닥만 하게 난 하얀 무늬가 또렷했다. 노루궁뎅이버섯은 그와 빼닮았으니 사물과 이름이 이처럼 적절하기도 쉽지 않을 듯했다. 송이와 능이에 견주어도 사물과 이름의 닮은꼴이 여간 아니어서 볼 때마다 궁금증이 증폭하곤 했다. 그런데 왜 표준어인 '궁둥이'가 아니고 강원도와 함경도 등의 방언인 '궁뎅이'라고 부르게 되었을까.

가을 버섯 철이 당도했다고 여기저기서 버섯을 땄다는 소식이 들려왔다. 첫 산행 이후 며칠을 잠자코 있다가 드디어 어둑새벽에 일어나 새벽같이 집을 나섰다. 이슬에 바짓자락이 무젖으면서 기어이 신발까지 질퍽거렸으나 산등성이를 향해 오르는 발걸음은 가벼웠다. 가을로 접어들면서 자주 비가 내렸고 버섯에 대한 기대도 한껏 부풀었다. 지난해는 버섯이 거의 돋지 않았으므로 숲속 상태가 몹시 궁금했다. 올 여름은 전에 없는 폭염으로 사람도, 숲도 지칠 대로 지쳤으므로.

그러나 미처 숲에도 들기 전에 큰 산(건봉산)에 먼저 들어갔던 이들로 인해 한바탕 소동이 벌어졌다. 지난 9월 12일, 민통선인 송강리와 건봉사 사이의 도로를 민통선에서 해제했다. 해제 전에는 송강리 군부대 앞에서 건봉사로 들어갈 때 한 번, 건봉사 입구에서 건봉사로 나갈 때 또 한 번, 이렇게 두 번 군부대 검문소에서 검문을 했다. 도보로는 아예 접근할 수 없었고 자동차로만 갈 수 있는데도 건봉사 입구에서 송강리로 올 때도 마찬가지였다. 이 길은 아주 오래 전부터 마을과 건봉사를 이어주는 길이었으며 군부대 뒤 길섶에는 이정표 역할을 했던 똬리소나무도 있었다.

언젠가 수덕사에서 진행된 만해학회 자리에서 뵈었던, 지금은 열반에 드신 박설산 스님께서도 말씀했듯 그 길은 거진 읍내에서 송강을 거쳐 건봉사에 이르는 길이었다. 신작로가 생기면서 또는 그 이전부터 늦가을이면 도지를 싣고 건봉사로 향하던 우마차 행렬이 길게 이어지기도 했다던 그 길은 해방 뒤 소련 군정 때는 물론 인공 때도, 전쟁 중에도 이용하던 길이었다. 그러다 휴전이 되고 군부대가 들어서면서 이른바 민간인들은 자유로이 오갈 수 없는 민통선이 되면서 그만 가로막히고 말았다.

고성군은 2017년과 2018년에 이어 '6억5천만 원의 사업비를 들여

2.19km에 이르는 이 구간에 경계용 철조망을 설치하고, 가로수 1,125 그루를 심었다. 또 구간 양쪽 진출입로에 진출입 차량의 번호 촬영이 가능한 CCTV 4대와 방범용 CCTV 8대를 설치했다.' 민통선에서 해제하면서 군(郡)은 '통제가 해제되면 지역 주민과 해당 구역 내 영농민들의 불편이 해소된다'고 전했다.

그런데 이 철조망이 산 기스락 그러니까 송강저수지에서 시작된 도로 옆 수로를 따라 설치되었다. 이 길은 가을 버섯 철이 되면 마을 주민들이 버섯을 딴 뒤 하산할 때 이용하는 길이기도 했으며 무엇보다 이 길을 이용하면 하산하는 걸음을 줄일 수 있었다. 사달은 버섯을 따러 들어갔던 주민들이 이 CCTV를 인지하지 못했고 심지어 철조망 꼭대기에 매달린 공처럼 생긴 이것이 대체 무엇에 쓰는 물건인고 하면서 CCTV 아래서 이 CCTV를 구경하는 모습이 바로 그 CCTV에 찍히면서 군(軍)에 비상이 걸린 것이었다.

가을 버섯 철에 버섯을 따는 일은 오래전부터 가까이는 한국전쟁이 끝나고 피란 나갔던 주민들이 마을에 돌아오면서부터 지금까지 한결같이 이어져 온 일이었다. 산기슭에 군부대가 자리를 잡았어도 큰산(건봉산) 비탈에 대포 타깃을 만들어 놓고 뻥뻥, 예고 없이 대포를 쏘아대도 변함없이 이어져 온 일이었다. 90년 초 군(軍)에서 마을 주민들에게 군부대 안 민통선에 출입할 수 있는 '영농출입증'을 발급한 뒤 다시 출입증을 갱신하겠다고 사진 등을 거둔 뒤로 유야무야, 여태껏 발급하지 않고 있었다.

노루궁뎅이버섯

군부대 검문소를 통과하면 그만큼 빠르게 큰 산에 들어갈 수 있었으므로 주민들은 굳이 그곳을 이용했다. 그날은 마침 토요일이었다. 그러나 CCTV에 사람 모습이 찍히면서 군부대 영관급 장교들은 물론 산림청 관계자, 경찰 그리고 마을 대표와 주민들이 한자리에 모였다. CCTV에 찍힌 네 명 가운데 두 명의 신원 확인이 안 되었기 때문이었다. 혼비백산한 병사들은 산지사방으로 뛰어다녔고 소식을 전해들은 주민들은 어리둥절했다. 그야말로 비상이었다.

마을에서 큰 산(건봉산) 일부를 임대한 뒤 마을 바깥에서 들어온 버섯 채취꾼들 때문에 소란이 일기는 했었어도 이처럼 군관민(軍官民)이 한자리에 모인 예는 없었다. 나중에 월북(越北)을 염두에 두었다는 소리를 전해 듣고는 웃음을 참을 수 없었지만 그때는 매우 긴박하고 심각해서 아무런 여유도 없었다. 그런데, 월북이라니? 지금은 1970년대가 아니고 2018년인데. 민간인들 안전을 위해 통제하는 것이라는 건 한국전쟁 이후 수복(收復)된 마을에 사는 주민들 누구라도 공감하고 이해하는 일이었다.

그리하여 시도 때도 없이 큰 산에 쏘아대는 대포 소리도, 마을을 둘러싼 산기슭에 훈련 나온 병사들도 덤덤할 수 있었던 것이었다. 그날, 신원 확인이 안 됐던 나머지 두 명은 이웃마을 주민들로 밝혀졌다. 모두들 안도하며 가슴을 쓸어내리면서 헤어졌다. 그쯤에서 끝났으면 그저 가을 어느 하루 벌어졌던 해프닝 정도로 여기고 말았을 텐데 그 뒤로 마을 주민들에겐 외려 입산 자체가 금지되었다. 며칠 간 유예를 두고 협의를 한다는 게 이유였으나 버섯 철이 끝날 때까지 입산은 허가되지 않았으며 하물며 검문소 밖, 영외에 군인들을 배치하여 주민들 입산을 막았다. 다시 말하면 마을 주민들 생활권이 차단되었다는 말이었다.

어느 해 버섯 철엔 군부대 검문소를 통과하는 일이 쉽게 이루어졌고 또 어느 해는 아무도 검문소를 통과하지 못했다. 이유는 제각각이었고 그때마다 달랐으나 가장 큰 이유는 민통선, 민북지역이라는 이유였다. 버섯 시장이 지금처럼 활성화되기 전에도 마을 주민들은 송이, 능이(향버섯), 꾀꼬리버섯, 달걀버섯, 밤버섯(벚꽃버섯), 싸리버섯 등을 따서 염장으로, 날것으로 때로는 장아찌로 식용했다. 지금은 버섯 값이 다락같이 올라 외부에서 채취꾼들까지 들어오면서 걸음이 느린 늙은이들은 버섯 구경하는 일이 점점 어려워지고 있는데.

올해 4월 27일 판문점에서 시작된 남북 정상 회담을 시작으로 지난 9월까지 벌써 세 차례 정상 회담이 이루어졌고 날선 말을 주고받으며 으르렁거리던 북한과 미국 수뇌들이 지난 6월 싱가포르에서 만나 악수했다. 비무장지대(DMZ) 전사자들 유해 발굴이 시작되었으며 GP(감시 초소) 22곳 중 시범 철수하기로 한 20곳에 대한 철수도 시작되었다. 판문점 공동경비구역(JSA)은 비무장지대로 전환 중이었다. 그동안 분단의 상징이었던 판문점 공동경비구역이 평화의 상징으로 바뀌고 있었다. 겨우내 언 땅이 녹으면서 봄꽃이 피듯이 오랫동안 꿈

꾸고 염원하던 한반도 평화가 시나브로 이 땅에 자리를 잡아가는 중
이었다.

  2차 북미회담을 눈앞에 두고 종전선언과 평화 체제를 논의하고 있
는 이때, 휴전 이후 줄곧 민통선을 머리에 이고 있다는 이유로 '생활
권'에 제약을 받았던 주민들은 이제 좀 마을에도 평화가 오려나 했으
나 여전히 큰 산, 건봉산 타깃 장에는 대포 사격을 하고 있었으며 마
을엔 훈련 나온 군인들이 오고갔다. 당장 종전선언이 이루어진다고
해도 군(軍)의 역할이 없어지는 것도 아닐 것이고, 군이 없어서도 아
니 되겠지만 민통선 인근에 산다는 이유만으로 주민들이 겪었던 소소
한 불편들도 이제 좀 끝났으면. 손톱 밑에 가시가 제일 아픈 법이니.

도깨비바늘 얼음꽃

흰꼬리수리의 방문

전설이 마침내 현실이 되는 순간이었다. 오래도록 겨울이면 화진 포에 흰꼬리수리가 온다는 소식은 듣고 있었지만 여전히 내겐 풍문에 지나지 않았다. 아니 오래 전 먼발치에서 스치듯 본 적은 있었으므로 겨울이 다가오면 혹고니만큼 기다리는 겨울새였지만 좀처럼 만나지 못하고 있었다. 그런데 귀로는 들었으나 눈으로는 볼 수 없었고 눈앞 에서 떠오르는 모습을 보았으나 만질 수는 없는 기이한 광경이었지 만 눈앞에서 물위를 박차고 날아오르는 커다란 날개에 뚜렷한 흰 색 의 꽁지깃만으로도 이미 숨이 막혔다. 드디어 흰꼬리수리가 우리 마 을에 당도한 것이었다.

큰 눈 없이 한여름 장맛비처럼 내리던 비도 긋고 바람도 잠잠해진 일월의 어느 날 읍내에 가는 길이었다. 하늘이 맑았으며 무엇보다 바 람이 불지 않았으므로 버스를 타는 대신 도로를 피해 냇둑으로 올라 섰다. 내가 갈대숲으로 바뀐 지 오래되었지만 냇물 한가운데로 물길 이 나 있었고, 내와 내가 만나는 두물머리에는 날짐승들이 모여들만 큰 너른 틈이 있었다. 철 따라 새들이 바뀌기는 했지만 그곳에는 매일같이 끼리끼리 새들이 모여들었고 겨울로 접어들면서는 백로와 오리들 차지가 되었다. 가끔 습관처럼 근처 갈대숲에서는 고라니가 튀어나오기도 했지만 고라니는 사철 내내 보았으므로 그러려니 했다.

한 번도 큰 눈이 내리지 않은 이상스런 겨울이었지만 이따금 바람만은 맹렬하게 불어서 정신이 아득할 지경이었다. 날씨가 쾌청하고 맑은 날이면 바람은 더욱 거칠고 사나워졌다. 바람꽃과 같은 기미조차 없이 불어닥치는 큰 바람은 지붕을 들썩거리게 하고 몸을 움츠러들게 했다. 이때는 날짐승들마저 어디로 갔는지 그림자도 보이지 않았다. 바람이 자고 일어나는 일 또한 사람의 일이 아니었으므로 달리 방도가 없었지만 매번 큰 바람은 아니었으면 하는 바람은 한결같았다.

날씨가 전에 없이 따뜻해지면서 볕바른 곳에 돋아난 벼룩이자리가 꽃을 피웠다. 벼룩이자리는 보통 사오월이 되어야 꽃을 피우는데 올해는 일월 초부터 꽃을 피웠으며 버드나무의 버들개지도 움이 터서 솜털이 일어섰다. 마을 어른들은 벌써부터 눈이 없는 겨울을 걱정했다. 겨울에 내리는 눈이야말로 농사 밑절미라는 말씀이었다. 그러나 그것 또한 인간의 영역이 아니었으므로 지금은 하늘을 올려다보는 것밖에 별다른 방도가 없었다. 나로서는 집 밖에 있는 수돗물이 얼지 않아서 다행이라고 여기고 있었던 까닭에 농부들 말씀에 잠시 딴전을 부렸다.

하늘은 짙푸른데다 살랑거리는 바람을 타고 떼를 지어 하늘로 날아오르던 방울새들은 은행잎처럼 흩어졌다 다시 대오를 이뤄 논배미에서 숲정이로, 다시 전봇줄 위로 날아내렸다. 방울새는 언제 보아도 명랑했다. 무리를 이루는 작은 새들 가운데 방울새 떼는 자주 하늘을 가로질러 날아다녔다. 그런 반면 붉은머리오목눈이와 개개비는 갈대 숲에서 오르락내리락했으며, 멧새 떼들은 숲 기스락 수풀에서 왁자글 왁자글했다. 무리를 짓지 않는 딱새는 이따금 수컷 근처에 암컷이 있을 때도 있었지만 대부분 혼자였고, 때까치는 물까치와는 다르게 매번 전봇줄에 단독으로 앉아 있곤 했다.

번식 철이 아니면 무리를 짓지 않는 때까치는 물까치처럼 까치라는 이름이 붙었지만 엄연히 과가 달랐다. 20~30마리씩 떼로 몰려다니며 가족애가 유난스런 물까치는 까마귀과였고, 몸집에 비해 머리가 크고 사나워 보이는 부리를 가진 때까치는 때까치과였다. 그런데 번식 철이 아니면 주로 단독 생활을 하는 때까치는 육식을 하며 먹이를 나뭇가지나 가시 같은 데 걸어놓거나 꽂아놓기도 했다. 그러나 놀라운 것은 이 맹금 같은 때까치가 탁란을 하는 뻐꾸기의 새끼를 돌보는 보모새 역할도 맡는다는 것이었다. 여름 철새인 뻐꾸기는 붉은머리오목눈이와 개개비, 멧새 등 저보다 매우 작은 새들 둥지에 탁란을 하고, 이 뻐꾸기 탁란 장소 중에 하나가 때까치 둥지였다. 제 둥지에 위탁된 뻐꾸기 알들이 껍질을 깨고 나오면 제 새끼처럼 정성스레 기르는 새들이란 대체 무엇인지. 무리를 짓는 이유도 혼자인 까닭도 또한 제 새끼들의 죽음에도 아랑곳없이 위탁된 새끼들을 기르는 사정을 알지 못했으므로 내처 가던 길을 가곤 했다.

영화 「닥터 두리틀」의 닥터 두리틀처럼 동물들과 소통할 능력이 없는 내게 동물들은 그림을 바라보는 것과 다르지 않았지만 그렇더라도 가만히 지켜보는 재미가 없을 수 없었다. 겨울비가 길게 이어진 뒤로 큰 새들이 보이지 않았다. 새들도 비바람이 불거나 소나기눈이 내릴 때는 쉽게 볼 수 없었다. 이럴 때는 집들 사이를 오르내리며 시끌벅적하게 놀던 참새떼마저 자취가 없었다. 새들도 어딘가에 몸을 웅크리고 머리를 깃에 파묻고서는 비바람이, 눈보라가 지나가길 기다리지 않을까 생각했다. 계절이 바뀔 때마다 새떼들의 이동이 잦고 전에 보이지 않던 새들이 보였으나 곧 자취를 감추곤 했다. 이를테면 화진포나 북천에 고니 떼가 나타났다고 해도 때를 못 맞추면 새떼들은 어느새 떠나고 없었다. 마을에 머무르지 않고 더 먼 남쪽으로 이동하는 나그네새였다.

두 개의 내가 만나는 두물머리는 가운데를 도려낸 듯 두려빠진 곳이 있었고, 겨울로 접어들면서부터 꽁지깃이 새하얀 쇠물닭으로 보이는 새도 볼 수 있었고, 이들은 인기척이 나면 여러 마리가 한꺼번에 물속으로 몸을 숨겼다. 그러고는 물속을 헤엄쳐서 저쪽 물가에서 살그머니 몸을 드러낸 뒤 재빠르게 갈대숲 사이로 사라지곤 했다. 흰뺨검둥오리가 한꺼번에 날아올라서 자리를 뜨는 것과 달리 쇠물닭으로 보이는 새는 날아가는 대신 날쌔고 조용하게 수풀 속으로 감쪽같이 몸을 숨겼다. 그렇더라도 그들이 사라진 흔적이 물위에 갈매기 모양의 파문으로 남아 있곤 했다.

겨울비로 불어난 냇물이 여러 쓰레기들을 실어날랐고 그 자취가 곳곳에 남아 있었다. 큰 산 근처 내에는 숲에서 떠내려온 검불과 낙엽들이 꼬지꼬지했으며 그 가운데 가랑잎이 으뜸이었으나 마을 아래쪽 바닷가 어귀로 갈수록 생활 쓰레기들로 어질더분했다. 페트병과 스티로폼 조각들이 가장 많이 눈에 띄었다. 냇물은 바다로 흘러들었고 우리가 버린 생활 쓰레기들은 또 이렇게 바다에 쌓여서 그리하여 누군가의 말처럼 우리는 '스티로폼 찌개'를 먹을 수밖에 없게 되었다. 나부터도 일회용품 사용을 줄이려고 애를 쓰긴 했지만 도로아미타불이 되곤 했다. 덜 쓰면 덜 만들까 아니면 덜 만들면 덜 쓸까. 번번이 진퇴양난이었다.

냇가 갈대숲에서 까투리가 날아올랐다. 숲 기스락이나 논두렁 풀숲에서 날아오르곤 하던 꿩들은 서너 마리씩 몰려다녔고 수꿩인 장끼, 암꿩인 까투리가 한데 모여 있다가 인기척이 나면 화들짝 날아오르는 통에 꿩들은 판판이 좋은 소리를 못 들었다. 아무런 기척도 없이 그것도 꼭 발치에서 난데없이 퍼드덕 튀어나오듯 날아오르면 꿩이나 나나 놀라기는 매한가지였다. 나 또한 이따금 나무들 사이를 헤집고 다니다 보면 뜻하지 않게 새떼, 특히나 직박구리와 멧새 떼를 놀래게 할 때도 있었다. 의도하지는 않았지만 시간과 우연이 겹치면서 벌어지는 일이었다. 그렇더라도 꿩과 나는 줄곧 사이좋게 지내지 못하고 있었다.

흰꼬리수리가 날아오르는 순간 백로는 멀찌감치 자리를 피해서는 냇가에서 골재를 채취하면서 높다랗게 무져놓은 흙더미 언덕에 망부석처럼 서 있었다. 흰꼬리수리가 수리부엉이가 사는 숲정이에 내려앉은 뒤에도 백로는 한동안 얼어붙은 듯 움직이지 못하고 그 자리에 있었다. 한여름에는 무리를 지어 앞산 솔수펑이에서 지내곤 하던 백로 떼들이 겨울철로 접어들면서 어딘가로 다 흩어진 뒤 마을 냇물 위를 오르내리는 백로는 한두 마리뿐이었고 주로 이 두물머리에서 볼 수 있었다. 물고기 사냥의 명수인 흰꼬리수리가 화진포가 아닌 산 너머 우리 마을까지 온 연유도 궁금했을 뿐만 아니라 흰꼬리수리가 사냥을 하는 동안 둔덕으로 자리를 옮긴 백로도 궁금하긴 매한가지였다.

아무려나 꽃봉오리에 맺힌 빗방울처럼 시간과 우연이 겹쳐 빚어진 순간일지라도 오래도록 궁금했던 흰꼬리수리를 화진포가 아닌 우리 마을에서 만난 것만으로도 더할 나위 없이 흐벅지고말고.

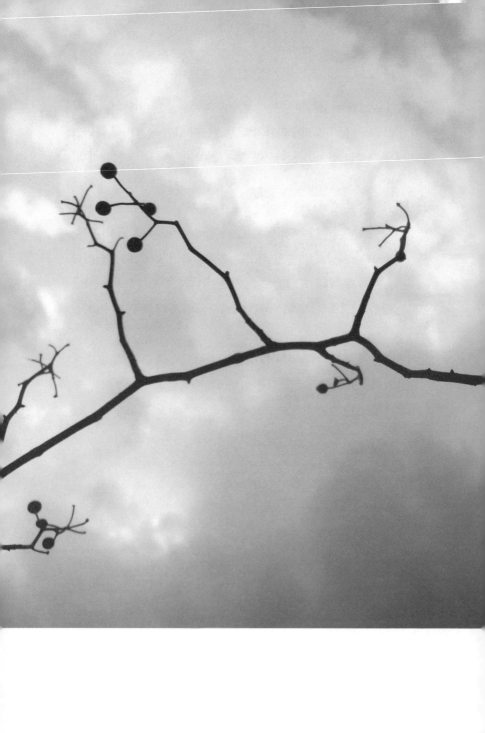

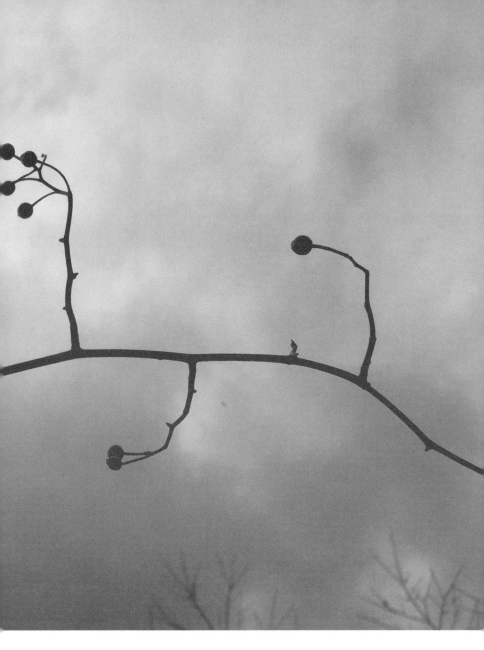

찔레덩굴

토끼풀

개망초꽃

박하

달래꽃

도라지꽃

돌배나무꽃

진달래꽃

오디 / 멍석딸기

줄딸기 / 곰딸기

참취 / 까치수염

참나리 / 꽃창포

중나리

쥐오줌풀

금꿩의다리

더불어
살아가려면

고양이와 발발이

어디선가 고양이와 강아지가 태어나고 있을 즈음 밤새 나무들이 울었으며 산이 흔들렸다. 집 안에서는 수도와 세탁기 호스가 얼었으며 벽이 갈라지고 그 틈새에는 고드름이 맺혔다. 눈도 비도 없이 겨울 강은 꽁꽁 얼어붙었다. 여울목은 얼음이 겹겹이 쌓여 너테를 이뤘고 갈꽃이 고부라진 갈대숲은 메마르고 앙상했다. 며칠 시뿌옇던 하늘이 환히 벗개면서 쨍쨍 맑았으나 날은 맵고 몹시 추웠다. 눈물이 흐르고 귓불이 시렸으며 곱아오던 손은 마침내 붉게 변하면서 욱신거렸다. 바람을 안고 걷는 저녁 산책길이 사뭇 벅찼다.

겨울이면 나타나곤 하던 황조롱이는 온데간데없고 언제부턴가 말똥가리 한 마리가 전봇대 꼭대기에서 꼭대기를 오갔다. 가까이 다가가기도 전에 말똥가리는 이쪽 전봇대 끝에서 아예 숲정이 너머로 사라졌지만 아주 가끔 논들 한가운데 높이 떠올라 날개를 활짝 펴고 제자리에 떠 있곤 했다. 목이 아프게 치어다보는 동안 말똥가리는 미끄러지듯 시야에서 사라져 두리번거릴 사이도 없이 숲정이 너머로 자취를 감추곤 했다. 다음 날이면 말똥가리는 어김없이 그 근처에 잠복하듯 전봇대 꼭대기에 앉아 묵언 수행했다.

산 기스락 덤부렁듬쑥한 수풀에 숨어 있던 장끼가 난데없이 날아오르고 개울가 갈대숲에 웅크리고 있던 고라니가 뛰어나왔다. 날짐승과 산짐승에게 아무런 적의가 없었으나 그들은 인기척만으로도 혼비백산, 꽁지가 빠져라 달아났다. 오히려 어처구니없고 기가 막힌 나는 놀란 토끼 벼랑바위 쳐다보듯 멀뚱멀뚱 그들이 사라진 방향을 바라보며 놀란 가슴을 쓸어내리며 주변을 살폈다. 수풀 속에는 먹을 것이라고는 없어 보였고 바람과 새떼들만 모여 앉아 옥시글옥시글 분주탕이었다.

마을 산 기스락에는 태양광 발전소가 곳곳에 자리를 잡았고 또 진행 중이었다. 솔수펑이에 고목은 소나무들을 줄 이어 트럭으로 실어 낸 뒤에는 흙을 퍼내 덤프트럭에 싣고 동네 입새를 벗어났다. 그런 다음에는 태양광 모듈을 설치했다. 메숲졌던 솔숲 대신 이제는 번쩍번쩍하는 모듈들이 빼곡하게 들어섰다. 마을 주민은 점점 줄어들고 있는 가운데 전봇대는 크고 높은 새것으로 바뀌었고 전깃줄도 겹겹이 늘어났다. 발 디딜 틈이 없이 빽빽했던 솔숲마다 파헤쳐지고 등성이는 까뭉개지고 있었다. 지역 생태와 환경을 고려해야 했지만 어디에도 지역 생태와 환경을 고려한 흔적은 찾을 수 없었다.

사람들이 숲으로 들어갈 때마다 동물들이 마을로 들어올 때마다

불화는 깊어졌고 돌이킬 수 없이 나빠졌지만 소나기눈이 내려 눈더미가 무거워지면 골짜기 계류 가까이 있던 짐승들은 계곡을 따라 마을로 내려왔고 숲속 짐승들은 소나무 우듬지가 막아내 눈이 적게 쌓인 소나무 아래로 모여들었다. 볕바른 솔수펑이에서 멧돼지가, 노루가 웅기중기 모여서 막막한 겨울 한철을 났다. 최후의 피난처였다.

호랑이, 표범과 곰도 없이 겨우 멧돼지와 노루, 담비와 삵이 가까스로 숨을 쉬고 있는 숲은 하루가 다르게 쪼그라들고 있었다. 멧돼지와 고라니는 농부들에게 원성을 산 지 오래되었고 숲이 허우룩해지는 겨울이면 더 많은 산짐승들이 마을로 내려와 인간의 집을 기웃거렸다. 북쪽엔 첩첩한 철조망이, 동쪽엔 시퍼런 바다가 남서쪽엔 인간의 마을이 산짐승들 발길을 막았으며 겨울 한철 수렵이 허가되면 사람과 짐승이 쫓고 쫓기는 전쟁을 벌이곤 했다.

지난 초겨울 우리 집 컨테이너 바닥 틈에 새끼 세 마리를 낳은 도둑고양이는 미처 눈도 뜨지 못한 새끼들을 버리고 사라졌다. 좀처럼 들개와 동네 고양이를 간섭하지 않았으나 눈도 못 뜬 새끼들이 울며 보채는 바람에 우유와 참치 캔을 컨테이너 곁에 놓아주었다. 시나브로 우유와 참치 캔의 양이 줄어들었으며 일부러 읍내에 나가 우유와 참치 캔을 사왔고 다시 보충해두었다. 먹이를 놓아두고 멀찍이 서서 지켜보면 힘센 놈부터 먼저 우유를 핥아 먹은 뒤, 차례차례 세 마리 새끼가 먹이를 먹었다. 우유를 핥다가도 인기척이 나면 콩알처럼 흩어져 컨테이너 바닥 틈새로 숨었다.

얼마 뒤 어미인 암컷이 수컷과 함께 나타났고 수컷은 틈을 보아 새끼들을 죽이기 시작했다. 두 마리를 죽였고 모두 먹을 물었다. 가장 약해 보이는 새끼가 집 앞에서 주검으로 발견되었고 처음엔 교통사고가 아닐까 의심했다. 하지만 주검이 깨끗했고 목에만 상처가 있었다. 길섶에 땅을 파고 묻어주었다. 그러자 어미가 그 무덤자리에 냉큼 올라가 오래도록 앉아 있었다. 다음 날도 같은 자리에 또 다른 새끼가 죽어 있었다. 이번에는 다른 자리에 주검을 묻었다. 어미와 수컷이 나타나면 발을 구르며 쫓았으나 역부족이었다.

새끼 두 마리가 죽고 나서 우유와 참치 캔을 담아두던 그릇들을 치웠다. 마지막 한 마리는 눈에 띄지 않았다. 어미와 수컷도 보이지 않았다. 애써 찾지 않아도 또 다른 도둑고양이들은 시시때때로 집 앞에 나타났다. 국물을 우리고 난 멸치와 생선 대가리들을 따로 모아놓으면 제각각 색깔이 다른 고양이들이 나타나 깨끗이 먹어 치우곤 했다. 한동안 보이지 않던 어미가 나타났고 제일 힘이 셌던 새끼 한 마리도 모습을 드러냈다. 새끼는 이따금 마주치면 앙앙거렸지만 못 본 척했다.

옆집 아저씨는 아주머니가 없는 틈을 타 지나가던 개장수를 불렀다. 개들은 여섯 마리였고 아저씨는 개들을 거추장스러워했다. 남편보다는 개가 낫다는 아주머니는 알뜰히 개들을 건사했고, 이따금 개들 목줄을 풀어놓았다. 그러다 개들은 집을 떠났고 다시는 돌아오지 않았다. 며칠을 앓으며 울던 아주머니는 또 개들을 구해왔고 아저씨와는 자주 다퉜다. 발바리는 거저 가져가라는데도 개장수는 도축비가 비싸다며 거들떠보지 않았다. 아저씨는 발바리들을 끼워 개들을 넘기는 데 성공했고 귀가한 아주머니는 또 마을을 헤매며 개들을 찾아다녔다.

갯값이 헐해지면서 집을 나오거나 버려진 개들은 들개가 되었고 짝을 이룬 하얀 발바리 한 쌍은 산 기스락 대숲에 새끼를 낳았다. 짝을 이뤄 먹이를 찾아 온종일 마을을 헤덤벼쳤다. 때로는 이웃 마을에서 눈에 띄기도 했다. 아저씨가 개들을 모두 없앤 뒤에도 아주머니는 마당가 개집에 먹이를 놓아두었고 그럴 때마다 들개들은 귀신같이 찾아와 먹이 그릇을 비웠다. 목줄 풀린 풍산개와 들개가 된 발바리가 흘레붙어 새끼가 태어났고 새끼는 아무도 관심 갖지 않았다. 사룟값은 오르고 갯값은 떨어진 탓이었다. 들개가 된 새끼들은 마을에서 사라졌고 누구도 찾지 않았다.

얼지 않은 내 복판에서는 백로 한 마리가 매일같이 먹이 활동을 했다. 그 곁에는 오리가 모여 있기도 했으나 더 많은 날 홀로 어정어정 걸으며 먹이를 찾았다. 가만히 구경하다보면 어느새 기척을 느끼고서는 느릿느릿 날아서 멀리 떠났다. 그러고는 다음 날이면 또다시 그 인근에서 저 홀로 물속을 헤집으며 냇가를 오르내렸다. 세찬 바람이 불어 앞이 깜깜해지는 날엔 어디에 잠자리를 정했는지 문득 궁금했으나 그뿐, 밭두둑에 우뚝한 감나무를 치어다보며 걸음을 뗐다. 그러면서도 얼음 언 물속에 잠긴 가느다란 발목이 눈앞을 어지럽히는 것은 어쩌지 못했다.

저녁 빛에 태양광 모듈들이 뾰족하게 빛났다. 산등성이 솔수평이를 까뭉개고 논을 뜬 두 곳, 십여만 평에 이르는 곳도 벌써 태양광 사업자에게 팔렸다는 전언이었다. 국도에서 보이지 않는 마을 곳곳 솔숲에서는 매일매일 소나무들을 파내고 또 그 소나무들을 실어 나르는 트럭들이 줄을 잇고 그 뒤를 따라 흙을 실은 덤프들이 뿌연 먼지를 일으키며 뒤따랐다. 소나무를 사고팔던 사람이 이제는 태양광 사업으로 전환했고 새시 사업에서 태양광 사업으로 전환한 어느 출향 인사는 어느 날 벤츠 승용차를 몰고 마을에 나타났다. 노다지광이 된 태양광 사업 덕분이었다.

숲을 잃으면 그곳에 깃들어 살던 온갖 짐승은 말할 것도 없이 끝내는 사람조차 온전하지 못할 것이었다. 이 한파(寒波)가 그냥 한파일까.

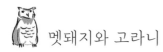 멧돼지와 고라니

멧돼지였다. 흐린 하늘 속으로 말똥가리가 날아올랐으며 길섶에는 새매 주검이 버려져 있었다. 비꽃이 오락가락하는 해 질 녘, 손에는 펴지 않은 검은 우산을 들고 어정어정 숲 기스락을 향해 가는 길이었다. 등마루를 깎고 또 깎아 논을 뜬 자리였다. 논은 매우 넓었고 매해 등성이를 깎으면서 흙을 실어내던 트럭들이 오가던 논길은 흔하지 않은 흙길이어서 퍽 아꼈다. 벌써 익은 길이었으나 어스름은 점점 짙어지고 있었으며 바람 소리조차 없이 사방이 고요했다. 그렇지만 생사를 넘나들고 있다는 선배의 이야기가 진눈깨비처럼 축진껍진하게 온몸에 들러붙고 있었다. 사위스러운 생각을 떨쳐내기라도 하듯 긴 우산을 이리저리 휘둘러댔다. 부스럭대는 소리를 들은 것은 그때였다. 닭알침을 꿀꺽 삼켰다. 소리가 나는 방향을 알 수 없었다. 발걸음을 멈췄다.

숲 기스락과 나 사이에는 논배미가 하나 있었고 기스락은 몹시 비탈졌으며 풀들은 시들었으나 덤부렁듬쑥한 곳이었다. 짐승의 거친 숨소리와 함께 후다닥 비탈을 가로지르는 검은 물체가 보였다. 내 키보다 컸다. 숲정이에서 또는 논길이나 산길에서 숱한 짐승들 발자국 가운데 며느리발톱이 돋보이는 멧돼지 발자국을 따라 걸었으며 다람쥐 무늬가 있는 멧돼지 새끼를 본 적은 있었으나 다 큰 멧돼지와 마주친 적은 없었다. 그렇지 않아도 뉴스에 심심찮게 멧돼지가 출연하는 중이었다. 음식점엘 쳐들어가고 사람들을 들이받았다는 흉흉한 소식이었다. 마을에서도 산짐승들 때문에 산 기스락 논밭에는 전기 울타리를 치고 배동바지 무렵이면 밤마다 소리 폭탄을 터뜨리곤 했다.

한겨울이면 헛간 시렁에서 잠자던 설피를 꺼내고 창을 갈았던, 농부이면서 겨울철이면 잠시 사냥꾼이 되기도 했던 옛 멧돼지 사냥꾼들에 따르면 멧돼지만큼 영민한 동물도 없었다. 멧돼지는 전용 진흙 목욕탕이 있었고 허술하게나마 나뭇가지로 얼기설기 엮어 놓은 잠자리도 있었으며 바람이 없고 따뜻한 남향받이, 볕바른 곳을 좋아했다. 새끼를 달고 다니는 새끼달이 멧돼지는 물론 홀로 다니는 수퇘지들은 줄곧 같은 길로 다녔다. 옥로라고 불리는 올무를 설치할 수 있었던 것은 이렇듯 노상 같은 길로 멧돼지들이 지났기 때문이었고 어른들은 이런 길을 '곧은목'이라고 불렀다. 아마도 곬이 곧다는 의미일 듯했다. 쇠줄로 엮은 올무를 피할 줄도 알았으며 올무에 목이 걸렸다가도 뒤로 빠져서 내뺄 줄도 알았다. 올무에 걸려 목숨을 잃는 경우는 올무의 쇳내가 어느 정도 가신 뒤라고 했다.

복작노루라고도 불리는 고라니와 함께 멧돼지는 농민들로부터 원성을 듣는 대표적인 산짐승이었다. 눈치가 빠르고 똑똑한 멧돼지는 전기 울타리를 뛰어넘어 옥수수 밭을 갈아엎었으며 감자밭과 고구마 밭을 헤집었다. 멧돼지가 점찍은 논밭은 순식간에 쑥대밭이 되었다. 초식동물인 고라니가 깻잎은 제쳐두고 콩잎과 고구마 잎을 먹는 동안 잡식성인 멧돼지는 숲에서는 칡뿌리를 파먹고 다래 열매를 먹었으며 마을에서는 옥수수든 고구마든 가리지 않았다. 고라니는 한국 토착종 으로 세계자연보전연맹(IUCN)이 선정한 멸종 위기종 '적색 목록'에 도 포함돼 있었다. 그러므로 한국 땅에서 사라지게 되면 세계 동물 지 도에서 멸종하는 것이었지만 농민들에겐 당장 작물을 망쳐 못쓰게 만 드는, 해를 끼치는 짐승이었으므로 보는 족족 죽여 없애야 하는 몹쓸 것이었을 뿐 연민 따위는 없었다. 멧돼지도 마찬가지였다.

한참 골짜기 모퉁이로 사라지는 멧돼지를 건너다보았다. 비탈을 가로지르는 걸음걸이가 거칠고 사나웠으며 달아나면서 내뿜는 숨소 리가 골짜기를 가득 메웠다. 한동안 숲정이는 침묵했다. 담비와 삵, 너구리들도 이따금 모습을 드러냈지만 이 숲에서 멧돼지를 잡을 수 있는 짐승은 인간뿐이었다. 골짜기 뿌다구니 뒤로 솔수펑이가 이어지 고 있었으며 그 너머엔 큰 산 마루들로 첩첩했다. 숲은 민간인 통제 구 역이었고 또 그 너머는 민간인은 얼씬할 수 없는 휴전선을 사이에 두 고 남과 북으로 첩첩한 비무장지대가 가로놓여 있었다. 아무리 인간 들이 멧돼지와 고라니들을 죽이고 내쫓아도 이 짐승들은 더 이상 북 쪽으로 갈 수 없었다. 남한은 그야말로 생태섬이었다.

휴전선을 사이에 두고 겹겹이 쳐 놓은 남과 북의 철조망을 걷어내

고 길을 내준다면 산짐승들은 멀리 백두산을 지나 시베리아 벌판까지 아니 그 너머 어디까지 갈 수 있었을 것이었다. 그만큼 넓은 영역에서 제멋대로 발 디디며 살아갈 수 있을 것이었고 시베리아에서 살고 있 다는 호랑이들 또한 남북한으로 오고갈 수 있었을 텐데. 길을 막아놓 고서 그쪽으로만 몰아대면 그 짐승들이 갈 수 있는 곳은 어디일까. 늑 대를 경외하면서도 미워하는 몽골 유목민들은 그 늑대들로 인해 생태 계가 조절되고 유지된다고 믿었다. 늑대가 자신의 가축을 물어 죽인 뒤 뼈까지 으적으적 씹어 먹을 때는 밉디미웠지만 늑대 또한 함께 살 아가야 하는 동물로 여겼다.

어쩌자고 멧돼지는 십수 마리씩 새끼를 낳아 상징과 혐오의 대상 이 되었을까. 현실 밖의 돼지꿈은 여전히 복권 판매점을 북적이게 하 면서도 현실에서 멧돼지는 숫제 죽여 없애 멸종시켜야 할 원수가 되었다. 어릴 적 마당 가장자리에 자리하고 있던 돼지우리에는 노상 서너 마리의 돼지들이 있었다. 돼지우리에는 외양간의 구유보다 작은 밥통이 있었고 밥통에는 부엌에서 나온 구정물을 비롯한 음식 찌꺼기들이 들러붙어 있었으며 노상 꿀꿀거리는 소리가 끊이지 않았다. 등곳길 신작로에는 홀레붙이러 가는 암돼지가 길을 가로막는 경우도 가끔 있었다. 꼬불거리는 짧은 꼬리와 뒤룩거리는 엉덩이와 종종걸음은 호기심과 비웃음의 대상이 되기도 했다. 돼지 주인의 회초리는 돼지에겐 길 안내를 하는 표지이기도 했지만 아이들에겐 경계의 신호이기도 했다.

가을 버섯 철이 되면 마을 노인들은 큰 산에서 새끼들을 줄줄이 달고 달아나는 어미 돼지를 만났다는 소식을 전하곤 했다. 다래나무 넝쿨 아래일 때도 있었고 수풀 사이에서 만날 때도 있었다고 했다. 그럴 때면 오금이 저려 발걸음이 떨어지지 않았노라고 가슴을 쓸어내리곤 했다. 난생처음 만난 멧돼지는 혼자였다. 수컷일 것이었다. 암돼지는 혼자 새끼들을 이끌고 돌보았다. 한겨울 짝짓기 철이 되어야 수돼지들은 암돼지들을 찾아 나설 뿐 수돼지는 대부분 단독 생활을 했다. 다람쥐 무늬가 있는 멧돼지 새끼는 다른 짐승들 새끼와 다르지 않았다. 야성이 드러나지 않는 그저 새끼일 뿐이었다. 말 새끼나 소 새끼 또는 호랑이 새끼처럼 따로 이름도 없었다.

장철문의 시 「유홍준은 나쁜 놈이다」(『비유의 바깥』, 문학동네, 2016)는 새끼 돼지를 때려잡아서 다음날 고깃점 먹을 궁리를 하는 유홍준을 줄곧 '나쁜 놈'이라고 구시렁댄다. 여간 못마땅한 눈치가 아니다. 그러나 사흘이 멀다 하고 고기를 자시는 우리 집 노인은 이상스레 멧돼지 고기만은 전혀 드시지 않았다. 고깃간에서 산 고기는 없어서 못 드시는 처지인데도 그랬다. 꺼리는 까닭을 짐작 못 하는 것은 아니지만 아무래도 고개를 갸웃거릴 수밖에 없었다. 멧돼지 고기는 퍽퍽하다는 것이고 돼지 축사에서 나온 고기는 촉촉하다는 차이만으로는 설명이 잘 안 됐다. 내가 어릴 때 노인은 집에서 기른 돼지를 잡을 때면 순대를 만들곤 했다.

옛 멧돼지 사냥꾼들에 따르면 올무에 걸려 죽은 멧돼지 쓸개는 사냥총으로 잡은 멧돼지보다 쓸개가 크다고 했다. 올무는 단박에 짐승을 죽이지 못했으므로 몸부림치며 애를 쓰는 동안 쓸개가 부풀어 오른다는 것이었다. 둥근 올무에 목이 걸리거나 다리나 몸통이 걸리면 질식해서 숨이 끊어질 때까지 또는 과다 출혈로 죽을 때까지 오랜 시간이 걸렸다. 그리하여 윤리적이지 않다고 손가락질을 받는 것이었다. 올무는 죽어가는 짐승의 고통을 살피지 않았을 뿐더러 아예 모르는 척했다. 창을 들었던 옛 사냥꾼들은 단숨에 짐승의 멱을 땄다. 그렇게 죽어가는, 죽어야 하는 짐승들이 느껴야 하는 고통의 시간을 줄였다. 무엇이든 먹어야 하는, 먹어야 숨 쉴 수 있는 인간으로서 가졌던 최소한의 예의였다.

애완, 반려, 가축

하얀 강아지였다. 논들 수로에 빠진 강아지는 수로 안에서 오르락내리락 갈팡질팡했다. 태어난 지 채 한 달도 안 된 듯 보였다. 때마침 가을걷이 중이라 수로에는 물이 흐르지 않았다. 그때 풍산개를 여러 마리 기르고 있던 이장이 떠올랐고, 전화를 했다. 이장은 무언가 미심쩍어하는 눈치였다. 그곳은 주택가에서 멀리 떨어진 곳이었고 강아지 스스로 걸어오기도 쉽지 않은 곳이었다. 곧 오겠다는 이장의 말을 믿고 강아지를 그곳에 두고 자리를 떠났다.

며칠 뒤 우리 집 마당가에 강아지 한 마리가 폴폴 돌아다니고 있었다. 이장에서 다시 전화했다. 이장은 자신이 기르는 풍산개 새끼가 아닐뿐더러 '발바리 잡종'이라면서 우리 앞집 아무개한테 주었다고 알려주었다. 강아지는 목줄이 없었고 매일 조금씩 활동 범위를 넓혔다. 말 그대로 발탄강아지였다. 식물도 동물도 기르지 않는 나는 우리 집과 앞집 사이를 폴폴 돌아다니는 강아지를 물끄러미 건너다볼 뿐 간섭하지 않았다.

어릴 때 집에는 개가 마루 밑에서 새끼를 낳아 기르고 있었고 저녁이면 종일 어딘가를 헤덤벼치다 돌아온 고양이가 부뚜막에 웅크리고 누워 잠을 잤으며 외양간에는 소들이, 닭장에는 닭들과 병아리들이, 돼지우리에는 돼지들이 꿀꿀댔다. 개밥은 부엌을 맡고 있는 누군가 챙겼을 것이고 나는 이따금 마당을 휩쓸고 다니는 닭들을 닭장으로 불러들일 때 모이 그릇을 들고 할머니 뒤를 따랐을 뿐이었다. 마지못해 그 심부름을 했다. 마당에 아무렇게나 싸놓은 닭똥들 때문이었다.

어느 해는 집에서 앙고라토끼를 기르기도 했다. 작은오빠 몫이었고 작은오빠는 학교에서 돌아오면 토끼풀이며 칡덩굴을 끊어다 토끼들에게 주었다. 이따금 건너다볼 뿐 가까이 가지 않았다. 작은오빠는 겨울이면 멧토끼도 열심히 잡았다. 그렇게 멧토끼도 잡고, 토끼도 길렀던 작은오빠는 지금도 도시에 살면서 고양이들을 기르고 있었다. 길에서 주웠다는 고양이들이 세 마리였고 명절 때면 그 고양이들과 함께 귀향했다. '러시안 블루'는 작은오빠만큼 배가 나왔다. 그렇지만 작은오빠네 식구들은 내 눈치를 보느라고 그랬는지 고양이들을 본채에 들이지는 않았다.

아버지 또한 귀촌 이후 청둥오리는 물론 닭과 개들을 길렀다. 아내가 아파도 밥 한 번 차리지 않는 아버지였지만 청둥오리를 기를 때는 채소조차 칼로 다듬어 모이를 주었고 개들은 말할 것도 없었다. 그러다 어느 해, 새벽이면 개가 몹시도 서럽고 음산하게 울어댔다. 어느 때와 사뭇 그 울음소리가 달랐고 어른들은 심상찮은 기미를 읽었다.

얼마 지나지 않아 어머니께서 교통사고를 당했다. 아버지는 당장 개 장수를 불렀고 그 뒤로 다시는 개를 기르지 않았다. 그때도 그저 우리 집에 개가, 청둥오리가 있구나 했을 뿐 무덤덤했다.

내게 집에서 기르는 짐승은 여전히 애완(愛玩)이거나 반려(伴侶) 의 의미가 없는 그저 가축(家畜)일 뿐이었다. 마을에는 개를 기르는 집이 꽤 많았다. 대부분 마당가에 개집을 지어놓고 목줄로 묶어 놓았다. 개장수에게 팔려갈 때까지 개들은 한 번도 목줄을 벗지 못했다. 이웃집에는 수시로 개들이 바뀌었다. 어느 해는 시추였고 또 어느 해 는 테리어였다. 까닭을 물으니 도시에 사는 딸들이 가져다 놓는다는 것이었다. 이들은 도시에서는 애완, 반려견이었겠으나 시골에 온 뒤 로는 비루먹은 개와 다르지 않았다.

목줄로 묶이지 않는 앞집 강아지는 시나브로 개가 되어 우리 집 오 랍뜰을 제집처럼 돌아쳤다. 개는 온통 하얀 빛깔이어서 어디서든 쉽 게 눈에 띄었다. 음식물 찌꺼기를 버리면 제일 먼저 달려왔다. 그런 뒤로 생선 대가리며 국물 우리고 난 멸치들을 먹기 좋게 모아서 내놓 았다. 그렇다고 아무것이나 주는 대로 먹지 않았다. 주둥이를 음식물 에 쑤셔 넣고 무엇을 먹을 때는 옆에서 지껄여도 돌아보지 않았다. 이 름도 없었고 목줄도 없었다. 그랬으므로 아무 데서고 불쑥불쑥 나타 났다. 수돗가에 서서 이를 닦다 이따금 발을 굴러 쫓으면 잽싸게 도 망쳤다. 일 미터쯤.

그러고는 다시 돌아왔다. 쫓아도 멀리 도망가지 않았고 불러도 가까이 다가오지 않았다. 어느 날은 큰 산 기스락에서 까마귀 떼를 쫓고 있었으며 또 어느 날은 논두렁에서 쥐들을 찾고 있었다. '멍멍!'이라고 부르면 힐끗 고개를 돌려 일 초쯤 쳐다보다 그대로 고개를 처박고는 제 할 일을 했다. 온몸에 도깨비바늘을 잔뜩 붙이고 나타날 때도 있었고 바람 없이 포근한 날은 남향받이 볕바른 곳에서 동그랗게 몸을 말고서는 늘어지게 낮잠을 자기도 했다. 언제부턴가 발을 구르며 불러 젖혀도 쓸데없었다.

바람이 몹시 부는 날은 바람을 가르며 논둑길을 내달리기도 하고 그러다가 문득 멈춰 서서 바람결을 느끼는지 가만히 서 있곤 했다. 동쪽 난들까지 서쪽 산 기스락까지 종횡무진이었다. 바람을 가르며 달릴 때는 전력 질주하는 육상선수 같았고 바람결을 느끼며 멈췄을 때는 명상하는 동자승 같은 표정이었다. 마치 낮고 겸손한 태도로 알 수 없는 무엇엔가 가만히 귀를 기울이는 듯한 모습이었다. 어디서부터 어디까지가 개인지 알 수 없었다.

앞집엔 그와 다른 개들이 더 있었고 그 다른 개들은 목줄에 묶여 개집 주변을 떠나지 못했다. 이 '멍멍'이만 예외였다. 마을에는 주인들이 잡아들이기를 포기한 떠돌이 개가 두 마리 있었다. 흔히들 발바리 잡종이라고 불리는 개였다. 꽤 오랫동안 이들은 꼭 짝을 지어 다녔고 하루는 우리 동네 또 하루는 이웃 동네 사방팔방 가리지 않고 제멋대로 돌아쳤다. 마을에서는 집 주변에 똥을 싸놓는다고 원성이 자자

했지만 주인은 어쩔 수 없다며 내버려두었다.

이 떠돌이 개들 말고도 이따금 목줄이 풀린 개들도 마을에 나타났고 마을 이장 또한 풍산개 두어 마리를 풀어놓곤 했다. 하얀 풍산개들은 가끔 온몸이 피칠갑인 채 돌아다녔다. 그 옛날 호랑이 사냥에도 따라나섰다던 풍산개는 요즘도 너구리도 잡고 오소리도 잡았다. 어쩌면 그보다는 흔하디흔한 고라니를 따라다녔을지도 모르겠다. 기척에 예민한 고라니는 앞뒤 없이 냅뛰다가도 어느 순간 제자리에 붙박여 가만히 서 있곤 했다. 사뭇 고요한 표정이었다. 그러다가는 또다시 앞으로 옆으로 경중경중 들이뛰었다.

'멍멍'이는 떠돌이 개들이 낳았을 것이라고 추정할 뿐 확인할 방법은 없었다. 그런데 어느 날부턴가 이 떠돌이 개들이 멍멍이 주변을 맴돌기 시작했다. 그런 날이면 앞집 개들은 제집에서 사정없이 짖어댔다. 나도 더불어 떠돌이 개를 쫓으면 지레 꼬리를 사리고 저 멀리 달아나서는 눈치를 봤다. 그러면 멍멍이는 멀뚱멀뚱 치어다보다가는 고개를 돌리곤 했다. 그러다가도 어느 때는 또 떠돌이 개들과 함께 논들을 가로지르기도 했다. 개들이 나누는 의사소통을 알 수 없으니 가만히 그들을 바라다볼 뿐이었다.

그 사이 고양이들은 컨테이너 주변을 떠났다. 아무 색깔도 섞이지 않은 새까만 고양이는 만나면 반가워서 일부러 멸치를 갖다 놓기도 했지만 여태껏 등장하지 않았다. 그렇다고 개와 고양이가 서로 뒤엉켜 싸운 흔적도 없었다. 가을걷이가 끝나갈 무렵이었다. 그 뒤로 멍멍이는 무럭무럭 자라서 떠돌이 개들보다 덩치가 더 커졌다. 한동안 사납도록 집요하게 멍멍이 주변을 맴돌던 떠돌이 개들 또한 요즘은 뜨막해졌다.

개의 시간과 공간 그리고 장소, 혀의 감각 따위를 알 수 없는 나로서는 생각이 나면 음식물 찌꺼기를 정리해서 모아놓을 뿐 가까이 다가갈 이유도 또 괴롭힐 까닭도 없었다. 어쩌다가 산책길에서 마주치면 소리쳐 멍멍이를 불렀고 멍멍이는 힐끗 고개를 돌려 잠시잠깐 나를 쳐다보다 그대로 제 갈 길로 갔다. 그것이 알은체였는지조차 긴가민가했다. 어쩌면 한 번도 개의 목덜미를 쓰다듬어주지 않은 데 따른 답례였는지도 모를 일이었다.

해 질 녘 부엉이가 울기 시작하고 희미했던 낮달이 점점 밝아오면 곳곳에서 개들 울음소리가 천지를 진동시켰다. 허공을 물어뜯는 듯 하늘에 사무쳤다. 멍멍이는 오늘도 가던 길을 멈추고 가만히 먼 데를 바라다보았다. 기이한 일이었다.

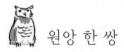 원앙 한 쌍

새끼를 거느린 원앙 한 쌍이 냇물 속 어펑바위 주변에서 맴돌다 눈 깜짝할 새에 수풀 사이로 사라졌다. 매일 같은 장소에서 새들을 지켜 보지만 새와 나 사이에는 건널 수 없는 강이 있었다. 그랬으므로 멀리서부터 미리 발소리를 죽이고 숨도 가만히 내쉬지만 낌새는 새들이 먼저 알아챘다. 엿보는 일은 판판이 실패했다. 어느 해 앞산 골짜기 작은 방죽에서 원앙 떼를 만난 뒤로 마을 한가운데서 만나는 일은 좀 처럼 없었으므로 눈을 사무리고 냇물 속 바위를 내다보곤 했다. 그곳 물속에 하나뿐인 어펑바위에는 백로와 왜가리 그리고 물총새와 흰뺨검둥오리들이 제 터전처럼 오고가고 있었다.

이미 저 세상 사람이 된 법정 스님은 '새들이 떠난 숲은 적막하다' 고 했다. 여기에서 적막(寂寞)은 말할 것도 없이 사람이 살 수 없는 세상을 이르는 것일 테지만 지금은 오히려 적막이 필요한 세상이 되었고 이 적막을 찾아 더 깊은 산과 숲을 향해 걸음을 옮기고 있었다. 그러나 요 몇 해 사이 마을 숲정이 곳곳에 솔수펑이를 밀어내고 등성이를 깎은 뒤 태양광 발전소를 짓느라고 여념이 없었던 까닭에 북쪽과 서쪽에서 흘러온 내와 내가 만나는 두물머리에 그것도 이차선 도로 한편에 원앙이 나타난 것은 놀라운 일이었다. 아니 어쩌면 그래서라도 새들은 골짜기를 피해 마을 한복판으로 들어왔는지도 모를 일이었다.

원앙(鴛鴦)은 전통 혼례에서 신부 측에서는 원앙금침을, 신랑 측에서는 목기러기를 혼수로 사용했을 정도로 부부 금슬, 사랑의 상징으로 추앙받았다. 한번 만나 사랑하면 평생토록 헤어지지 않고 해로한다고 알려진 원앙의 수컷인 '원'은 번식기에 번식 깃이 뚜렷하고 화려해서 암컷과는 다른 종으로 인식되기도 하였으며 번식기가 끝나면 암컷인 '앙'과 거의 비슷한 빛깔로 바뀐다고 하였다. 새들 대부분이 번식기에는 짝을 지어 다녔고 마을 가까운 숲정이와 냇가에서 지내는 오리과인 원앙은 특히 눈에 잘 띄었으므로 인간의 오해를 살 법도 했다.

어떤 상징의 이면을 톺아보면 그것은 인간을 계몽하려고 한다든지, 인간을 위로하려고 한다든지 하는 측면이 없지 않았다. 원앙도 그러한 면에서 자유롭지 못했다. 이를테면 암컷과 수컷이 한번 만나면 평생 해로한다는 말이 그러했으나 원앙은 알을 품고 새끼를 기르는 일은 암컷의 몫이었고 수컷은 새끼 기르기에는 관심이 없으며 번식 초기에 이미 다른 암컷을 찾아서 새끼와 암컷 곁을 떠난다고 했다. 그러니까 원앙 수컷은 짝을 바꾸었으되 인간의 눈에는 새의 속내 따위는 그만두고 그저 한 쌍의 원앙이 있었을 뿐이었다.

그럼에도 원앙을 부부 금슬의 상징으로 여긴 것은 과학적 인식과 관찰 부재 그리고 무지에서 오는 것일지도 몰랐다. 그렇더라도 기억해야 할 일이었다. 이제는 전통 혼례가 거의 사라지고 없다고 해도 그리고 어떤 오류가 있었다고 해도 없었던 일은 아니기 때문이었다. 조선 시대 양반들이 쓴 동식물에 관한 글이 오류투성이라고 해서 폐기하지 않는 것과 같았다. 그것은 시대의 한계이면서 조건이 그러했기 때문이었다. 우리가 여전히 연어나 은어와 같은 회귀성 어류가 왜 모천회귀를 하는지 알지 못하는 것과 닮았다.

냇물 위 물길을 거스르며 암수가 나란히 헤엄치는 사이 새끼들은 수풀 근처에 몰려 있으면서도 냇물 한가운데로 나오지 않았다. 그런데 참으로 이상한 것은 백로 떼와 흰뺨검둥오리 떼가 함께 어울리는 경우가 가끔 있었고 기척을 낼 때마다 백로 떼는 노상 한 발짝 먼저 눈치채고 날아오른다는 것이었다. 흰뺨검둥오리 떼는 백로 떼가 날아오르든 말든 냇물을 떠나지 않고 제 일을 했다. 감각의 문제일까, 불현듯 그러한 생각을 했다. 똑같은 경우는 자주 있었고 그때마다 백로 떼는 어김없이 눈앞에서 날아올라 동쪽으로 날아갔다.

그러나 흰뺨검둥오리 떼만 있을 때는 이와 달랐다. 내 발소리가 점점 그들 곁으로 가까워지면 우두머리인 듯한 녀석이 먼저 움직이며 소리를 냈고 그런 다음 거의 동시에 물을 박차고 날아올랐다. 백로 떼와 함께 있을 때와 같이 내 걸음걸이나 속도가 크게 바뀐 것도 아니었는데 그러했고 또 이 새떼들은 자동차 소리는 아랑곳없었다. 새들

을 해치려는 마음도 없었고 트집을 잡으려는 것도 아니었으니 그곳
에 당도하기도 전에 같은 일이 거듭될수록 오히려 서운하고 아쉬워
발을 굴렀다. 그러고 보니 그저 지켜보자고 했던 애초 마음 따위는 이
미 까맣게 잊고 있었다.

새끼들은 보이지 않고 원앙 한 쌍만이 느긋하게 어펑바위 주변을
맴돌고 있는 가운데 언제부턴가 물총새 한 쌍이 먹이 사냥을 시작했
다. 물총새는 깃털 빛깔이 화려하고 머리도 크고 부리도 사납도록 길
어서 사냥을 아주 잘하는 새로 알려져 있었다. 날아다니기는 또 비호
같았다. 마을 위쪽 냇가에서도 만나고 마을 아래쪽 냇가에서 만났는
데 같은 새인지는 알 수 없었으나 물총새는 구경하는 것만으로도 충
분히 즐거웠다. 아기 주먹만 한 크기의 물총새는 사냥술이 뛰어난 듯
보여도 백발백중은 어림없었고 그저 열에 한두 번 사냥에 성공했으

며 물고기를 입에 물고 바닥에 패대기쳐 기절시키는 것으로도 유명했다. 그곳에 이따금 불새라고도 불리는 호반새가 날아들기도 했다.

새들이 떠난 자리에 멍하니 서 있다가 오던 길을 도서서 북쪽으로 방향을 틀었다. 물둑, 포장된 둑길을 칡덩굴이 슬금슬금 점령하기 시작하면서 둑길은 점점 비좁아졌고 그리하여 뱀의 혀 같은 줄기가 발길에 채였다. 꼬지꼬지 우거진 덩굴들은 마치 열병식을 거행하는 군대처럼 좌우에서 길 한가운데 볕을 향해 덩굴손을 뻗었다. 그럴 때마다 살아 있는 짐승을 만나는 듯 섬뜩섬뜩했다. 이렇게 칡덩굴과 같은 덩굴식물들을 만날 때면 식물은 움직이지 않는다는 편견에 쐐기를 박는 기분이었다. 바람이 불지 않아도 높고 넓은 곳을 향해 너울너울 덩굴손을 뻗어나가는 모습은 차라리 경이로울 지경이었다.

덩굴손을 피해 발을 제겨디디면서 걷고 있는데 작벼리 갈대숲에서 후다닥 무언가 뛰어가는 소리가 들렸다. 길섶 수풀에서 만나는 꿩도 그렇고 논두렁에서 갑자기 튀어나오는 개구리도 그에 못지않았지만 이렇게 외딴 냇둑에서 느닷없이 만나는 짐승들 뜀박질소리도 가슴을 쓸어내리게 했다. 소리의 주인공은 바로 논들에서도 흔히 만나는 고라니였다. 갈대가 냇가를 가득 메운 뒤로는 더더욱 고라니들과 자주 마주쳤고 그럴 때마다 고라니들은 줄행랑을 놓았다. 경중경중 수풀 속을 뛰어 달아나던 고라니는 또 갑작스레 우뚝 멈춰 서서는 주변을 두리번거렸다.

아무런 생각이 없었던 나로서는 그럴 때면 어처구니가 없고는 했다. 그저 우연히 그곳에서 마주쳤을 뿐인데 그렇게 꽁지가 빠져라 달아나더니 이번에는 또 우두커니 서서 까맣고 말간 눈으로 바라보고 있으니 조금은 억울한 기분이 들기도 했다. 씩둑꺽둑 아무 말이나 들려주고 싶은 심정이었으나 고라니는 벌써 달음박질을 다시 시작하여 이웃 마을 냇둑 너머로 사라진 뒤였다. 때를 맞춰 숲 정수리 소나무 우듬지에서는 부엉이가 울었으며 반딧불이도 수풀 사이에서 까막까막했다. 날아다니는 것을 따라갈 수 없으니 가만히 구경하며 냇물이 전보다 맑아진 게라고 생각했다. 반딧불이가 날아다니는 것은 먹잇감인 다슬기가 있다는 것이고 새들이 모여드는 일 역시 먹잇감이 있으니 가능했을 것이었다.

원앙과 새끼들이 떠난 자리에 이번에는 흰뺨검둥오리와 새끼들이 나타났다. 어펑바위는 냇물 한가운데 모래를 파낸 자리에 있었으므로 새들에겐 아주 좋은 쉼터였던 모양이었다. 원앙이든 흰뺨검둥오리든 새끼들은 저희들끼리 무리를 지어 우르르우르르 몰려다녔고 색깔만으로는 그 둘을 구별할 수 없었다. 여전히 나는 새들 가까이 다가가지 못하고 멀찍이 서서 새무리를 구경했다. 그만만도 어디인가.

동지 무렵 마을 풍경

일 년 중 낮이 가장 짧고 밤이 가장 길다는 동지가 지나면서 시나브로 낮이 길어지고 있었다. 동짓날은 태양이 다시 위력을 되찾는 날이기도 하지만 농경 사회였던 조상들에겐 새해 농사를 시작하는 시기이기도 했으니 먼저 잡귀 잡신을 쫓는 벽사를 행하기도 했다. 귀신을 불러들이는 제사상에 붉은 빛깔의 고춧가루를 쓰지 않는 것과 마찬가지로 팥죽의 붉은 빛깔은 또 귀신을 쫓는다고 여겨졌다. 이날 새알심이 든 팥죽도 먹지만 나이도 먹는다고 하여 동지첨치(冬至添齒)라고도 하였다. 내겐 황진이가 쓴 '동지(冬至)ㅅ 달 기나긴 밤을 한 허리를 버혀 내어'란 시조로 더 깊이 각인되어 있었다.

동짓달 초순에 동지가 들면 애동지라 하여 팥죽을 쑤지 않고 팥떡을 먹는다고 하고, 중동지와 노동지에는 팥죽을 쑤어 먹는다고 하였으나 이 또한 지역에 따라 조금씩 달랐다. 우리 집 노인은 맘이 내키는 대로 팥죽을 쑤기도 하고 그렇지 않기도 했다. 그러나 아세(亞歲), 즉 작은설이라고 하여 옛날 관청에서는 달력을 나눠주었다고 하니 동짓날이 양력 12월 22일 전후이므로 새해 달력을 준비하면서 새해 맞을 채비를 하는 것은 예나 지금이나 어금지금해 보였다. 그렇더라도 그때 느꼈을 시간의 속도와 지금 느끼는 시간의 속도가 같지는 않을 것이었다.

매일 변주하듯 조금씩 바꾸던 산책길을 전과 다르게 확 바꾸었다. 자주 걷던 언덕길이 태양광 발전소로 바뀌었고 여전히 공사 중이었기 때문이었다. 흙을 퍼 나르는 덤프트럭들이 일으키는 흙먼지는 사막을 휩쓰는 모래 폭풍을 방불했다. 그렇지 않아도 날씨가 영상과 영하를 반복하는 동안 날이 조금 따뜻한 날은 미세먼지로 뒤덮여 큰 산이 보이지 않았다. 봄철 황사를 걱정하던 때가 엊그제 같은데 이제는 사철 내내 미세먼지 걱정을 달고 살아야 했다. 비도 눈도 없는 메마른 겨울이 이어지면서 새해 벽두부터 양양 지역에서는 큰불이 났고, 고성군 관내 운봉산에서도 산불이 났다.

산불은 대부분 인간에 의해서 발생했다. 지난해 우리 동네에서는 벼락이 쳐서 산불이 나기도 했지만 자연 발화하는 경우는 극히 드물었다. 작은 부주의가 대형 참사를 불러오는 셈인데 산불이 나면 동·식물이 피해를 입는 것은 말할 것도 없이 생태계가 뒤바뀌는 것이니 인간에게도 이롭지는 않을 것이었다. 우리 동네 또한 크고 작은 산불이 끊이지 않았고 산불이 지나가고 나면 계류에 사는 가재가 보이지 않았다. 가재는 2011년 멸종 위기 야생 생물 관찰종으로 지정되었다.

예전에는 흔해서 한겨울 어린 우리들이 개구리를 잡을 때 같이 잡아서 작벼리에서 화톳불을 피워 놓고 불에 구우면 갈색이었던 몸통이 새빨갛게 변했다. 집게발에 물리기도 했지만 그쯤은 어느새 요령이 생겼으며 오도독오도독 씹을 때의 맛은 퍽 별미였다. 그 당시에는 킹크랩이니 대게니 하는 게들을 흔히 볼 수 없었으므로 우리들에게는 가재가 절지동물의 으뜸이었다. 개울에 보가 생기기 전에는 칠성장어, 은어, 연어 하물며 송어까지 올라오곤 했으나 지금은 거의 찾아볼 수 없었고 샘물에 살던 '옹고지'도 그 개체 수가 눈에 띄게 줄어들어 이제는 '옹고지국'도 먹을 수 없게 되었다. 삶과 죽음을 반복하는 게 생명 가진 것의 운명이라고 하더라도 인위적인 소멸은 아쉬울 수밖에.

뱀이 꼬리를 감추듯 해가 지고 나면 바람은 산꼬대하듯 더욱 맵차졌으며 그늘이 드러내던 깊이도 볕과 함께 가뭇없이 사라졌다. 밤이면 세상이 얼어붙는 소리 때문에 잠을 설쳤으나 그믐을 향해 가는 달빛은 더욱 맑고 깨끗해졌다. 덤불 속에 웅크리고 있던 새떼들 놀리는 재미에 흠뻑 빠졌던 순간도 잠시 이마를 스치듯 아슬아슬하게 비껴간 말똥가리 때문에 잠깐 넋을 잃었다. 산등성이를 들어내고 만든 논길을 따라 막 고빗사위를 넘듯 언덕바지를 향해 치오르던 참이었고, 말똥가리는 산 위에서 낮게 날아 동쪽으로 내달리던 중이었다. 말똥가리는 순간 방향 감각을 잃었던 게 분명했다. 까치에게 쫓기던 말똥가리를 올려다보면서 마음속으로 비웃었던 게 바로 조금 전이었다.

놀란 토끼 벼랑바위 쳐다보듯 한동안 말똥가리가 날아간 곳을 바라다봤다. 말똥가리가 까치에게 꼬리가 잡힐 듯 잡힐 듯 쫓길 때 가중

나무에는 또 다른 까치 한 마리가 날개를 퍼덕거리며 가지 사이를 옮겨 다니고 있었다. 까마귀에게도 덤비고 고양이에게도 달려드는 세상 무서울 것 없는 것처럼 나대는 까치 떼는 이미 여러 번 봐 왔지만, 맹금인 말똥가리에게 덤벼드는 것은 또 처음 봤다. 포수 집 강아지 범 무서운 줄 모른다더니 조금 맥이 빠졌다. 새떼들은 끼리끼리 떼를 지어 다니기도 하지만 또 때로는 서로 섞여서 분주탕을 피우기도 했다. 동고비와 박새가 어울리기도 하고 뱁새와 멧새가 서로 넘나들기도 했다. 부엉이가 깃들어 있다고 해서 딱따구리가 도망하지도 않았다.

개울에는 어디로든지 떠나지 못하고 홀로 다니는 백로 한 마리가 언제나 아슬아슬 위태로워 보였다. 간신히 얼음이 녹은 개울가에서 먹이 사냥을 하는 오리들 곁에서 어딘가를 물끄러미 바라보고 있는 모습을 보고 있을라치면 내 몸이 다 추웠다. 덤불 속을 따로 날아다니는 딱새 수컷은 그곳이 덤불 속이어서 그랬는지 외려 씩씩해 보였다. 그것 또한 인간의 눈이 불러낸 망상일 테지만 아무쪼록 이 흙먼지와 왜바람 속에서도 한겨울을 잘 나서 따뜻한 봄을 맞이하기를 기꺼이 바랐다.

겨우겨우 문턱을 넘어서고 나면 그때는 또 방안 세상은 까맣게 잊었다. 창문 밖 바람 소리에 군눈을 팔다 보면 문밖으로는 한 발자국도 나설 생각이 나지 않았다. 큰 산을 오르는 것보다 어쩌면 더 힘든 일은 방문턱을 넘는 일인지도 몰랐다. 문턱을 넘어서기만 하면 그때는 또 다른 세상이었다. 판판이 환호성을 질렀다. 귓볼을 스치는 바람은 매

워도 가슴은 탁 트였다. 마음은 황새걸음이었으나 막상 바람 때문에
라도 앞으로 성큼성큼 나가지 못했다. 하필이면 그때마다 바람은 동
쪽으로 불어댔다. 손이 곱아오고 볼은 시렸지만 안개가 낀 듯 텁텁하
던 마음은 어디로 갔는지 발걸음은 날개라도 단 듯 가볍디가벼웠다.
무엇보다 구름 한 점 없이 거칠 것 없는 쨍쨍한 하늘이 눈에 들었다.

　발걸음은 숲 기스락, 숲정이 입새에서 멈췄지만 아쉽지 않았다.
그 골짜기로 스며들면 아지 못할 풍경이 펼쳐질 것이겠지만 솔수평이
에서 불어오는 솔바람 소리만으로도 이미 무엇도 더는 필요하지 않았
다. 가만히 솔바람 소리에 귀를 기울이는 사이 한동안 볼 수 없었던 방
울새 떼가 까맣게 날아올랐다. 가을바람에 흩날리는 낙엽들처럼 어지
러웠지만 한순간이었다. 도서서 걸을 때면 먼 데 동해 수평선이 한 뼘
쯤 자랐다가 어느 순간 수풀 사이로 사라져 보이지 않았다.

　볕바른 비탈에는 금방이라도 원추리며 까치무릇들이 돋아날 듯
따스해 보였다. 어디선가 버들개지 움트고 매화가 피고 있는지도 모
를 일이었다. 여전히 영상과 영하를 오르내리는 기온이었으나 어쩌
면 그 온도계 눈금에 홀려 엄살을 떨고 있는 것은 아닌지, 발밑이 미
끄러웠다. 바깥일을 하지 않았으나 손과 발가락에 팥알 같은 붉은 점
들이 생겼다. 얼음이 박힌 것이었다. 너테로 덩이져서 반드러운 징
검다리를 건너 학교를 다니던 시절 발가락에 박혔던 얼음들은 날씨
가 되우 추워지면 잊지도 않고 슬그머니 돌아와 자리를 잡았다. 바람
이 따뜻해지고 강에 패름이 일어 얼었던 강물이 풀리면 내 손과 발가

락 얼음들도 녹아 사라질 것이었다. 무엇을 기다리느라고 시간을 탕진할 것이 아니라 한동안 그렇게 같이 살아도 괜찮을 듯했다. 왜바람이 등을 떠밀었다.

발길이 뜸하던 노랑 얼룩, 검은 얼룩 고양이들이 모습을 드러냈다. 고양이들 먹이로 논둑 한편에 놓아두었던 딱딱한 황태 대가리는 그대로 있고 마닐마닐한 양미리만 없어졌다. 쨍쨍하게 맑던 날이 다시 또 잠포록해졌다. 어딘가에 눈 내리고 바람이 불고 있을 것이었다.

다시 노루를 보다

　노루를 보았다. 해는 막 이울어 숲정이에 저녁거미가 내리고 있었
으며 이웃 마을 굴뚝에서는 저녁연기가 가물거리고 있었다. 엉덩이
에 생긴 둥그렇고 하얀 얼룩점은 노루궁뎅이버섯을 빼닮았고 울음소
리는 사납고 꺽셌다. 그곳은 산 기스락을 따라 내가 흐르고 있었고 내
를 사이에 두고 논들이 펼쳐졌으며 민가는 없었다. 저녁 산책길에 산
으로 올라서지 않으면 길은 끊겨 그쯤에서 돌아서야 하는 막다른 그
곳에 살구나무가 한 그루 있어 이제나저제나 꽃은 언제쯤 피려나 들
여다보곤 하는 곳으로 멀리 노인산도 올려다보고 가까운 복가산도 둘
러보면서 잠시 한눈을 파는 곳이었다.

　갈대숲으로 변한 냇가 작벼리에는 이따금 고라니들이 출몰했으나
고라니는 사철 내내 흔히 볼 수 있었으므로 걸음을 멈추어서 뛰어가
는 방향을 가늠할 뿐 오래 지켜보지는 않았다. 그렇게 흔히 볼 수 있
는 고라니와 달리 마을에서 노루를 보는 일은 드물었다. 어느 해 한겨
울 폭설이 내려 사방천지 길이 막혔을 때 노루들이 산 아래 골짜기로
몰려 내려왔다는 이야기를 전해들은 뒤 한동안 소식이 감감했던 노루

였다. 걸음을 멈추었다. 노루도 머춤하더니 빤히 나를 내려다보다 기어이 몸을 돌려 산 위로 뛰어올랐으나 곧 다시 멈추었다. 엉덩이 얼룩점이 하도 크고 환해서 손을 내뻗으면 금방이라도 손안에 들어올 듯했지만 노루는 내 사정 따위는 아랑곳없었다.

이따금 옛날이야기를 하던 아버지는 산짐승 이야기가 나올라치면 새끼 노루를 기르던 때를 회상하곤 했다. 장사니라고도 불리는 새끼 노루를 집에서 길렀고 이 새끼 노루가 얼마 못 가 죽었다. 아버지 결론은 아마도 사람이 먹는 음식 그러니까 '간이 된 반찬'을 먹여서 그리된 것이라고 여겼다. 아버지가 한창 농사를 짓던 젊은 시절 우리 집에는 온갖 집짐승들이 있었다. 늘그막에는 청둥오리까지 길렀으니 아버지가 새끼 노루를 기르려고 애썼다는 말은 허언이 아니었을 것이었고 죽음의 원인을 사람이 먹는 밥반찬 때문이었다고 짚은 것도 일리 있을 것이라고 생각했다.

그러면서 노루 고기를 먹으면 '재수가 없다'는 민간의 금기까지 전해주었고 나 또한 유전처럼 노루 고기를 먹으면 재수가 없을 것이라고 여기게 되었다. 금기의 이면에는 여러 맥락이 있을 테지만 먼저 노루의 여러 가지 쓰임을 생각해 보면 그 일면을 어림짐작할 수 있을 듯했다. 사슴과 동물인 노루는 어른 노루와 새끼 노루, 암컷과 수컷을 부르는 이름이 따로 있었으나 한자를 살펴보면 노루와 사슴, 고라니를 섞어 쓰는 까닭에 어느 것을 가리키는지 쉽게 알 수 없었다. 사슴은 물론 노루와 고라니는 모두 같은 사슴과 동물이다. 남한에선 일제 강점기에 야생 사슴은 멸종했으며 지금 사슴 농장에서 기르는 사슴들은 수입종이라고 알려졌다.

국수 이야기를 할 때면 흔히 인용되곤 하는 평북 정주 출신의 시인 백석(白石)이 남긴 유일한 시집 제목이 다름 아닌『사슴』이고, 그가 쓴 시 가운데 노루라는 시가 두어 편 보이는데『사슴』에 실린 '노루' 전문은 두 줄로 '山곬에서는 집터를 츠고 달궤를 닦고/ 보름달 아래서 노루고기를 먹었다' 이고, 잡지「조광」에 실린 '함주시초 – 노루' 편은 산골 사람이 새끼 노루를 팔러 왔고 새끼 노루가 당콩순을 다 먹었다고 즉 강낭콩 싹을 먹었기 때문이라고 값으로 서른 닷 냥을 부르고, 산골 사람을 닮은 새끼 노루는 산골 사람의 손을 핥으며 가랑가랑한 눈으로 흥정소리를 듣는다고 하는 내용이다. 시집『사슴』은 일제 강점기인 1936년에 발행되었고, '함주시초–노루' 편은 1937년 조광에 실렸다.

어르신들과 이야기를 나누는 가운데 '놀기'가 어쩌고 하시는데 맥락으로는 노루나 고라니 같은데 정확하게 놀기가 어떤 동물인지 몰랐으므로 그제야 여쭈니 "그 왜 있잖아?" "노루요?" "아니 그 왜 콩 이파리 뜯어 먹는?" "아, 고라니?" 그제야 고개를 끄덕이셨다. 그러니까 어른들께는 노루가 고라니요, 고라니가 곧 노루로 그놈이 그놈이었다. 국어사전에 따르면 놀기는 평안도, 함경도 방언이었다. 그런데 고라니는 콩밭은 귀신같이 찾아서 예초기로 벤 듯 결딴냈지만 들깻잎은 또 입도 대지 않았다. 왜 들깻잎은 먹지 않는지 그 이유가 궁금했지만『겨울잠을 자는 동물의 세계』를 쓴 리자 바르네케가 한 말을 가만히 떠올릴 뿐이었다.

복작노루라고도 불리는 고라니는 송곳니는 있으나 뿔은 없는 반면 노루는 뿔도 있고 엉덩이에 흰 얼룩점도 있어서 고라니와 구별되었다. 무엇보다 논밭에 흔히 등장하는 동물은 고라니가 단연 으뜸으로 농사짓는 어른들에게는 말 그대로 원수였다. 논밭 작물을 망가뜨리기 때문이었다. 멧돼지가 옥수수 밭과 고구마 밭을 파헤치는 것처럼 고라니는 콩밭은 물론이거니와 하물며 당파까지 결딴내서 원성을 샀다. 들깻잎만 빼면 밭에 심는 작물 이파리는 다 먹는다고 해도 지나친 말이 아니었다. 농가에서는 전기 울타리까지 동원했지만 쉽지 않았다. 여름에 새끼를 낳는 고라니에겐 생사를 다투는 일일 것이었고 노루도 마찬가지였을 것이었다.

『삼국사기』는 물론 '조선 시대 선비들이 기록한, 조선 시대 사람들의 눈에 비친 동물에 관한 이야기'를 모은 책 『조선 동물기』에도 사슴과 고라니에 관한 이야기가 나온다. 지봉 이수광이 쓴 『지봉유설』과 이유원이 쓴 『임하필기』에도 한라산에 산다는 흰 사슴과 고라니 고기와 고라니 가죽으로 만든 궤자(麂子) 신발을 비롯하여 고라니 고기는 맛이 아주 좋고, 고라니 가죽으로 만든 신은 질겨서 가짜 가죽신이 나오기도 했다는 얘기가 실렸다. 리처드 포티가 쓴 『나무에서 숲을 보다』에도 중세 영국에서 사슴 사냥터와 왕실림은 왕실과 귀족의 상징이었다는 구절이 있는 것을 보면 사슴과 동물은 동·서양을 막론하고 인간과 매우 가까운 동물이었음에 틀림없어 보인다.

노루는 속담은 말할 것도 없고 꽤 많은 속설들이 전해지고 있었다. 그러고 보면 지금보다 옛날이 노루 개체수가 더 많았던 것은 아닐까 싶으면서도 노루와 고라니, 사슴을 아울러 쓰는 관습에 따라 고라니에 대한 특별한 속설은 없는 게 아닐까 싶기도 했다. 그러나 마을에서는 멧돼지를 사냥하던 시절에도 노루를 사냥했다는 소식은 없었다. 노루 뼈를 약재로 썼다는 이야기는 들었지만 고기를 먹었다는 얘기는 못 들었으나 문헌에는 노루 뿔과 피는 물론 고기가 맛이 좋아 육포로도 만들었다고 하니 어떤 맛일지 몹시 궁금했다. 그렇지만 노루를 식용으로 사육한다는 소식은 듣지 못했다.

어느 사냥꾼이 말했다. 멧돼지는 볕바른 곳을 좋아하는 반면 노루는 그늘진 곳을 좋아한다고. 볕이 좋았던 어느 해 봄날 진달래 꽃잎을 따러 앞산에 들어갔다가 진달래나무 그늘에 검정 콩 같은 새까만 똥 무덤을 보았다. 어느 동물 똥인지 궁금해 했더니 폭설로 인해 눈이 적은 떨기나무 그늘로 옮겨서 지낸 노루 똥이라고 일러주었다. 고라니 발자국과 멧돼지 발자국은 쉬이 구별을 하면서도 고라니 똥과 노루 똥은 쉽게 구별하지 못했다. 최태영과 최현명이 쓴『야생동물 흔적 도감』을 보면 고라니 똥은 살짝 찌그러졌고, 노루 똥은 총알 같다고 했지만, 토끼 똥과 너구리 똥처럼 확연하게 다르지 않았으므로.

산 위 비탈로 내뛰던 노루는 한순간 우뚝 멈추더니 이번에는 듣그럽게 울기 시작했다. 음울하고 불길한 소리에 눈살을 찌푸렸다. 온몸으로 우는 울음소리는 몹시 고통스럽게 들리면서도 한편 매우 이상스럽게 여겨질 정도로 그 목소리가 탁하고 거칠었다. 방금 눈앞에서 헤어지지 않았더라면 아마도 크게 다쳐 우는 것이라고 여길 만했다. 어찌 들으면 애 끊는 듯도 또 어찌 들으면 뜻 없이 공허한 듯도 해서 그 울음소리를 듣고 있노라면 도와주고 싶은 게 아니라 어서 쫓아버리고 싶어진다. 가느다란 다리로 잘도 달리면서 그러면서 또 잘 놀라기도 하는 노루의 전략일지도 모를 일이었지만. 인간과 동물이 접점을 찾지 못하는 내내 마을과 숲정이 사이를 오가는 산들에 사는 짐승들에게 인간은 내리 포식자이며 사냥꾼이었는지도.

운봉산을 오르내리며

바람의 방향이 바뀌었다. 메마르고 까칠까칠하며 뜨뜻미지근하던 겨울이 여전히 뭉그적거리고 있었지만 어느 것은 싹부터 틔웠고 또 어느 것은 꽃부터 피웠으니 아무 데나 걸어도 온몸에 생기가 돌 것 같은 날, 먼저 나온 날짐승, 들짐승과 산짐승들이 산들을 누비며 온통 분주탕이었다. 그 가운데 겨울잠에서 깬 개구리 울음소리가 단연 드높았다. 냇물의 높이는 갈수록 낮아지고 있었으나 작벼리 버드나무들은 하늘 높은 줄 모르고 버들개지를 피워 올리고 있었다. 때를 기다리고 있던 숨탄것들은 하나같이 기지개를 켜며 발돋움을 시작했다.

자신이 심은 나무를 십수 년이 지나 만나는 기분이란 어떤 것일까. 오며가며 멀리서 운봉산을 바라다보기는 했지만 까맣게 잊은 날들이 더 많았다. 나무를 심은 뒤 한 번도 찾지 않은 것은 그 나무들 안부가 궁금하지 않아서가 아니라 굳이 찾을 까닭이 없었고 더구나 일반에게 등산로가 개방된 것은 불과 수년에 지나지 않았기 때문이기도 했다. 또한 사람이 변하듯 숲도 변할 뿐만 아니라 나무를 심은 사람이 나였다고 해서 그 나무의 주인이 곧 나인 것은 아니었다. 그곳에 나무를 심게 된 것은 2000년 4월 7일, 토성면 학야리에서 시작된 산불로 1,210ha에 이르는 산이 불탔기 때문이었다. 불이 난 뒤 관내 산림조합에서 일꾼을 모아 품삯을 주고 나무를 심었고 나는 이웃 동네 전 아무개 어르신 팀에 합류하여 팀에서 가장 어린 나이로 어르신들과 함께 나무를 심으러 이 골짝 저 골짝 다람쥐처럼 옮겨 다녔다.

운봉산 일대에 심은 나무는 튤립나무와 자작나무가 주종을 이뤘다. 그때도 뜨악했지만 지금도 여전히 의아하게 생각하는 것은 왜 북아메리카 원산인 튤립나무, 즉 백합나무를 심는 것인가 하는 것이었다. 속성수, 다시 말하면 빨리 자라는 나무라고는 하지만 굳이 북미 원산인 나무를 산중턱에 심는 까닭을 몰라서였다. 내가 다녔던 학교에는 서너 아름이 넘는 튤립나무들이 있었다. 그 학교는 일제 강점기에 농업학교로 출발했고, 교정에는 수많은 나무들이 있었고 그 가운데 이 튤립나무도 있었으나 무심했다. 도서관 앞에 자귀나무가 있었고 그때는 나무 이름을 몰라서 우리끼리 '천사 꽃'이라고 꽃 이름을 짓기는 했지만. 튤립나무는 1920년대 우리나라에 들어왔다고.

7번 국도에서 운봉산을 바라다보면 거대한 학교 종처럼 보였다. 멧부리로 오르는 등산로는 세 곳이고 먼저 운봉리 용천사 쪽에서 시작했다. 용천사 쪽과 학야리 쪽은 산의 물매가 가파르나 용천사 쪽에서 오르면 식재한 튤립나무 떼판을 볼 수 있었고 학야리 쪽에서 오르면 그 유명한 현무암 주상절리를 만날 수 있다. 운봉리 미륵암 쪽에서 오르면 구불구불 휘돌며 거북바위와 같은 거대한 바윗돌과 산중턱에

서 샘을 볼 수 있으나 아무래도 내 관심은 내가 심은 나무들 안부가 먼저였으므로 용천사 쪽에서 신발끈을 고쳐 맸다. 그날은 마침 삼일절이었고 인근 부대에서 나온 장병들이 삼일절 100주년 기념을 위해 산에 오르기 위해 앞장을 섰다. 내 걸음으로는 그들을 따라잡지 못할 것이니 멀찌감치 뒤섰다.

줄 맞춰 늘어선 튤립나무들이 눈앞에 들어왔다. 말 그대로 속성으로 자라서 바람을 덜 탄 나무들은 벌써 아름드리로 미추룸했고 바람부리에 선 나무들은 기름하기는 했으나 몸피를 늘이지는 못했다. 그래도 반가웠다. 가만가만 나무의 겉껍질을 쓸어보았다. 봄이 오고 있었으니 나무에 물 흐르는 소리라도 힘차게 들렸으면 좋으련만 내겐 그저 나무들 거친 껍질만 느껴질 뿐 미세먼지로 인한 답답함이 쉽게 가시지 않아서 거친 숨을 몰아쉬며 다리쉼을 했다. 앞선 장병들 걸음으로 오르면 채 이십 분도 걸리지 않을 거리를 해찰하면서 놀멘놀멘 마냥 늘어질 듯하던 걸음을 재촉했던 것은 나무 계단 때문이었다. 물매가 가파르고 낡삭아 푸실푸실해진 화강토 때문에 계단을 놓았겠으나 거인의 걸음걸이가 아니라면 봉충걸음이 되기 일쑤였다.

튤립나무들 사이로 길이 났고 안내판도 하나 서 있으나 튤립나무에 대한 소개만 있을 뿐 왜 운봉산 중턱에 튤립나무가 있는지에 대한 설명은 없었다. 풍경은 기원을 은폐하기 마련이라지만 기왕 안내판을 세운 것이니 튤립나무를 식재하게 된 배경까지 설명했더라면 좋았겠다 싶은 마음이 남아서 못내 아쉬웠다. 우리 집 마당에도 그때 얻어 온 튤립나무 한 그루가 이제는 지붕을 넘어서 키 큰 전봇대만큼 자랐다. 덩치와는 다르게 연노랑 빛깔의 꽃은 찔레꽃머리에 튤립 꽃 모양으로 소주잔만 하게 피었으며 늦가을에 맺는 열매는 흔히 구과(毬果)라고 불리는 길둥그런 모양으로 여러 겹의 비늘 조각이 포개졌다. 씨앗은 아무 데서고 싹을 잘 틔워서 봄이면 어린 싹을 없애는 데 손품을 보태야 했다.

다리쉼을 하면서 먼 데도 잠깐씩 둘러보았으나 먼지로 가로막힌 세상은 더 이상 시야 확보를 허락하지 않았다. 그렇지만 도원리 쪽에서 발원한 문암천은 뚜렷해서 알아볼 수 있었다. 문암천이 다다른 동해에는 국가지질공원으로 지정된 능파대가 있으며 이곳에 있는 바위들은 바닷바람에 씻기고 닳아서 벌집 같기도 하고 해골 같기도 하며 또 너른 안반 같기도 하고 높이 치솟은 봉홧불 같기도 해서 어느 것 하나도 같은 것이 없었다. 그러니까 벌집 모양의 타포니(taffoni)와 접시 모양의 나마(gnamma)로 이루어진 능파대는 그야말로 기암괴석으로 이루어진 돌섬이었지만 이 또한 세월이 흘러 육지와 맞닿으면서 이제는 해안선이 되었다.

능파대엔 필적의 주인에 대한 논란이 있는 바위 글씨도 있으나 나무 계단으로는 갈 수 없고 바윗돌을 타고 넘어야 하며 바닷바람에 씻기고 깎여 글자는 희미하고 거기에 낙서까지 생겼으며 최근엔 능파대 바위들과 잇대어 삼발이, 즉 테트라포드를 설치했다. 오호 서낭바위처럼 능파대에도 실타래를 놓고 촛불도 켜고 그리고 잔을 붓고 정성

을 들이는, 그러니까 서낭신을 모시는 성스러운 장소로서 흔적은 여전했지만 주변은 이런저런 쓰레기들로 에넘느레했다. 쓰레기는 운봉산 멧부리, 오호 서낭바위도 마찬가지였다. 발품을 들여 찾는 장소를 푸대접하는 까닭을 알지 못했다.

운봉산은 고성군에 있는 '강원평화지역 국가지질공원' 가운데 하나로 신생대 제3기 현무암 분포 지역이다. 신생대 제3기는 약 6천5백만 년 전부터 2백만 년 전까지의 시기라고 하는데 인간의 시간으로 지구의 역사를 헤아리는 일은 늘 아마득하다. 그러나 용천사 쪽에서 산 정수리로 오르면 흔히 주상절리(柱狀節理)라고 부르는 현무암 지대, 즉 돌이 흘러내리는 듯한 돌강은 보기 힘들었으므로 학야리 군부대 쪽에서 올라야 한다. 운봉산은 화강암 기반 위에 현무암을 올려놓은 듯한 형국인지라 학야리 쪽에서 오르다 옆길로 가로새면 말 그대로 장대한 돌강과 마주할 수 있다.

육각형의 돌기둥이 있는가 하면 깨지고 부서진 돌들도 있었으나 그렇게 제각각인 돌들이 서로 뒤엉켜서 거대한 흐름을 만들면서 골짜기와 마루가 생겼으며 마치 물길이 난 듯 높고 낮았으며 가장자리에는 또 소나무와 참나무류 그리고 생강나무와 노박덩굴들이 돌들 사이에서 제 영역을 넓히고 있었다. 돌강, 그 돌들 사이에 서 있으면 마치 수백만 년의 시간이 내 앞으로 돌진하는 듯하여 섣부르게 발을 내디딜 수 없을 뿐만 아니라 그 기세만으로도 넉넉히 시간 앞에 겸손해지지 않을 수 없다. 인간의 시간을 켜켜이 쌓아올려도 자연의 시간에 댈 수 없을 테지만 그렇다고 인간의 시간이 하찮은 것은 또 아닐 것이었다. 자연의 시간 속에 인간의 시간이 스며들었고 인간의 시간 속에는 또 자연의 시간이 섞여들어 서로는 따로 떼어서 생각할 수 없는 불가분의 관계일 것이었다.

길은 여러 갈래였지만 여러 갈래 길을 동시에 걸을 수는 없으므로 어느 한 곳을 택해야 했다. 잘못 찾아든 길에서는 노루를 만났으나 정강이엔 생채기가 났다. 길을 되짚어 올라 등산로를 찾았고 미륵암 방향으로 길을 잡았다. 놀라운 것은 산 정상 아랫부분에 빙 둘러가며 토치카 그러니까 참호가 있고 이 참호와 참호를 잇는 교통호가 등산로로 사용되고 있었다. 예전엔 상상할 수 없었던 일이 아무렇지도 않게 일어나고 있었다.

오디는 오달지다

　외진 곳 길섶에 서서 오디를 딴다. 손바닥이 시퍼레지고 끈적거려도 가지를 잡아 늘어뜨려서는 한편으로는 벌레를 쫓아내면서 또 한편으로는 농익은 열매를 찾아 이리저리 가지를 훑어보면서 한 줌이 될 때까지 모아서 한입에 털어 넣는다. 뭐랄까, 마치 귀한 무엇을 먹는 듯 아껴 먹으려는 생각을 앞질러 입을 움직여서는 열매 맛을 느낄 새도 없이 삼키고선 또다시 까치발을 하고서 나뭇가지를 당기어 휘어잡고서는 한 알 한 알 정성스레 따서 손바닥에 모은 뒤 또다시 단숨에 넣고 후물거리고서는 익지 않은 열매를 아쉬운 듯 올려다본다.

　앵두도 따서 먹는다. 한 줌이거나 한두 알이거나 한입에 털어 넣고 우물우물 단맛과 신맛 등이 뇌 속을 관통하는 동안 발걸음은 이미 나무들을 등지고 저만치 앞서 나간다. 이웃집 앵두는 논두렁에 있어 제초제 걱정을 하면서도 맛을 안 볼 수 없어 기꺼이 두어 알 따서는 맛을 보지만 아직은 덜 익은 것이 다행이라면 다행이었다. 그렇다고 덜 익은 것을 몰랐던 것은 또 아니면서도 끝내 열매를 따서 맛을 보고서는 퉤, 퉤 인상을 째푸리는 것이다. 농익은 앵두 빛깔은 말가면서도 환해서 단번에 알아볼 수 있는데도 굳이 덜 익은 열매를 딴다. 씨앗을 뱉어내는 재미를 포기하지 못해서이다.

꽃이 핀 채로 자라면서 모양이 바뀌는 노랑제비꽃은 말할 것도 없고 고깔제비꽃과 남산제비꽃들을 찾아 앞산을 헤덤벼치던 때가 엊그제인데, 논들은 벌써 모내기를 끝냈다. 노루귀도 꽃은 지고 이파리만 뒤로 돋아서 꽃만 알고 잎은 모르는 이가 보면 그저 이름 모르는 풀에 지나지 않을 만큼 눈 깜짝할 새 환영처럼 계절이 지나갔다. 어쩌면 이제는 봄날이 무르익었다고 말할 기회를 영영 잃어버린 것일지도 모를 일이었다. 봄과 여름이 뒤섞이면서 예전과 다르게 오뉴월에 피던 꽃들이 사월에도 피고 오월에도 피었으니 철을 이야기하고 때를 들먹거리는 일이 점점 고루해지고 있는 듯했다.

그렇더라도 복사꽃이 피면 황어가 돌아오듯 겨울이 가면 봄이 온다는 감각은 여전히 유효했으므로 요강나물 검은 꽃을 찾아가고 삼지구엽초의 돛처럼 생긴 연노란 빛깔의 꽃을 찾아서 숲정이를 이리저리 덤벼쳤다. 오월에 피던 꽃들이었으나 이제는 사월에 죄다 피었으므로 걸음이 바빠지지 않을 수 없었다. 그러나 숲 기스락에서 피고 지던 요강나물은 간 곳이 없었다. 요강나물은 미나리아재비과에 속하며 천여 미터 높이의 고지대에서 자라는 것으로 알려진 한반도 고유종이다. 종 모양의 꽃은 마치 보풀이 인 융 같은 털이 있으며 꽃빛깔 또한 흔하지 않은 검은 색으로 여러 포기가 이웃해서 떼판을 이루는 여러해살이풀이다.

없던 길이 숲 기스락에 생긴 까닭은 숲 깊숙한 안쪽에 태양광 발전소를 건설하려고 길을 냈기 때문이었다. 마을 숲정이에 태양광 발전소가 생기면서 그곳에 깃들었던 삼지구엽초, 천마를 비롯해서 나무와 그리고 짐승들은 이미 사라졌다. 그런데 이번에는 또 다른 곳에 태양광 발전소를 지으려고 터 닦기를 하고 있었다. 마을을 둘러싼 숲정이가 태양광 발전소로 바뀌면서 도롯가에는 높디높은 전봇대가 들어서기 시작했다. 정치가 세상을 바꾼다고 치면 정치는 또 사람의 일일 텐데, 숲이 사라진 세상은 사람이 살 만한 세상일까.

아쉬움 끝에 누구도 찾지 않는 외진 곳에서 겨우 한 포기 요강나물을 찾아냈다. 고비와 참나물, 더덕들 사이에서 핀 요강나물은 막 꽃봉오리가 열리기 직전이었다. 마을 숲정이 여러 골짜기 가운데서도 유독 그곳에서만 피고 지는 꽃이었으므로 아쉬움이 없을 수 없었다. 모든 동식물이 생멸을 반복한다고 하더라도, 자연스레 소멸한다고 하더라도 내 생에서 사람의 손길에 의해 사라지는 것을 목격해야 하는 일은 슬프지 않을 수 없다. 커트 윌리스 존슨이 쓴 『깃털 도둑』을 읽다 보면 인간의 탐욕과 욕망이 어떻게 자연을 파괴하고 세상을 일그러뜨리는지 다시 한번 느끼게 된다.

4·27 판문점 선언과 9·19 평양 공동 선언 이후 비무장 지대는 더욱더 들썩거린다. 아니 이곳 고성은 금강산 관광이 시작된 1998년 이

전부터 남북 화해 분위기가 조성될 때마다 땅값이 뛰어오르기를 반복했다. 비무장이어야 했지만 중무장 지대가 된 비무장 지대, 즉 DMZ가 있고 그 한 가운데 군사 분계선이자 휴전선이 지난다. 군사 분계선 바깥 2km 지점을 남방 한계선이라고 부르며 그 아래 지역을 민간인 출입 통제 구역 그리고 접경 지역으로 나눠 민간인들 출입을 통제하고 있으나 휴전 이후 칠십여 년 가까이 주민 생활 편의라는 명목으로 민통선이 남방 한계선에 가깝도록 그 폭이 점점 좁혀지고 있었다. 생태와 평화는 공존이 가능하기는 한 것일까.

오월이 되어야 돌아오던 뻐꾸기와 꾀꼬리와 같은 여름새들이 사월에 벌써 귀환했다. 밤이면 귀신새라고도 불리는 호랑지빠귀와 소쩍새가 서로를 호명하듯 울었다. 봄이 짧아지면서 여름새들이 일찍 도착했다. 음력 삼월 삼짇날 돌아온다고 하던 제비 또한 양력 삼월에 이미 등장했다. 기후가 바뀐다는 것은 무엇을 의미하는 것일까. 이른 봄에 잡히는 청어가 초여름에도 잡히고, 오월이면 어판장에 등장하던 꽁치는 또 볼 수가 없으며 제주도에서 잡히던 방어가 이제는 동해안 주요 어종이 되면서 이를 기회로 강원도 고성에서는 방어 축제를 준비하고 있다.

아버지가 어부였던 이웃 마을 여든이 넘은 어르신께 청어가 난다고 알려드렸더니 어릴 적 드셨던 '소청어'와 '늘청어' 얘기를 하신다. 회로는 늘청어만 한 것이 없고 지금은 볼 수가 없다고, 고등어회는 회축에도 끼지 못한다고. 그러면서 요즘 자반고등어와 젊은 시절 드셨

오디

던 자반고등어 차이도 말씀을 하시는데, 자반고등어를 지금처럼 금방 절여서 먹는 것이 아니라 고등어를 소금으로 '대를 질러서'(소금과 고등어를 일대일로) 해를 넘긴 다음, 한여름에 호박을 넣고 지지면 지금과 같은 고등어 비린내 없이 먹을 수 있다고. 큼지막한 방어 또한 소금으로 대를 질러 두었다가 쪄서 먹으면 짭짤한 감칠맛이 도는데 그만한 맛이 없었다고.

오징어와 명태로 대표되던 동해안에 명태는 그만두고 이제는 오징어조차 흔히 볼 수 없는 지경에 이르렀다. 기후 변화로만 에끼기에는 어딘지 아쉬운 구석이 없지 않았다. 지난봄에도 어른 가운뎃손가락만 한 오징어가 어시장에 나왔다. 물론 먹는 사람 입장에서는 통째로 삶아서 한입에 넣을 수 있으니 좋을 테지만 새끼 아닌가. 새끼는 알을 낳지 못하니 키워서 잡아먹는다는 말은 괜한 말이 아니었다. 그옛날 명태와 노가리를 굳이 구분해서 노가리는 명태 새끼가 아니라고 면죄부를 주어 남획을 부추겼다. 그 뒤로 어획량이 제로에 이르렀고 그제야 부랴사랴 명태 살리기를 하고 있지 않은가.

어른들은 채 익지 않은 개복숭아, 돌복숭아 열매를 딴다. 발효액을 만들기 위한 것이라고. 그런데 열매는 다 익어야만 열매로서 역할을 할 텐데, 미처 익지 않은 열매로 담근 발효액이 제 기능을 할지 자못 궁금하다. 마을 밖 사람들도 자동차를 타고 마을에 들어와서 눈에 띄는 대로 가지를 훑듯 열매를 땄다. 매스미디어에서 무엇이 좋다고 언급되는 순간 언급된 식물은 그때부터 수난이 시작되었다. 칡이 번성하는 걸 보면서 칡이 어디어디에 특효라고 하면 들판이든 숲 기스락이든 칡들이 순식간에 사라질 텐데, 잠시 딴생각을 했다.

한 치 앞이 어둠이라는 속담이 있기는 하지만 우리는 어느 정도 예측이 가능한 시대를 살고 있다. 당장의 이익을 위해 미래를 저당 잡히지 않는다면 말이다. 그러나 우리는 미래는 그만두고 내일조차 염두에 없는, 하루만 살고 말 것처럼 서둘러서 가진 것을 탕진하고 있다. 나만, 내 가족만, 우리 식구만 괜찮다고 해서 세상이 망가져도 아무렇지 않을 수 있을까.

오랜 봄가물 끝에 비가 내린 뒤 논두렁 앵두 열매는 새빨갛게 영글어 맛이 들었고, 외진 곳 길섶에 뽕나무 오디는 거의 다 따먹고서는 얼마 남지 않았다. 길가에 벚나무 열매인 버찌 또한 헤아릴 수 없을 만큼 다닥다닥했다. 봄가물이 길어지면서 초여름에 익어가는 열매들은 맛이 달고 깊었다.

숲을 알 수 있는 날이 올까

숲이 흔들렸다. 멧토끼가 뛰어오른 뒤 이명처럼 바스락거리는 소리가 들렸지만 키 작은 수풀은 이제 전혀 다른 세상이었다. 버섯을 찾던 눈길을 멈추고 돌아서서 집으로 향하던 길이었다. 크고 작은 등성이와 골짜기를 넘어서 마지막 등을 넘으면 이제 내리막길이었고 계류를 하나 건너면 마을로 들어서는 숲 입새에 다다를 수 있었으므로 무방비 상태에서 막 등성이에 올라서던 참이었다. 이따금 그곳에 앉아서 먼산주름을 바라다보기도 하고 눈앞에 구절초를 들여다보기도 하면서 다리쉼을 하던 곳이었으므로 아무런 생각 없이 그저 한 발을 내딛었을 뿐이었다.

멧토끼를 만난 것은 하도 오랜만이어서 환영을 본 것인가 잠시 의심했지만 눈앞의 멧토끼는 걸음을 멈추고 두 귀를 쫑긋거리며 잠시 두리번거리다 그예 꽁지가 빠져라 수풀 속으로 사라졌다. 순간 암전이 된 것처럼 눈을 감았다 떴다. 숲에서 산짐승과 맞닥뜨리거나 먼발치서 눈에 띄는 것은 어쩌면 당연한 일이겠으나 실제는 그러하지 못했다. 더구나 그곳은 바람맞이 산등성이어서 키 큰 나무가 적었으며 어쩌다 한두 그루 서 있는 나무들도 낡삭은 묏등 주변에만 있는, 거친 산버덩처럼 보이는 곳이었다. 내리쬐는 볕을 피해 고목었으나 키가 작은 소나무 그늘을 찾아들어 배낭을 벗어놓고 잠시 숨을 골랐다.

한겨울 눈이 내려 쌓이면 작은오빠는 동네 친구들과 토끼 사냥에 나섰다. 작대기를 하나씩 들고서 패를 나눠 산 위와 아래를 훑으면서 나무 그늘에 숨었던 토끼를 발견하여 튀기면 그때부터 멧토끼와 인간들 싸움이 시작되었다. 멧토끼는 길고 튼튼한 뒷다리 힘을 받아서 오르막에서는 날쌔지만 내리막에서는 또 짧은 앞다리가 영 힘을 못 쓰는 까닭에 몰이꾼들은 갖은 꾀를 써서 멧토끼를 산 아래로 내리몰려고 했지만 멧토끼라고 저 죽을 구멍이 그곳인데 그리 녹록하게 산 아래로 도망할 까닭이 없었다. 그러나 그 시절에는 지금보다 멧토끼가 많았고 어찌되었든 사냥에 나서면 한두 마리는 잡았다.

멧토끼 털가죽은 귀마개 등을 만들 수 있는 요긴한 재료였으므로 사냥한 멧토끼를 손질할 때 털가죽을 망치지 않도록 한쪽에 칼집을 낸 뒤 대롱으로 바람을 불어 넣어 가죽을 벗겼다. 그렇지만 이제 마을에서는 누구도 사냥을 하지 않았다.

양이 많지는 않았지만 송이도 보았고 능이도 만났으며 싸리버섯도 두어 개 그리고 흔히 잡버섯이라고 하는, 갓이 냉면 대접처럼 둥글넓적하게 생긴 접시껄껄이그물버섯도 여러 개 만났다. 접시껄껄이그물버섯은 버섯들 가운데 단연 우뚝 커서 어디서든 눈에 잘 띄었지만

마을에서는 누구도 식용하지 않았다. 갓은 거북 등딱지처럼 갈라지고 색깔도 짙은 갈색과 노란색이 어우러져 보기도 좋았지만 그래서 역으로 독버섯처럼 보이기도 했다. 하지만 이 버섯은 먹을 수 있는 버섯이었다. 그러나 마을에서는 누구도 이 버섯을 식용이라고 생각하지 않았다.

습관처럼 지난해 오갔던 골짜기와 등성이를 찾아다녔지만 이미 앞선 발자국을 보았던 터라 알지 못할 허탈감으로 다리에 힘이 빠졌다. 그것은 버섯 양과는 크게 상관없었다. 그저 다른 이들 뒷거둠을 하는 듯한 기분이 싫었기 때문이었다. 버섯이 하나든 두 개든 오롯이 처음 만날 때의 그 황홀을 다른 이와 나누고 싶지 않았을 뿐이었지만 때때로 내 욕망을 무지르듯 선명한 흔적이 나를 맞곤 했다.

물매가 가파른 비탈을 미끄러지듯 내려오다 내 팔뚝보다 굵은 다래나무를 만났다. 혹시나 하고 멧돼지들이 먹고 남은 다래라도 있을까 하였던 희망은 물거품이 되었지만 그늘 아래 축축한 습지에서 어지러운 멧돼지들의 발자국은 확인할 수 있었다. 솔수펑이에는 멧돼지들이 솔검불을 파헤치고 떠들어 놓은 흔적이 흔했지만 멧돼지와 마주치는 일은 없었으며 멧돼지와는 흔적으로 만나는 일이 더 잦았다. 이를테면 골짜기 습지에서 목욕을 하며 남긴 발자국과 나무줄기를 비비면서 벗겨진 나무껍질들이 멧돼지가 지나간 자취였다.

올해는 산 기스락에 있는 우리 집 밤나무 밭에서 밤을 거의 수확하지 못했다. 아람이 내린 뒤부터 밤마다 멧돼지들이 내려와 아람을 먹었기 때문이었다. 사람처럼 알뜰하게 껍데기를 까먹는 것이 아니고 껍데기째 대강 씹어서 뱉어놓았으므로 멧돼지 소행인 줄 어렵지 않게 짐작할 수 있었다. 큰 산, 건봉산에 철책을 친 뒤 멧돼지가 큰 산으로 넘어가지 못하고 마을로 내려왔다. 물론 전에도 마을로 내려오는 일이 있었으나 올해 같지는 않았다. 우리 집 밤나무 밭을 결딴낸 것도 이번이 처음이었고, 산 기스락에 논들이 있는 이웃집은 논둑에 텐트를 치고 밤을 새면서 멧돼지를 쫓아야 했다.

멧돼지들은 큰 산, 건봉산으로 가는 길을 아예 잃어버렸다. 우리 마을 학봉산과 건봉산은 송강저수지를 사이에 두었으나 건봉산 기스락, 군부대부터 건봉사 입구까지 철책을 치기 전에는 멧돼지들이 자유롭게 산과 산을 넘나들었다. 그러나 철책이 생긴 뒤로는 앞산 학봉산을 오가는 멧돼지들이 마을을 경유하지 않으면 건봉산을 넘나들 수 없었다. 그렇게 되면서 마을로 내려오는 멧돼지는 점점 더 불어나고 있었고 그에 따라 농민들 아우성도 하늘을 찌를 듯 높아졌다. 그야말로 멧돼지는 불구대천의 원수가 되고 말았다. 인간은 자신을 위해서 울타리를 쳤고 또 그 울타리 때문에 피해를 당하는 것인데도 욕감탱이가 되는 것은 애먼 멧돼지들이었다.

아프리카 돼지 열병으로 민통선, 접경 지역이 떠들썩했다. 도청과 군청에서 멧돼지 포획, 사살 작전을 실시할 예정이라는 안내 문자가 연일 들어오더니, 우리 마을에도 멧돼지 소탕을 위해 큰 산 출입을 금한다는 당부 방송이 있었다. 산책길에서 만난 마을 이장은 실탄을 장전한 총을 든 사냥꾼들이 올 것이라고, 거듭 주의를 주었다. 멧돼지는 헤엄도 잘 치고 내 키만 한 울타리도 거뜬하게 뛰어넘고 울타리 밑으로도 파고들 정도로 영리하고 무엇보다 발이 빨랐다. 산은 협곡과 암벽, 높은 바위츠렁으로 이루어졌으며 지금은 예전과 같은, 항일 의병 최전선에 섰던 사시사철 사냥이 업인 포수가 사라진 지 오래인데, 고개를 갸웃거렸다.

마을에 소를 기르는 축사는 여러 곳이 있었지만 돼지를 기르는 축사는 없었다. 그래서 다행이라고 해야 할까. (멧)돼지는 백신도 없는 아프리카 돼지 열병으로 떼죽임을 당하고, 잊을 만하면 소는 구제역으로 닭은 또 조류독감으로 살처분되곤 했다. 전염병이 돌 때마다 속수무책으로 생매장을 당해야 하는 가축은 과연 인간에게 무엇일까.

멧토끼를 만난 뒤 괜히 마음이 들썽거려 집으로 향하던 발걸음을 돌려 산마루를 향해 올라갔다. 정오는 멀었고 날씨는 맑았다. 솎아베기를 한 숲정이를 넘나드는 일은 힘들었지만 이따금 고목은 소나무, 거북이 등딱지 같은 솔보굿을 만나면 가만히 솔바람 소리에 귀를 맡기고서 나무 아래 섰다. 솔바람 소리에는 전생도 이생도 건넌, 알지 못할 깊은 심연이 있을 법도 했지만 그저 가을에 들을 법한 첼로나 바순 음색쯤으로 여겨 들썽대던 마음 한 자락 소나무 우듬지에 걸어 놓고서는 다시 걸음을 옮겼다. 계류를 건너다 만난 쑥부쟁이와 꽃향유 떼판에 날아드는 벌떼와 나비떼를 구경하는 것만으로도 버섯은 까맣게 잊고 말았다.

솎아베기를 한 숲 입새, 내 송이 밭이라고 짐짓 이름 지었던 소나무를 찾았다. 두 그루 소나무가 나란히 서 있었고 그 주변에 자전거 바퀴처럼 둥글게 송이가 돋던 곳이었으나 나무 한 그루가 그만 싹둑 잘려 넘어져 있었다. 불쑥 뼛성이 났다. 소나무를 벤 이들이야 그곳이 송이가 나는지 몰랐을 테지만 어찌 되었든 나는 송이 밭을 잃은 셈이 되었다. 송이는 살아 있는 소나무 주변에서 돋았으므로. 화를 가라앉히고 이리저리 주변을 살폈지만 헛일이었다. 누군가 다녀간 흔적도 없었다. 그곳은 숲 입새였고 또 송이가 날 만한 곳이라고 여기기에는 매우 엉성한 곳이었다.

그런데 며칠 뒤에 안 사실이지만 그곳은 내 송이 밭이 아니었다. 아무리 들추고 떠들어 봐도 숲은 영영 알 수 없는 미지였다.

죄 없는 동물들의 수난

푸른 깁을 펼쳐 놓은 듯한 하늘에 홀려서 논들을 서성거리던 중이
었다. 언제부턴가 전봇대 꼭대기에 수리부엉이가 한 마리 앉아 있곤
했다. 소리도 없이 가만히 앉아 있는 수리부엉이는 멀리서 보면 검은
점으로 보이지만 가까이 다가가면 갈수록 점점 더 확대되어 어린아이
만큼 커졌다. 고개만 움직이면서 사방을 살피다가 어느 순간 쏜살같
이 논배미로 처박히곤 했다. 빈손이었다. 지켜보는 마음은 안타까웠
지만 수리부엉이는 또 다른 전봇대 꼭대기로 옮겨 앉아서 똑같은 자
세로 고개만 돌리면서 사냥감을 찾곤 했다. 어느 날은 북쪽 숲정이 부
근에서 만났다 헤어진 뒤 동네를 한 바퀴 돌아서 집 앞 부근에 이르렀
고, 그곳 냇둑 전봇대 꼭대기에 앉아 있는 모습을 목격하기도 했다.

울지도 않는 부엉이라고 구두덜거렸다. 그러던 어느 날 저녁거미
가 내릴 무렵이었다. 전봇대 꼭대기에 수리부엉이가 앉아 있었고, 멀
찍이 떨어져서 수리부엉이를 지켜보는 가운데 난데없이 새 한 마리
가 날아오다가 엉거주춤하는 사이 수리부엉이는 낮고 굵은 음성으로

뷩, 하고 짧게 울었다. 그러기도 전에 새는 벌써 기겁하여 방향을 틀어 달아나는 중이었다. 수리부엉이는 그러면서도 새를 쫓아가지는 않았다. 다시 논배미로 내리꽂혔다. 또 허탕이었다. 안타까움으로 발을 굴렀다. 수리부엉이는 남쪽으로 날아갔고 나는 걸음을 옮겼다. 며칠째 수리부엉이를 쫓느라고 예정된 산책 시간을 넘기기 일쑤였지만 수리부엉이를 구경할 수 있다면 그쯤은 또 아무렇지도 않았다.

미친바람이 지나간 뒤 하룻밤 새 숲정이에는 겨울이 내려앉았고 헐거워진 그 사이로 찬바람이 술렁거렸다. 어쩌다 한두 이파리 낙엽들이 남았으며 큰 산 까치봉에는 겨울눈이 하얗게 쌓였다. 가을과 겨울은 매번 어름사니 줄타기하듯 아슬아슬, 안타까웠다. 그런데도 지르되게 핀 민들레는 또 샛노란 꽃을 피워서 걸음을 잡아챘다. 봄에 만난 민들레를 늦가을에 다시 만난다고 해서 썩 반가운 것도 아니었다. 때때로 늦가을 서리가 내려서 이파리들이 거무죽죽했기 때문이었다. 잠시 앉아서 민들레꽃을 들여다보다 일어서는 순간이었다. 어디서 타닥타닥 장작불 타는 듯한 소리가 들려왔다.

앉아 있던 자리 오른쪽에는 냇가까지 이어지는 긴 봇도랑이 있었다. 저수지 수문을 닫았는지 봇도랑에는 물이 거의 흐르지 않았다. 소리의 진원지는 봇도랑이었다. 천천히 앞으로 걸어 나갔다. 그러다가 서로 눈이 마주쳤다. 멧돼지였다. 해는 지고 어스름이 내리기 시작했지만 밤은 또 오지 않은 어스크레한 낮과 밤의 경계 즈음, 눈앞에서 코를 벌름거리며 방향을 돌리는 멧돼지를 어쩌지 못하고 지켜보았다.

기척에 놀란 멧돼지는 봇도랑을 벗어나려고 허우적거렸으나 끝내 내 무릎 높이의 봇둑으로 올라서지 못했다. 휴대폰을 꺼냈으나 멧돼지 움직임이 더 빨랐고 사진을 찍는 일은 이내 체념했지만 지켜보는 일은 포기할 수 없었다. 봇둑으로 올라서지 못한 멧돼지는 오던 길을 도 섰다. 그러나 뛰지는 않았다.

멧돼지는 새끼는 아니고 그렇다고 또 중돝은 못 되는 어중간한 크 기였다. 그런데 왜 마을 쪽으로 그것도 혼자 내려왔을까. 얼마동안 멧 돼지 뒤를 따라가다 보니 봇도랑이 도로 아래 땅속으로 이어져 있었 고 한동안 지하에서 부스럭거리는 소리만 들려왔다. 땅 위 이차선 도 로에는 차들이 오고갔다. 왼쪽으로 꺾으면 마을로 이어지는 길이었 고 직진하면 태양광 발전소와 맞닥뜨렸다. 오른쪽은 숲정이로 이어 지고 있었으나 이 또한 태양광 발전소 모듈이 드넓게 펼쳐져 있었으 므로 괜한 조바심으로 자리를 뜨지 못하고 있었다. 자동차가 두어 대 지나간 뒤였다. 땅속에서 빠져나오지 못하면 어쩌나 했던 걱정을 깨 끗이 씻어주기라도 하듯 멧돼지는 어느 새 논길로 나와서 또다시 타 닥타닥 걸어가고 있었다. 서둘러 뒤를 따랐다.

아침에도 인제군청에서 보낸 '안전 안내 문자'가 도착했다. 아프리 카 돼지 열병 확산 차단을 위해서 멧돼지 포획을 실시하니 입산을 금 지한다는 내용이었다. 어느 날은 강원도청, 어느 날은 인제군청, 또 어느 날은 고성군청 등으로 발신처가 바뀌었지만 내용은 한결같았다. 얼마 전에는 우리 마을 큰 산에서도 사냥꾼을 동원한 멧돼지 사살 작전이 진행되었다. 저녁마다 산 기스락을 따라 돌아다니는 나를 본 마을 이장은 사살 작전이고 실탄을 장전했으니 산 근처에는 가지 말라고 또다시 경고했다.

여러 마리의 새끼를 낳는 멧돼지는 어미가 어린 새끼들을 데리고 한꺼번에 몰려다녔다. 봇도랑에서 만난 멧돼지는 아무리 봐도 올봄에 태어난 것으로 짐작되었고 어쩌다 혼자가 되었는지 그리고 왜 뛰지는 못하는지 몹시 궁금했지만 멧돼지는 타닥타닥 앞서 걷기만 했다. 수백 미터를 그렇게 뒤에서 따라갔다. 논배미를 가로지른 멧돼지는 가까스로 숲 기스락으로 들어섰다. 바스락바스락 낙엽 밟히는 소리가 멧돼지가 어디만큼 있는지 알려주었다. 소리를 좇아 한동안 나무들 사이를 지켜보았다. 멧돼지는 매우 날랜 산짐승이었다. 그러나 눈앞에 있는 어린 멧돼지는 겨우겨우 뒤에서 인기척이 나는데도 그저 걷기만 했다. 애가 씌웠다.

낙엽 밟는 소리가 사라지고 나서야 숲 기스락 옆으로 난 길로 들어섰다. 아무런 소리도 들리지 않았지만 그 숲정이로 들어서는 멧돼지를 보았으므로 걸음은 자연스레 조심스러워졌다. 그 어린 멧돼지가 오래오래 제 명대로 살기를 바라는 마음이 간절했지만 어쩌면 그것은 그저 한낱 꿈일지도 모를 일이었다. 북쪽으로 가려고 하면 철책이 가로막았고 남쪽으로 내려오면 이번에는 아프리카 돼지 열병 감염원이라는 이유로 사냥꾼들이 기다리고 있었다. 어쩌다 멧돼지들은 마을 밖, 숲 밖으로 내몰리면서 합법적으로 무차별 사냥을 당해야 하는 처지에 놓였는지 안타깝기 그지없었다. 남방 한계선 철책으로 인해 남북으로 왕래하지 못하는 상황도 답답했고, 이제는 사냥꾼들 눈에 띄는 순간 멧돼지에겐 죽음뿐이었다.

　가축들 전염병이 돌 때마다 가축들을 떼죽음으로 몰아넣는 것은 다름 아닌 인간이었다. 구제역이 돌면 소가 생매장되었고, 조류독감이 유행하면 닭들이 구덩이 속으로 내던져졌다. 이번에는 듣도 보도 못한 아프리카 돼지 열병이었다. 집돼지뿐만 아니라 멧돼지까지 수난이었다. 얼마 전 텔레비전으로 연천군에서 살처분한 집돼지들이 흘린 피로 시뻘겋게 변한 강물을 보았다. 아마도 지옥의 풍경이 그와 같을 것이었다. 살처분(殺處分)을 당하는 짐승은 병에 걸려서 그렇다고 하더라도 이웃에 산다는 이유만으로 멀쩡한 짐승들까지 생매장해야 하는지 궁금답답하지 않을 수 없었다. 인간의 욕망이 부른 화를 왜 애먼 짐승들에게 떠넘기는 것인지 모를 일이었다.

　사방이 어둑어둑했으나 발씨 익은 길인지라 내처 걸었다. 논길이라고 하기에는 수풀이 매우 빽빽한 길이었다. 칡덩굴과 환삼덩굴, 새삼 등 덩굴식물에 뒤덮여서 숨도 쉬지 못하던 나무들이 낙엽이 지면서 모습을 드러냈다. 헐거워진 속내에는 찔레꽃 빨간 열매들이 감춰져 있을 때도 있었고 노박덩굴 노란 열매들이 오종종 매달려 있을 때도 있었다. 무엇을 가린다고 온전히 가려지는 것도 없었을 뿐더러 무엇을 드러낸다고 또 멀쩡하게 드러나는 것도 없었다. 어쩌면 시간이 필요했는지도 모를 일이었다.

논배미 위쪽에 태양광 발전소가 생기면서 아래 논배미들은 지난해에 이어 올해도 묵정논이 되었고 근처 논들은 벼농사를 짓기는 하는데 논둑에 제초는 하지 않았다. 트랙터와 트럭은 수풀을 짓깔아뭉개면서 다닐 수 있었기 때문이었다. 덕분에 논둑길에는 억새와 갈대 심지어 싸리나무까지 내 키를 훌쩍 넘기며 자라고 있었다. 또한 얼마만큼의 논길은 포장을 하지 않은 흙길이었으므로 더할 나위 없었다. 마을에서 포장을 하지 않은 길을 보기란 매우 어려웠기 때문이었다. 도깨비바늘이 들러붙어도 강아지풀이 스쳐도 그만이었고 이따금 서양쑥부쟁이와 산국에 여태껏 시든 채 남아 있는 꽃봉오리들을 들여다보는 재미도 퍽 쏠쏠했다.

느실느실 둑길을 걷는 중이었다. 처음에는 한 마리였다. 푸드덕 날개 치는 소리가 들렸고 순간 걸음을 멈췄다. 곧이어 또 한 마리, 또 한 마리, 또 한 마리. 거듭하여 까투리 네 마리가 발치에서 날아올랐다.

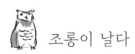 조롱이 날다

멧비둘기를 잡아챈 뒤 나무들 사이를 빠르게 날아가는 조롱이를 멍하니 바라다보았다. 산비탈에서 꼭대기로 올라갔다가 인기척을 느낀 조롱이는 다시 삐뚤빼뚤 어지럽게 날더니 깊은 수로 마른 땅에 멧비둘기를 떨어뜨려 놓고서는 근처 나무들 사이로 날아올라 나뭇가지에 앉아서도 안절부절못하면서 사방을 살폈다. 수로 둑에 서서 조롱이가 떨어뜨린 멧비둘기를 내려다보았다. 깃털이 고스란했다. 나뭇가지에 앉은 조롱이를 올려다보다 수로 바닥에 놓인 멧비둘기를 내려다보다 문득 조롱이의 식사 시간을 방해했다는 생각이 스쳤다. 그렇더라도 이미 꼼짝없이 죽은 멧비둘기를 향한 연민이 없을 수 없었고 나뭇가지에 앉아서도 사방을 살피면서 자리를 뜨지 못하는 조롱이 또한 안쓰럽기는 마찬가지였다.

모처럼 도시에 나들이를 갔다가 버릇처럼 미술관에도 들르고 박물관에도 들렀다. 박물관에 들른 이유는 특별히 핀란드에서 온 의자를 보기 위해서였다. 얼마 전 34세의 여성 총리가 등장해서 주목을 받은 바 있는 핀란드였지만 그보다는 자작나무로 만든 의자의 실물이 더 궁금했던 터였다. 올리비에 트뤽(Olivier Truc)이 쓴 소설 『라플란드의 밤』을 읽으면서 북극의 순록과 라프인이라고도 불리는 사미족 샤먼에 대한 궁금증이 증폭되었다. 라플란드는 특정 국가는 아니었고 스칸디나비아 북부와 핀란드의 일부가 포함되어 있었다. 숲에 사는 부족들에게 샤먼은 주술사이기도 하지만 치료사이기도 했다.

동짓날 '핀란드 디자인 10,000년 전'에서 나무로 만든 봉헌물 받침대와 의자 등을 보았다. 핀란드는 러시아와 스웨덴 그리고 북극해로 둘러싸여 있었다. 신성한 존재로 여겨졌던 나무들이었지만 일상 깊숙이 들어와서 인간의 도구로 쓰였다. 어쩌면 성과 속의 경계가 얇은 닥종이 같은 것인지도 모를 일이었다.

설피는 어릴 때 우리 집에서 보았던 것과 빼닮아서 놀라웠다. 어릴 때는 한겨울이면 눈이 키를 넘는 일이 다반사였다. 처마 끝까지 눈이 쌓여서 눈더미 아래로 굴을 파기도 했다. 이럴 때는 눈사람은 물론이거니와 눈 미끄럼틀도 만들 수 없었다. 지붕이 무너질까 봐 걱정을 해야 했으니까. 눈이 어디만큼 오면 어른들은 사냥을 나갔다. 그때 신발에 덧신는 것이 설피였다. 가본 적 없는 핀란드라고 하는 나라에 똑같은 설피가 있었으니 이것은 아마도 눈이라는 배경 때문은 아닐까 싶었다.

전시되어 있는 여러 도구와 집기들 가운데 통나무를 깎아 만든 의자와 나뭇가지로 발을 단 의자를 보는 순간 우리 집에도 아버지가 만들어 놓은 긴 나무 의자가 있다는 데 생각이 미쳤다. 우리 아버지는 불과 수년 전까지만 해도 한겨울이면 나무로 무언가를 만들면서 긴 겨울을 나곤 했다. 그 목록에는 의자도 있었고 나무망치도 있었으며 등긁개도 있었다. 어릴 때는 골풀로 여치집도 만들어 주고 팽이도 깎아주던 어찌 보면 만능인 것 같던 아버지는 나무로 만드는 것은 무엇이든 척척 잘 만들었지만 기계를 만지는 일은 또 아예 젬병이었다.

어쩌면 숲이라는 공간이 시공간을 뛰어넘어 저 먼 북유럽과 한국의 이 작은 농촌을 잇고 있는 것인지도 모르겠다는 생각을 했다. 그것은 춥고 그늘졌으며 나무와 풀 그리고 눈이 있어서 가능했을 것이었다. 그러나 지금은 나무로 무엇을 만들어 쓰기보다는 일회용에 가까운 플라스틱으로 만든 도구들이 넘쳐났다. 땔감으로도 쓰지 않는 버려진 나무들을 볼 때마다 안타까웠지만 그렇다고 나무들을 수습하지도 않은 채 그대로 내버려두었다. 그것은 마치 당장 필요로 하지 않는데도 무언가를 자꾸 쟁여놓기만 하는 것과 다르지 않았다. 무엇이 없어서 불행한 것이 아니라 지나치게 차고 넘쳐서 슬픔을 느끼는 것과 닮았다. 이를테면 나무로 숟가락을 만들어 써야 한다면 수십 개씩 만들어서 쌓아놓지는 않을 것이었다.

수로 둑에서 멧비둘기를 내려다보다 다시 걸음을 옮겼다. 언제부턴가 전봇대 꼭대기에는 수리부엉이뿐만 아니라 말똥가리가 앉아 있는 날이 많았다. 말똥가리는 겨울이 당도했음을 알리는 전령이었다. 한두 마리 숲정이와 마을을 오가던 직박구리가 깡패처럼 한꺼번에 떼를 지어 몰려다니면서 높은 음으로 울어대기 시작하면 겨울새인 말똥가리가 마을에 나타났고 이때부터 마을의 공기는 한순간에 흐름이 바뀌었다. 자신보다 덩치가 큰 까치에게 대들기도 하는 직박구리는 울음소리가 퍽 날카로워서 듣고 있으면 신경이 곤두섰다.

직박구리가 떼로 모여서 내지르는 소리를 피해 자리를 뜨면 이번에는 방울새들이 전깃줄과 논바닥을 오르내리면서 방울 소리를 냈다. 겨울이 다가오면서 수풀 속에 가려져 보이지 않던 새들의 움직임이 자주 눈에 띄었다. 그런 가운데 오랜만에 굴뚝새를 보았다. 어릴 때는 집 뒤 굴뚝 주변에서 흔하게 보았던 새였으나 어느 순간 눈앞에서 사라졌던 그 굴뚝새가 좁은 봇도랑 덮개 밑으로 사라졌다 나타났다를 반복하면서 눈앞에서 포르륵대며 날았다. 참새보다 작고 조금은 더 단단해 뵈는 굴뚝새는 그러나 한순간에 사라져 보이지 않았다. 걸음을 멈추고 가만히 섰다. 멸종하지 않는다면 다시 만날 수 있을 것이었다.

밭두둑에 경계 표시 삼아 심어 놓았던 감나무 우듬지가 싹둑 잘려 나갔다. 밭주인의 어머니 살아생전에는 오른쪽 감나무 우듬지가 잘려나가더니 어머니 사후에는 왼쪽 감나무 우듬지가 잘렸다. 밑동을 자르지 않은 것만도 어디인가 하면서도 아쉬움이 다 가시는 것은 아니었다. 예전에야 나무에 함부로 손대면 동티가 난다고 여겼지만 지금은 아무도 동티 같은 것에 의미를 둘 리 없었다. 신성(神聖)의 의미를 깎아내린다고, 신성의 의미를 부정한다고 해서 신성이 사라지는 것도 아닐 터였다. 마치 오로라를 과학으로 설명한다고 해도 오로라가 가진 신비로움과 황홀까지는 어쩌지 못하는 것처럼 인간이 알 수 없는 틈이 하나쯤 있다고 해서 나쁘지 않을 것이었다.

서너 달째 흙과 모래, 자갈들을 퍼 올리고 있는 논배미 곁을 지나다녔다. 고성군 관내 천변에 있는 논배미에서 때때로 벌어지고 있는 풍경이었다. 흙모래를 싣고 내달리는 덤프트럭이 도로를 메우곤 했다. 오후 네댓 시면 대체로 작업이 끝났고 그제야 어슬렁어슬렁 냇둑을 걸어가면 갈대숲에 깃들어 사는 뱁새들이 온통 분주탕이어서 때로는 기계 소리를 뒤덮을 만큼 우렁차게 들리기도 했지만 속이 시끄럽지는 않았다. 그곳 개천에는 또 오리와 백로들이 먹이 활동을 하기도 해서 구경을 하노라면 시간이 훌쩍 흐르곤 했다. 새와 쥐들이 있는 곳이라면 거르지 않고 동네 고양이들이 등장하곤 했다. 우리 집에도 들르곤 하는 동네 고양이들이었지만 인기척에는 몸을 낮게 웅크리고 엎드려서 숨을 죽이는 것은 변함없었다.

우리 집에 들르는 고양이들은 얼마 전에 새끼를 낳은 얼룩 고양이까지 못해도 여덟 아홉 마리는 되었지만 검은 고양이 한 마리만 빼고는 다들 인기척에 도망치기 일쑤였다. 아기 고양이 때부터 보아온 검은 고양이는 내가 나타나면 가만히 치어다보기만 할 뿐 도망하지 않았다. 멸치나 생선 대가리를 놓아두고 먹으라고 하면 뒤를 두어 번 돌아본 뒤에 먹이 있는 곳으로 다가갔다. 그러면 나는 또 뒤돌아보지 않고 자리를 떠났다. 이따금 다리를 절기도 하는 검은 고양이는 마을 윗녘에서도 만나고 마을 아랫녘 난들에서 만나기도 하지만 우리는 무심히 헤어져 서로 갈 길을 가곤 했다.

길을 거슬러서 조롱이가 있던 곳으로 향했다. 말똥가리는 어느 날 저녁에는 눈앞에 있었고 또 어느 날 저녁에는 소식을 몰랐지만 그렇다고 애타게 찾지도 않았으나 나를 피해 나뭇가지에 앉아 있던 조롱이는 퍽 궁금했다. 벌써 어둑해져서 나무들 사이에 앉았던 새는 보이지 않았으나 불현듯 눈앞에 새가 한 마리 날아올랐다. 조롱이었다. 수로 둑에 서서 멧비둘기가 있던 곳을 내려다보았다. 깃털이 어지럽게 바닥에 흩어져 있었고 살이 한 점 붙은 깃털이 바닥에 놓여 있었다. 조롱이는 이번에도 멀리 가지 않고 머리 위 나뭇가지에 앉아서 그 마지막 살 한 점을 향해 푸득푸득 나뭇가지 사이를 옮겨 가며 접근을 시도했다. 숨을 죽인 채 가만히 바라다보는 사이 조롱이는 다시 수로 밑바닥으로 날아내렸다.

다래 덩굴 / 덩굴팥 / 단풍취

갓버섯

부처꽃

해란초

홑왕원추리
등골나무꽃

갈퀴나물

노랑제비꽃

산국과 네발나비

처녀치마 / 초롱꽃

솜나물 / 미나리아재비

능소화

좁쌀풀 / 율구

팽나무 꽃

지구에 살아가는
인간의 예의

불볕더위가 빚어낸 풍경

에어컨을 놓자는 어머니 말씀에 두 눈만 껌벅거리고 있었다. 에어컨이라니요? 여태껏 방마다 선풍기 한 대로 여름을 났고 우리 집엔 그 흔한 전자레인지도 없는데, 에어컨이라니.

지난 8월 1일, 현대식 기상관측을 시작한 이후 처음으로 섭씨 41도(강원 홍천)를 기록하며 111년 만에 최고 기록을 세웠다. 각종 매체에서는 가장 뜨거웠다던 1994년을 언급하며 매일매일 위로만 치닫는 기온을 전하기에 바빠났다. 인간의 체온은 약 37도이다.

연일 35도를 웃도는 폭염은 이미 재앙이었다. 밤이 되면 기온이 낮아질 것이란 기대도 판판이 깨지면서 밤과 낮 구별 없이 그저 숨 막히게 무더웠다. 찬물에 씻고 돌아서는 순간 땀으로 뒤발했으며 찬 것도 입에 넣는 그 순간뿐 어느 것도 더위 앞에서는 쓸데없었다. 구옥(舊屋)인 우리 집은 말 그대로 김이 펄펄 나는 가마솥이었다. 문마다 방충망을 달고 문을 죄다 열어놓았으나 안팎의 공기가 뜨겁기는 마찬가지였다.

에어컨은 냉장고보다 9년 먼저 1902년 미국 뉴욕에서 윌리스 캐리어가 발명했다. 발명 당시는 인쇄 공장에서 온도와 습도 조절을 위해서였고 초기엔 기계를 냉각시키기 위한 용도였다. 가정에 보급된 것은 1920년부터였다. 그러니까 에어컨이 인류에 등장한 지는 이제 백 년쯤 되었지만 그 이전 이미 기원전부터 인간은 더위를 식히는 방법을 찾는 데 골몰해 왔다. 이를테면 로마에서는 수로를 벽으로 통과시키는 방법으로, 1600년대는 천장에 추를 매달아 바람을 일으키는 방법 등으로.

하선동력(夏扇冬曆)이라는 말이 있듯 우리 옛 고구려 고분 벽화에는 파초선을 들고 춤추는 그림이 있고 옛 그림에도 파초선과 쥘부채 등 다양한 부채가 등장하는 것을 보면 부채는 오랜 옛날부터 지위를 상징하기도 했지만 그보다는 더위를 식히기 위한 여름 필수품일 것이었겠으나 오늘날 내가 손에 든 부채는 더위를 식히는 데 찰나도 기여하지 못했다. 밤낮없이 선풍기를 틀었다. 나중에는 선풍기 바람이 사막의 열풍처럼 느껴졌다.

어릴 때부터 우리나라는 사계절, 봄 여름 가을 겨울이 뚜렷하다는 것을 자랑으로 여기며 한 치도 의심하지 않았으나 지난겨울엔 한파가 혹독하더니 올 여름엔 극염으로 어떤 수고도 부질없게 만들었다. 개와 고양이도 그늘을 찾아 스며들었다. 집 앞 마당에 호스로 물을 뿌려도 한순간에 휘발되고 말았다. 냇가에도 바닷가에도 앉아 있을 수가 없었다. 찌물쿠고 끈적거렸으며 뜨겁고 어지러웠다. 땀구멍마다 곰팡

이가 자라는 듯했다.

　마을에도 에어컨을 설치하는 집들이 하나둘 늘었다. 선풍기와 부채로 한여름을 나던 어르신들이었다. 대개 도시에 사는 자녀들이 놓아주었다. 전기 요금이 무섭다고 에어컨을 꺼리던 이들이었다. 논밭일은 개점휴업 상태가 되었고 어른들은 올 같은 해는 처음이라고 입을 모았다. 입맛을 잃었으며 온열 환자가 생겼고 남새와 과일들이 아둥그러졌다. 비마저 내리지 않는 강더위였다.

　폭염 앞에 에너지 절약이라는 구호는 공허했다. 하물며 누진제(累進制)를 폐지하자는 주장까지 등장했다. 에너지 절약을 유도하기 위해 1974년 처음 실시한 '전기 요금 누진제'는 주택용 전기에만 적용되었고, 산업용 전기는 누진제를 적용하지 않았으며 싼값에 제공하면서 형평성 논란이 지속되었다.

　이산화탄소를 비롯한 온실가스를 줄여 지구 온난화를 막기 위해 1992년 브라질 리우데자네이루에서 시작된 '기후 변화 협약(기후변화에 관한 유엔 기본 협약)'은 1997년 교토의정서를 통해 '선진국으로 하여금 이산화탄소 배출량을 1990년 기준으로 5.2% 줄이기'로 했다. 우리나라는 2005년 비준했으나 미국과 같은 선진국은 '경제적 이유와 자국법상 문제를 이유로 교토의정서를 비준하지 않'았다. 다시 2020년 만료되는 교토의정서를 대신해 2015년 파리에서 195개국이 '신(新)기후변화협약'을 체결하여 선진국과 개발도상국이 다 함께 온실가스를 줄이도록 하였으나 미국은 2017년 탈퇴했다.

'1톤의 석탄을 태우면 2.5톤의 이산화탄소가 나온다.'(제프리 힐 지음,『자연자본』, 여문책, 2018) 이산화탄소는 온실가스 주범 가운데 하나이다. 〈2018 세계 에너지 통계 보고서〉를 보면 우리나라 발전량 중 핵 발전은 26%, 석탄 발전은 46.2%로 70%가 넘는데 반해 신재생 에너지 비율은 2.8%에 불과하다. 그러니까 여전히 핵과 화석 연료에 의존하여 우리는 전기를 쓰고 있는 것이다. 그렇다고 신재생 에너지라고 문제가 없는 것일까.

'지구 온난화와 농업의 관계를 연구한 논문을 통해 섭씨 32도 이상의 기온이 단 며칠만 이어져도 주요 작물이 피해를 입을 것이라고 주장했다.'(앞의 책) 그렇지 않아도 텔레비전에서는 고온으로 인해 과일들이 열상을 입었고, 채 익지도 못하고 떨어진 도사리와 시뻘겋게 탄 고랭지 배추를 보여주었다. 과일과 채소 가격이 폭등하고 한편에서는 추석 차례상을 걱정했다. '북극곰의 눈물'은 이제 우리들 일상이 되었다.

우리 동네엔 수만 평에 이르는 솔수펑이를 밀어내고 태양광 발전소를 지었다. 심지어 큰길 옆에도 태양광 발전소가 들어섰다. 도롯가 전봇대가 한층 더 높아졌으며 한낮이면 태양광 모듈로 눈이 부셨다. 한여름 느티나무 그늘을 떠올렸다. 솔숲으로 둘러싸인 마을과 태양광 모듈로 둘러싸인 마을, 어느 것이 우리 삶에 이로운지 곰곰 따져 볼 일이었다. 그리고 자연은 사유재산이기 이전에 공공재였다. 누구나 함께 그 혜택을 누려야 하는.

어린 시절 동네 샘터 물길에는 돌멩이로 지질러 놓은 알항아리들을 줄느런했다. 그 속에는 열무김치, 오이소박이 등이 들어 있었다. 물을 긷거나 세수를 하러 나왔다 슬그머니 뚜껑을 열고 열무 한 가닥, 오이소박이 하나 꺼내 먹고 시치미를 뗐다. 어른들이 아이들 과일 서리를 눈감아 주었듯 샘터 알항아리 속 김치를 꺼내 먹어도 짐짓 모른 척했다. 또한 알항아리 주인들도 어느 정도 서리 맞을 것을 각오하고 집 밖에 김치 항아리를 내놓았을 것이었다.

오래전부터 우리나라를 비롯한 여러 나라에서는 한겨울에 두껍게 언 얼음을 잘라서 보관하는 방법으로 한여름 무더위를 식혔다. 그러니까 왕과 귀족들의 전유물과도 같았던 빙고(氷庫)가 이제 냉장고라는 이름으로 보편화되었다. 냉장고는 1911년 미국 제너럴일렉트릭사에서 최초로 가정용 냉장고를 만들었고, 우리나라는 1965년 지금의 엘지 전신인 금성사에서 만들었다. 처음 냉장고가 등장했을 때는 물론 서민들이 이용하기엔 무척 비쌌지만 지금은 에어컨 보급률이 80%에 이르렀고, 냉장고는 또 어떤가.

양문 냉장고, 김치 냉장고, 냉동고, 저온 저장고 등은 에어컨과 마찬가지로 모두 '냉매(冷媒)'라고 하는 물질을 사용한다. 열을 낮추려고 사용하는 이 냉매라는 물질이 바로 오존층을 파괴하고 지구 온난화를 유발하면서 기후와 생태계를 망가뜨렸다. 그런데도 우리는 점점 더 용량이 큰 냉장고와 냉동고 그리고 에어컨을 사용한다. 냉방은 기본권이라고 하는 시대가 되었고 폭염을 견디는 데 에어컨만 한 것이 있을까. 어쩌면 그래서 우리는 지금 이 악순환을 반복하고 있는 것인지도. 한파엔 난방 보일러 온도를 높이고 폭염엔 에어컨 온도를 낮추는 동안 지구는 사막이 되어가고 있는 것인지도.

자연 속에 인간이 터를 잡은 이상 인간과 자연은 완벽하게 분리될 수 없다. 그러나 숲을 떠나온 인간에게 자연은 여전히 참을 수 없이 불편했고 그 불편을 극복하는 방편으로 갖은 전자 제품을 만들었다. 그리하여 인간은 자연으로부터 점점 더 멀어지며 끝내 온실 속에 갇히고 말았다. 그러면서도 푸른 하늘, 울울창창한 숲, 시원한 바람과 깨끗한 냇물을 꿈꾸는 것은 또 무엇인지.

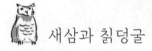 새삼과 칡덩굴

여름내 지켜보던 새삼은 이제 거뭇거뭇한 씨앗, 열매로 남았다. 처음엔 냇둑 수풀 사이에 숨어 눈에 뜨일 듯 말 듯했던 것이 주변 식물을 감아올리면서 갑작스레 눈에 띄었다. 주로 '토사자'라는 씨앗 이름으로 옛 약초 문헌에 등장하는 새삼은 발아한 뒤 다른 식물을 숙주로 삼아 자라는 기생식물이었다. 꽃도 피고 열매도 맺었다. 눈길을 끌었던 것은 새삼이 숙주로 삼은 것이 칡덩굴이었기 때문이었다. 싹을 틔운 뒤엔 땅에 내렸던 뿌리를 거두고 허공에 뜬 채 줄기는 숙주를 감으면서 성장했다. 덩굴 식물인 칡덩굴을 뒤덮으며 세력을 확장해 나가고 있는 새삼의 끝은 어디인지 궁금했다.

칡과 등나무는 갈등(葛藤)이라는 낱말로 굳어져 여전히 사람들 입에 오르내렸다. 칡은 왼쪽으로 감아 올라가고, 등나무는 오른쪽으로 감아 오르면서 서로 뒤얽혀 이해가 충돌하고 적대하는 것을 이르고, 김종원 교수가 쓴『한국 식물 생태 보감 1』에 따르면 이 두 식물은 한곳에서 만나는 게 어려웠다. 냉온대 식생 지역에서 자라는 칡은 북쪽 만주로부터 한반도 지역을 거쳐 일본 열도까지 넓게 분포하는 반면 등은 난온대 식생 지역에서 자라기 때문이었다. 그런 까닭에 갈등이라는 한자어는 일본에서 만들어졌을 것이라고 추정했다. 중국의 자등(紫藤)은 칡처럼 왼쪽으로 감는 식물이므로 서로 얽힐 수 없다고. 아무려나 우리는 이 낱말이 중국어에서 왔든 일본어에서 왔든 이미 입에 익었고 북한어처럼 '마음다툼'이라고 쓰기도 어딘가 미심했다.

언제부턴가 칡은 천덕꾸러기가 되어서 어느 한 철 나는 어른들과 함께 품삯을 받고 칡덩굴을 제거하는 일을 했다. 등에 약통을 짊어지고 칡덩굴 밑동에 농약을 주사하는 일이었고 농약은 칡덩굴을 고사(枯死)시키는 역할을 했다. 월남전에서 미군이 베트콩들을 죽이기 위해 정글 위로 뿌려댔던 고엽제와 다를 것이 없었다. 무엇을 살리고자 해서 무엇을 죽이는, 인위적인 행위는 뒤에 후유증이 없을 수 없었다. 칡덩굴 제거 작업을 했다고 해서 지금 산과 들에 칡덩굴이 사라졌나. 가령 오염이 심한 곳에서 자라는 소나무들이 많은 솔방울을 생산하는 것과 닮았다.

나일론과 같은 인조 섬유가 등장하면서 그 쓸모가 사라졌지만 칡줄은 말 그대로 줄, 밧줄로 사용했다. 나뭇단, 깻단, 명태도 묶었으며 싸리나무로 빗자루를 맬 때도 썼다. 이파리는 음식으로, 뿌리는 약초로 음료로 사용했으니 사람도 먹었고 소와 토끼도 먹었다. 어느 것 하나 버릴 것이 없었으나 지금은 기껏 술꾼들 쓰린 속을 달래주는 칡즙 정도로 쓰임새가 좁혀졌다. 이렇게 아무도 거들떠보지 않으니 산비탈

도롯가 절개지며 숲 기스락엔 어른 팔뚝만큼 줄기가 굵은 칡들이 꼬지 꼬지 덩굴을 이루면서 기세등등 세력을 떨치고 있었다.

그런 칡덩굴에 여리고 약해 보이는 새삼이 뒤덮기 시작했으니 관심을 갖지 않으려야 갖지 않을 수 없었다. 앞서 냇둑 근처에 있던 소나무 한 그루는 칡덩굴이 우듬지를 뒤덮으면서 말라 죽었고 지금도 여전히 근처에 잇달아 있는 소나무들을 칡덩굴이 솜이불처럼 뒤덮고 있었다. 이따금 주머니칼을 꺼내 칡 밑동을 자를까 하는 생각을 하지 않은 것은 아니었으나 내처 두고 보고만 있었다. 아무리 작은 생태계라도 인간이 개입해서 좋아질 확률이 적다는 뿌리 깊은 의심도 한몫했다.

남극에 살도록 진화하면서 최적화된 펭귄을 북극에 옮겨 놓는 게 인간이었으며 인간에 의해 이 땅에서 사라진 동식물을 애써 되살려내는 게 또 인간이었다. 그리하여 남한에서 멸종한 한국 호랑이를 이 땅에서 보고 싶은 마음 굴뚝같았지만 과연 호랑이가 살 수 있는 터전일까 하는 회의도 없지 않았다. 예컨대 지리산 국립공원에 살도록 풀어 놓은 반달가슴곰 KM53은 왜 애써 교통사고까지 당하면서 그것도 같은 종이라고는 한 마리도 없는 김천시와 거창군에 걸쳐 있는 수도산으로 갔는지 톺아보아야 하는 것처럼. 인간도 거주 이전의 자유가 있고 하물며 인간의 말을 모르는 동물에게 한 지역에서만 살라고 하면 네 발 가진 짐승이 그렇게 할 수 있었을까.

인간이 숲을 깔아뭉개고 그 위에 집을 지었더라도 최소한 인간과 자연, 동식물과 함께 살 궁리는 해야 했다. 농사철이면 멧돼지와 고라니를 비롯한 날짐승들, 농번기에는 또 너구리와 오소리 같은 산짐승들 때문에 농촌에 사는 이들은 아우성이었다. 멧돼지가 옥수수 밭, 고구마 밭에 들이닥치는 것도 고라니가 벼가 한창 자라는 논배미를 헤집는 것도 한밤중에 너구리가 개와 싸움을 벌이는 것도 설 땅을 잃었기 때문일 것이었다. 그들이 사는 숲이 넓고 풍요로우면 애써서 인간들이 사는 마을까지 올 리가 없을 것이었다.

할머니는 살아생전 직접 보고 들은 호랑이, 여우와 늑대에 대한 이야기를 이따금 들려주었다. 쥐와 같은 설치류를 즐겨 잡아먹는 여우는 70년대 쥐잡기 운동으로 인한 농약 중독과 모피를 얻기 위한 사냥으로 남한에서는 멸종했으며 지금은 복원 중이다. 죽어서는 가죽을 남긴다는 호랑이 또한 남한에서는 이미 멸종되었고 늑대 또한 멸종했다. 어디 그뿐인가. 초가집에서 흔하게 볼 수 있었던 구렁이 또한 멸종 위기종으로 보호를 받고 있었다. 그랬으므로 우리는 이제 동물원과 책 그리고 대중매체를 통해서 이들과 만나는 방법밖에 없었다. 숲속에서 뛰어노는 호랑이와 늑대는 이제 상상 속에서나 가능한 일이되고 말았다.

이들 호랑이, 늑대가 사라진 숲에서는 이제 담비가 최상위 포식자, 즉 '우산종'이 되었다고 했다. 우리 마을 숲정이에서도 어쩌다 눈에 띄는 담비는 털 빛깔이 몹시도 고왔으므로 이들 털가죽 또한 예외없이 사냥꾼들 표적이 되었으나 지금은 모피 사냥꾼들도 사라져 가까스로 명맥을 유지해온 담비는 지금 호랑이 없는 숲속에서 멧돼지를 사냥할 정도라고 했다. 우리 동네 개울엔 수달이, 숲정이엔 담비와 삵이 살았다. 어쩌면 이곳이 민통선이고, 최전방이었으므로 가능한 일인지도 몰랐다.

개울가 냇둑을 걷다 보면 짐승들 똥자리를 볼 수 있었다. 오래되어 비바람에 흩어진 무덤 위에 지난밤 누웠을 새 똥이 바람에 말라갔다. 수달 똥인지, 너구리 똥인지 미처 구분을 하기도 전에 새까만 고라니 똥 무더기 앞에서 걸음을 멈추곤 했다. 수달은 족제비과, 너구리는 개과로 이들 똥자리도 그 모양과 색깔도 서로 달랐다. 너구리는 특히 아무 곳에나 똥을 싸지 않았으므로 똥자리가 생길 수밖에 없었고 오래전 누었던 똥은 말라서 하얗게 색이 바랬고 나중에 눈 똥은 새까맣고 반질거렸으므로 쉽게 알아챌 수 있었다. 권정생 선생의『강아지똥』처럼 이 똥자리는 또 다른 식물들 거름이 될지도 모를 일이었다.

새삼의 잎은 퇴화하여 비늘잎으로 남았고 꽃은 깨알만큼 작은 송이리로 피었다. 새삼이 꽃을 피울 즈음 이미 칡덩굴 이파리들은 까맣게 질식한 뒤였다. 청학정 소나무만큼 크지는 않았지만 그래도 어엿한 한 그루 소나무가 칡덩굴 때문에 질식사하는 것을 보았던 터라 그 칡덩굴이 이번에는 칡덩굴보다는 줄기도 작고 이파리도 거의 없는 새삼에게 온 덩굴이 저당잡힌 채 말라가고 있는 것을 지켜보는 일은 여러 가지로 착잡했다. 키 큰 소나무를 고사시킨 칡덩굴을 또 말려 죽이는 새삼은 그러면 천적, 목숨앗이가 없는 것일까.

어쩌면 천적이 없는 누구도 누구에게 임의로 목숨을 빼앗기지 않는 것이 먼저여야 그렇지 않아도 혼란스럽고 엉터리없는 세상이 조금은 견딜 수 있을 터였다. 언젠가 새까맣게 영근 새삼 씨앗, 토사자로 술을 담가 놓았고 아직 개봉 전이었다. 약초로 술을 담그는 것은 술맛이 궁금해서 그리하였으나 술을 담근 뒤로는 또 까맣게 잊었다. 그러고 보면 힘이 세다고 의기양양할 일도, 힘이 약하다고 주눅 잡힐 일도 아니었다.

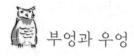 부엉과 우엉

숲은 서리가 내린 뒤 한층 헐거워지더니 그예 나무들은 맨몸이 되었다. 넓은잎나무들로 메숲져 사람도 산짐승도 몸 하나쯤 가리기에 좋았던 숲정이는 이제 우듬지가 훤해지면서 바람결조차 기댈 수 없는 허허벌판이 되고 말았다. 그렇더라도 솔수평이 소나무 줄기에 등을 기대고 있으면 숲 정수리가 불어오는 바람을 받아 안으면서 웅숭깊은 소리를 들을 수 있었다. 떠나고 죽고 또 태어나는 신생의 새벽은 어쩌면 이 늦가을에 시작되고 있는지도 모를 일이었다.

큰 산에 두어 차례 눈이 내리는 동안 마을에는 도둑눈이 잠깐 먼지잼 정도로 내렸다 눈 깜짝할 새 녹아 없어진 뒤 그늘진 논길엔 얼음이 얼었다. 제비와 뻐꾸기, 물총새 등이 마을을 떠났으나 말똥가리와 황조롱이, 방울새 등이 나타났다. 시월이면 나타나 주로 단독 생활을 하는 수릿과의 말똥가리와 텃새이면서 겨울이면 마을에 등장하는 맷과의 황조롱이는 전봇대 꼭대기나 주변이 훤히 보이는 나무 우듬지에 앉아서 사냥감을 찾기 때문에 곧잘 사람들 눈에 띄곤 했다.

맹금류가 마을과 숲정이를 오고가는 사이 참새만 한 노랑턱멧새와 붉은머리오목눈이, 방울새들은 덤불숲에서 분주탕이었다. 작디작은 새들 놀이터이면서 둥지인 갈대숲이나 덤불숲은 와작박작 시끄러운 도떼기시장이었다. 새떼들은 자신들 보호색과 같은 누르께한 수풀 속에서 마치 봄날 벚꽃 이파리처럼 흩어졌다 모래부리를 오르는 파도처럼 모여들었다 다시 또 한꺼번에 날아올랐다. 갈대숲에는 붉은머리오목눈이들이, 논바닥에는 굵은 부리와 날개에 노란색 띠가 있는 방울새들이, 숲정이 기스락에는 노랑턱멧새들이, 들과 집 사이엔 참새떼들이 오직 소리와 소리 사이를 돌아쳤다.

붉은머리오목눈이는 흔히 뱁새라고 불리는데 '뱁새가 수리를 낳는다'는 속담도 있지만 그보다는 '뱁새가 황새를 따라가면 다리가 찢어진다'는 속담이 더 널리 사용되었다. 그런데 이 말을 가만히 톺아보면 네 처지를 알고 상황이나 환경에 순응하라는 말로도 들렸다. 각자가 놓인 상황과 처지가 다른 데도 굳이 뱁새와 황새를 비교하는 것도 못마땅할 뿐만 아니라 촘촘하고 높게 만들어 놓은 사다리마저 거둬들이면서 미리 예기를 꺾는 듯해서 퍽 언짢았다.

걸음을 멈추고 전봇대와 멀리 숲 정수리를 이리저리 살폈다. 먹잇감을 노릴 때면 정지 비행을 하기도 하는 말똥가리를 지켜보는 일은 마치 거대한 생태계를 한눈에 들여다보는 듯했다. 전봇대 꼭대기를 떠나서 정지 비행을 하는 순간은 먹잇감을 발견하고 그것을 낚아채려고 속도 조절을 하는 때였다. 지상으로 쏜살같이 내리꽂히는 장면은 아찔했지만 판판이 허탕이어서 맥이 풀렸다. 인기척을 느끼면 어느 순간 하늘 높이 날아서 시야 멀리 자취를 감췄다.

늦가을로 접어든 해 질 녘이면 숲정수리에 이중창을 주고받는 부엉이 수컷과 암컷이 등장했다. '부엉' 하고 이쪽에서 울면 저쪽에서 '우엉' 하고 받았다. 크게 부엉, 작게 우엉 하는 소리를 듣고 있노라면 잠시 다른 세상 같았다. 11월 무렵이면 둥지를 정하고 짝을 찾아 알을 낳고 1~2월에 새끼를 까는 수리부엉이는 귀깃이 뚜렷하고 눈이 부리부리한 게 인상적이었다. 어릴 적 '부리부리 박사'라는 텔레비전 프로그램을 즐겨보았던 때문이었는지 부엉이는 여전히 친근하게 느꼈다.

어쩌면 어느 해 봄날, 앞산에서 느리게 날아 내리던 수리부엉이를 만났던 덕분이었는지도 모를 일이었다. 2미터에 이르는 날개 길이는 보는 것만으로 시선을 압도했다. 그날 앞산에는 연분홍 복사꽃이 한창 꽃불처럼 피었고 두릅 싹과 산나물을 꺾으려고 숲정이에 들었으나 봄나물은 이미 뒷전이었다. 단독 생활을 하는 맹금류를 편애하기는 했지만 아무 거리낌 없이 느릿느릿 날아서 이웃한 소나무 우듬지에 내려앉는 모습은 본 뒤로는 멀리서 부엉이 울음소리만 들려도 마음이 달떴다.

부엉이는 주로 해가 질 무렵 북쪽과 동쪽 숲정이에서 울었다. 그때에도 덤불숲에서는 작디작은 새떼들이 오구탕을 쳤지만 숲 쪽으로 모 꺾은 발길을 멈출 수는 없었다. 소나무 우듬지에 앉아 있는 모습은 멀리서도 꽤 뚜렷하게 보였다. 암수는 서로 엇박자로 울음을 울면서 아주 조금씩 서로에게 다가가기 위해 자리를 옮겼다. 수컷의 울음소리는 굵으면서 쉰 듯 거칠었고 암컷의 울음소리는 조금 높은 듯 맑게 들렸다. 이듬해 봄이면 아마도 두어 마리의 새끼가 태어날지도 모를 일이었다.

수리부엉이는 왜 따뜻하고 뜨거운 날들이 아닌, 춥고 시린 한겨울에 알을 낳고 새끼를 까는 것일까. 부엉이 또한 속담의 주인공이었다. 아마도 예전에는 가까이서 흔히 볼 수 있었으므로 부엉이의 습성이나 생태를 접할 수 있었고 거기에 빗대어 인간을 훈육하려는, 누군가를 계몽하려는 인간의 욕망을 표출하는 데 동물만큼 좋은 소재도 없었을 것이므로 아낌없이 동물을 인용했을 것이었다. 그러나 먹이사슬의 최상위 포식자이기도 한 수리부엉이는 이제 멸종 위기종으로 보호를 받고 있었다.

한쪽에서는 겨울 철새 먹이를 논바닥에 뿌려주는 반면 또 다른 한쪽에서는 새떼들이 꼬인다고 논바닥을 갈아엎고서는 아예 물을 댔다. 2018년 한해 집단 폐사한 야생 조류들 가운데 93%가량에서 농약 성분이 검출되었다.

방울새들이 파도처럼 휘몰려 다니는 논바닥에는 흔히 '공룡알'이라고 부르는 '곤포(こんぽう) 사일리지(Bale Silage/Balage)'가 하얗게 흩어져 있었다. 우리나라에는 2003년부터 등장했다고 하는 이 사일리지를 어떤 농부는 우유에 빗대기도 했다. 둥글게 만 볏짚을 하얀 비닐로 둘둘 말았고 이따금 비 맞은 비닐이 파랗게 변하기도 했다, 여기에 발효 첨가제를 주사한다고 해서 그렇게 빗댔다. 그런데 둥그렇게 말아 놓은 볏짚을 감는 비닐이 여러 겹이었고 들판 이곳저곳에 이 비닐들이 풀려서 밭을 덮는 검은 비닐들과 함께 바람을 타고 아무 데나 날아다녔다.

곤포 사일리지를 만들기 시작하면서 한겨울 논바닥엔 예전처럼 볏짚을 찾아보기 어려웠다. 축산 농가에서 논의 형편에 따라 평당 100~130원에 볏짚을 구매하기 때문이었다. 예전에는 일부 볏짚만 소의 먹이로 사용했으며 나머지는 논바닥에 그대로 갈아엎어 거름으로 썼다. 그러나 축사용으로 남김없이 볏짚을 거둬들이면서 논의 지력이 떨어졌고 이 떨어진 지력을 높이기 위해 더 많은 화학 비료를 사용했다.

뉴스에 따르면 우리나라는 한 사람당 연간 플라스틱 소비량이 미국보다 많은 98kg에 이르는 소비량 세계 1위인 국가다. 플라스틱은 분해되는 데 500년이 걸리는 데 반해 종이류는 2~5개월이다. 지난 11월 인도네시아 해안에서 발견된 향유고래 사체에서는 무려 6kg에 이르는 플라스틱이 배 속에서 나왔다. 이 향유고래는 길이가 9.5미터인데 향유고래 수컷은 최대 20미터까지 자라고 무게는 60여 톤 그리고 수명은 70여 년에 달한다. 그러니까 이 향유고래는 아마도 새끼로 미처 자라지 못하고 플라스틱 때문에 일찍 죽었을 것이었다.

농사용 플라스틱만 봐도 우리가 얼마나 많은 종류의 플라스틱을 사용하는지 알 수 있다. 플라스틱은 논밭을 가리지 않았다. 벼농사를 시작하는 비닐하우스는 물론 볍씨 소독용 살균제부터 모판, 모판흙, 이때 사용하는 살충제와 논으로 나가면 논둑과 논바닥에 치는 제초제와 비료 등과 함께 밭농사도 이와 비슷한 방식으로 진행하고 이때 사용하는 농약과 비료를 담는 용기들이 죄다 플라스틱이었다.

매년 바다로 흘러드는 플라스틱 양이 천만 톤에 이른다고 하니, 우리는 플라스틱 속에서 태어나서 플라스틱 가운데서 살다 플라스틱 세상으로 떠났다. 지구상에 인간보다 힘이 센 동물이 있을까.

'최후의 날 저장고'의 침수

얼었던 땅이 풀리고 계절이 바뀌면서 사람은 가고 없어도 한 해 농사는 시작되었다. 감자를 심고 볍씨를 파종했다. 난데없는 폭염이 이어지면서 못자리에 모종들이 상하고 망가졌으나 마을 논들은 대부분 모내기를 마쳤다. 하지만 골짜기 다락논들 가운데 아직 모내기를 하지 못한 곳이 더러 있었다. 봄가물이 길어지면서 텃밭에 심은 고추와 가지 등에 아침저녁 물을 주지 않을 수 없었다. 산 기스락 빈 터에 어린 나무를 옮겨 심은 뒤 한동안 가보지 못하는 사이 나무 몇 그루는 새빨갛게 타 죽었다.

그렇더라도 5월 숲 기스락엔 찔레꽃 덩굴이 울멍줄멍 피어서 벌떼를 불러 모으고 있었고 냇둑에는 붉은 해당화가 벌써 피어서 향기를 뿜어내고 있었다. 눈 가는 곳마다 꽃밭 아닌 곳 없었으나 새해 벽두에 날벼락 치듯 자식을 먼저 보낸 어미는 병상에 누워 눈물을 훔칠 뿐이었다. 떠난 이가 짓던 농사를 절반으로 줄였어도 어쨌든 농사는 지어야 했고, 아들과 함께 농사를 짓던 아비는 이제 혼잣손으로 고추를 심고 논을 갈아엎었다. 때늦은 후회가 노상 발목을 잡는 법이었지만 돌이킬 수 없다는 사실만은 변함이 없었다.

올해 우리 집은 텃밭엔 가지와 호박, 고추만 심었다. 오래도록 애정을 쏟던 토마토는 심지 않았다. 매해 작은 텃밭에 토마토 모종을 심었으나 무슨 이유인지 잎만 무성하고 열매는 부실했기 때문이었다. 토마토 가지와 줄기가 거의 내 키만 하게 자랐다. 비료를 한 것도 아니었는데 그러했다. 토마토는 가지과 반덩굴성 식물로 남미에서 유럽으로 유럽에서 다시 아시아로 떠나는 그 긴 여정 가운데 우리에겐 17세기 중국에서 건너왔다고 전해진다. 요즘은 방울토마토라는 요상한 이름으로 불리는 매실만 한 토마토뿐만 아니라 그보다는 좀 더 큰 검은 토마토 등 종류도 꽤 여러 가지였다. 그렇더라도 내겐 어릴 적 먹던 어른 주먹만 한 토마토가 여전히 귀했다.

우리 집 노인이 밥상머리에서 흔히 하는 말로 옛 맛이 나지 않는다고 하는데, 옛 맛이 나지 않는 것은 어쩌면 아주 당연했다. 생활 양식뿐만 아니라 작물의 종자가 다 바뀌었는데 맛이 같으면 그 또한 이상한 일일 것이었다. 야생에서의 삶을 포기하고 인간의 품에 안겨 가축과 작물이 되는 순간 동물은 물론이거니와 식물 또한 변하지 않을 수 없었을 것이며 인간의 처지에서는 또 인간의 처지에 맞게 동·식물을 길들일 수밖에 없었을 것이다. 주식으로 하루 세 끼 아니 하루 한 끼 먹는 쌀도 어제 먹던 그 쌀은 아니었다. '생명 공학'이라는 그럴 듯한 말로 바꾼 '유전자 조작'은 쌀도 예외가 아니었다.

경작물이 단일화되면서 자주 언급되는 것 가운데 하나가 1845년에서 1850년에 있었던 아일랜드 기근이다. 남미에서 유럽으로 건너간 감자가 한동안 아일랜드 사람들을 먹여 살렸으나 감자 역병이 돌면서 백만여 명이 사망하고, 백만여 명이 미국으로 이주했다. 작물 하나가 세상을 바꾼 것이었다. 우리는 계절과 지역에 상관없이 필리핀에서 온 씨 없는 바나나, 칠레에서 온 포도, 미국에서 온 오렌지와 노르웨이에서 온 고등어와 세네갈에서 온 갈치 그리고 우리 집 텃밭에서 자란 토마토 등을 매일같이 식탁에서 만났다.

또 하나 문제는 우리나라 토종 작물에 대한 권리가 대부분 다국적 기업에 있다는 것이다. IMF, 즉 구제 금융 사태를 겪으면서 우리나라 상위 5대 종자 회사 가운데 4개가 다국적 기업들 손에 넘어갔다. 이를테면 우리가 흔히 매운 고추라고 알고 먹는 청양고추는 우리나라 중앙종묘에서 개발했지만 구제 금융 당시 중앙종묘가 멕시코 다국적 종자 회사인 세미니스에 팔렸다. 이후 이 세미니스를 몬산토에서 사들이면서 종자에 대한 권리는 다국적 농산 기업인 몬산토에 있음으로서 우리는 매일 로열티를 지불하면서 고추를 먹고 있는 셈이었다. 파프리카, 토마토 등도 말할 것 없다. 여러 다국적 기업들이 인수 합병되면서 현재는 몬산토 종자 일부를 LG그룹의 팜한농이 소유하고 있기는 하지만. 그런 가운데 토마토 종자 1g당 12만 원에 거래되기도 한다니, 흔한 말로 금값보다 비싸다.

인간이 편하자고 작물의 유전자를 바꾸고 자연에서 얻은 권리를 소유 독점하는 지경에 이른 것이다. 우리 속담에 농부는 죽어도 씨오쟁이는 베고 죽는다는 말이 있지만 이제는 그러고 싶어도 그럴 수 없게 되었다. 과일, 즉 열매에 씨앗이 없는데 어디서 씨앗을 구할 수 있겠는가. 우리 마을은 삼월 중순이면 논밭갈이가 시작되는데 밭은 대부분 감자를 심기 위해서였다. 강원도 하면 감자로 통했지만 요즘은 제주도 감자가 강원도 감자보다 먼저 시장에 나왔다. 그런데 이 씨감자 또한 농협을 통해 공동 구매했다. 늙은 농부들이 집에서 먹을 감자를 얻기 위해 종자를 건사하기도 했지만 그런 일은 극히 드물었다. 수확한 감자 또한 재래시장보다는 농협에서 한꺼번에 수매를 했으므로 농협에 먼저 내다팔았다.

식물의 90%는 종자식물이다. 주식인 쌀을 생산하기 위한 볍씨 종자는 농협을 통해 구매했고 고추며 토마토 상추와 같이 흔히 텃밭에 심는 작물들은 모두 시장에서 모종 형태로 팔고 샀다. 그러니까 이제 집에 씨앗, 즉 종자를 보관하는 농부는 없었으며 농작물 씨앗은 죄다 종자 회사에 있었고 우리는 이것을 종자 형태든, 모종 형태든 필요에 따라 구매를 해야 했다. 경작지가 넓어지고 농기계 또한 대형화되면서 무엇이든 크게, 크게 하다 보니 작은 것들은 뒤로 밀렸고 경작지는 단일종으로 도배됐다. 다양성이 힘이라는 걸 곧잘 잊었다.

요즘 중국과 미국의 무역 분쟁 한가운데 있는 농산물이 바로 콩이다. 콩은 우리나라와 만주 등이 원산지로 알려져 있다. 그런데 이 콩을 중국이 미국으로부터 수입하고 있다. 돼지 먹이용으로. 그런데 중

미 무역 분쟁이 심각해지면서 중국은 미국에서 사들이기로 한 콩에 높은 관세를 물리는 것은 물론이거니와 아예 수입을 중단하기에 이르렀다. 콩이 무역 분쟁에 무기로 쓰이고 있는 것이다. 우리 식탁에서도 두부와 식용유로 아침저녁으로 만나고 있지만 이 또한 대부분 수입 콩에 의존하고 있다. 이 수입 콩 대부분이 유해성 논란이 끊이지 않고 있는 유전자 조작(GMO) 콩이다. 음악을 눈으로 볼 수 없다고 해서 음악이 없는 것은 아니지 않는가.

우리 아버지가 농사를 짓던 젊은 시절엔 모든 곡류의 종자를 집에 보관했고 봄철이면 이것으로 싹을 틔웠다. 고구마, 감자, 콩 등은 말할 것도 없었고, 볍씨는 새와 쥐들을 피해 헛간 깊은 곳에 고이 보관했다. 농사에서 육종과 화학 비료가 인류를 굶주림에서 구했다고는 하지만 이제는 육종이 아니라 식물과 동물 유전자를 재결합시켜 새로운 식물이 탄생하기에 이르렀다. 그러니까 우리는 지금 세상에 없던 토마토를, 감자를 먹고 있는 것이다. 그러면서도 한편 야생에 있던 종자를 그러모으고 있다. 씨가 있던 야생 바나나를 씨가 없는 바나나로 만들면서 이 바나나들은 바이러스에 취약해졌다. 전염병이 돌면 한꺼번에 전멸할 수 있다는 얘기다.

그래서 또 인간은 기후 변화와 핵 전쟁, 천재지변 등 최악의 경우를 대비하여 종자 저장고를 만들었다. '최후의 날 저장고'라고도 불리는 노르웨이 스발바르 국제종자저장고가 그 예인데, 이 저장고는 영구 동토층에 세워졌으며 2018년 현재 100만여 점에 이르는 작물 씨앗을 보관 중이고 그 가운데 벼, 기장 등 우리나라 종자도 1만 3천여 점 보관하고 있다. 우리나라엔 경상북도 봉화군 국립 백두대간수목원에 '시드볼트'라는 저장소가 있다. '시드볼트는 세계 각국의 종자를 영구적으로 저장하기 위하여 조성되었으며, 지하 46m 터널형 구조로 영하 20℃, 상대습도 40%를 유지하며, 종자 200만 점을 저장할 수 있는 시설'로 한반도 주요 야생 식물 종자 288점을 비롯하여 46만 개의 종자를 보관하고 있다.

그런데 앞으로 200년 동안 지구의 모든 천재지변을 견딜 수 있을 것이라고 여겼던 스발바르 국제종자저장고가 세워진 영구 동토층이 급격한 기후 변화로 녹아내리면서 2017년에는 저장고 입구가 침수되는 일이 벌어졌다.

싸리나무 꽃

메주 / 무릇꽃

해당화

새삼 꽃

칡꽃

쪽동백나무

층층나무

여름 내

갯메꽃

밤나무

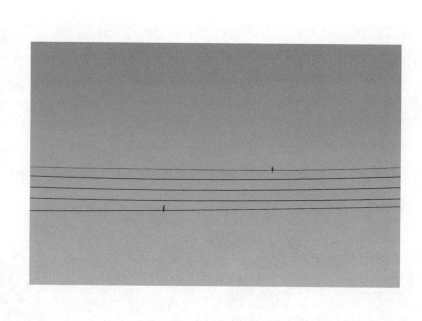

작가의 말

　냇가를 가로지르는 물총새를 지켜보다 돌아서는 순간, 논배미 위로 '드론'이 날아올랐다. 장마 끝물부터 광역방제기라고 부르는 농약 살포기가 논들을 오르내리면서 농약을 살포하더니 그예 드론이 등장했다. 몇 년 전부터 드론으로 농약 시범 살포가 시작되었지만 우리 마을에서 실제로 드론이 사용된 것은 이번이 처음이었다. 먼발치에서 구경했다. 사람이 농약 분무기를 등에 지고서 농약을 치던 때를 지나 경운기 동력을 이용하더니 몇 해 전부터는 광역방제기가 등장하였다. 자동차에 탑재한 방제기는 사람 손을 거치지 않고 논둑이나 길가에서 논배미로 농약을 살포했고 분사 거리는 백여 미터에 이르렀다. 그러더니 이제는 드론이었다. 논에 벼멸구, 도열병 등 병충해 방제를 위한 농약 살포였다.

　배동바지 때를 지나 벼이삭이 나오면서부터 마을 한가운데 대포소리를 흉내 낸 짐승 퇴치기가 등장했다. 문제는 이 소리가 대포 터지는 소리에 버금간다는 것이었다. 시차를 두긴 했지만 느닷없이 소리가 울릴 때마다 놀랄 수밖에 없었고, 이 소리 폭탄은 마을 한가운데를 비롯하여 한 곳에만 있지 않았다. 가을걷이가 끝날 때까지 이 소리들은 이어질 것이었다. 산골짜기는 그렇다고 쳐도 마을 한가운데 소리 폭탄기를 설치한 것은 이해할 수 없었다. 물론 논 주인의 안타까움을 모르지 않았지만 논 주변에 사는 이들은 밤낮없이 폭탄 터지는 소리를 견뎌야 했다.

한여름 물레나물을 만나러 앞산 골짜기를 찾았다가 휴식 중인 낯선 이들을 만났다. 남녀 노인들이었고, 까닭을 물으니 멧돼지 폐사체를 찾으러 다닌다고 했다. 지방환경청에 고용되어 삯을 받으며 우리 동네 앞산 골짜기에서 두 마리, 이웃마을 골짜기에 세 마리 그때까지 다섯 마리를 발견했다고 알려주면서 비온 뒤에는 계류를 따라 떠내려온 새끼 멧돼지들을 볼 수 있다고. 친절하게 하루 일정까지 알려주었다. 뒤에 국립생태원에 근무하는 이에게 이 이야기를 했더니, 멧돼지 폐사체 중에서 아프리카 돼지열병 바이러스가 검출되면 백만 원을 지급한다고 전해주었다.

읍내에 다녀오다 이웃 마을 할머니께 들렀다. 번번이 먼저 안부 전화를 주시는 탓에 찾아뵙지 않을 도리가 없었다. 그런데 출입문 앞에 크고 작은 생수병이 가득 쌓여 있었다. 딸네가 다녀가면서 사다 놓은 것이라고. 장마가 길어지니 생수를 사서 드시라고 했단다. 이웃 마을이나 우리 마을이나 간이 상수도를 통해 먹는 물을 얻었다. 우리 집에선 이 수돗물을 그대로 마셨고 밥도 지었다. 이웃 마을 할머니께서도 여태 그리하셨다. 할머니의 옆집 또 다른 할머니께서도 생수를 사서 드신다고, 그런데 이 생수가 '시퍼서(헤퍼서)' 걱정이라고 옆에서 거드셨다. 물을 사 드신다고요? 했더니 당신이 사는 것은 아니고 '애들이' 사서 보내준다고.

집에서 먹는 물을 사 먹는다는 생각을 해본 적이 없었으므로 적잖이 놀랐다. 사 먹는 생수가 죄다 크고 작은 페트병에 들어 있었고, 그 병들은 재활용을 한다고 해도 쓰레기였다. 농약 없으면 농사를 못 짓는 줄 아시는 노인들은 에어컨, 냉장고와 김치냉장고, 냉동고를 들여 놓으시더니 이제는 물까지 사서 드셨다. 그러면서 숙지지 않는 코로나 19를 못마땅해 하셨다. 장에 가실 때는 물론 마스크는 꼭 챙기셨다. 없으면 마을버스를 탈 수 없었으므로. 편리함을 좇는 인간의 욕망은 끝이 없을 테지만, 여전히 아쉽고 안타까운 구석이 없지 않았다.

이곳은 아직 창문을 열면 푸른 산과 산뜻한 공기, 너른 들을 볼 수 있었고 맑은 물을 마실 수 있는 곳이었으므로. 그러나 마을 숲정이는 점점 쪼그라들고 있었다. 큰길에서 보이지 않는 숲 곳곳에 태양광 발전소가 들어섰고, 여전히 공사 중이었다. 이제 전기 없는 삶은 상상이 어려운 지경에 이르렀지만, 도롯가 솔수펑이 산등성이를 밀어내고 만든 태양광 발전소 일부가 폭우와 장마로 무너져 내렸다. 그곳은 산을 깎아낸 잘린 땅이었다. 흙과 모래가 도로로 흘러넘쳤고, 시설물들은 비탈에 어지럽게 나뒹굴고 있었다. 공사 뒤 비가 올 때마다 매번 흙과 모래가 봇도랑을 메웠고, 도로로 흘러들었다.

과학 기술이 발전하고 우리의 생활이 편리해진 이면에는 약탈에 가까운 자연 파괴가 있는 게 아닐까 의심했다. 늪과 석호를 놓고 있는, 쓸모없는 땅이라고 여겨 흙으로 메웠고, 산과 숲을 깎아 축사와 발전소를 지었다. 전기와 물을 아낌없이 썼고, 값이 눅고 편리하다는 이유로 갖은 플라스틱 제품을 썼다. 산림 파괴는 가뭄과 비를 부르고, 쓰레기로 가득한 강과 바다는 해양 생물을 굶겨 죽였다. 병든 해양 생물들은 고스란히 우리 밥상에 올랐고 가뭄과 폭우는 우리들 숨통을 조였다.

숲이 사라지면 이제 우리는 어디에서 안식을 구할까. 가뭄과 폭우, 폭염과 한파, 강풍과 산불 그리고 2020년 현재 우리들 일상을 옥죄고 있는 전염병의 창궐이 아무런 이유 없이 그냥 생겨난 것일까. 숲을 떠나온 인간에게 가한 자연의 역습이라면 너무 낭만적일까.

이 책에 실린 글 가운데 몇 편을 제외하고, 나머지는 「강원고성신문」에 2018년 6월부터 2020년 7월까지 격주로 연재했던 글로 조금 손을 보았다. 덕분에 이 책이 나올 수 있게 되었다. 감사드린다.

또 한편 아무런 일면식도 없는 출판사에 투고한 원고를 즉각 받아들여 이 어려운 시기에 출간을 결정해주신 아마존의나비 대표와 편집장께도 감사드린다.

그리고 신문에 글이 실릴 때마다 읽고 평을 해주고, 응원과 격려를 아끼지 않았던 k형과 독후감을 전해주신 독자들께도 감사드린다.

또 하나, 머내골 입구에 있던 '염불비'는 건봉사 경내 주차장 가장자리로 옮겨진 것을 확인했다.

마지막으로 식물과 동물들 이름과 생태를 잘못 썼을 수도 있다. 이는 오로지 지은이 책임이다.

우리 나무 이야기

생강나무

가지와 잎에서 나는 알싸한 향이 생강을 닮아 붙여진 이름, 생강나무. 은행나무처럼 암꽃과 수꽃이 다른 나무에서 피는 암수딴그루로 이른봄 산수유와 비슷한 시기에 비슷한 모습으로 핀다. 생강나무 꽃줄기는 녹색, 산수유나무 꽃줄기는 갈색이다. 산에서 만났다면 생강나무일 가능성이 높은데 중국에서 들여온 산수유나무는 대부분 약용으로 마을 주변에서 재배했기에 산속에서 자생하는 경우는 드물기 때문이다.

찔레나무

찔리는 가시가 있어 얻은 이름으로 경기도 방언 '찔룩나무'에서 유래했다는 설도 있다. 흔히 들장미라고 부르기도 하는 찔레꽃은 5월에 꽃을 피워 초여름을 일컫는 '찔레꽃머리'라는 예쁜 우리말을 낳았다. 하지만 5월은 가장 궁핍한 보릿고개의 시절이기도 해서 "찔레꽃 피거든 딸네 집에도 가지 말라"는 속담이 전해지기도 한다.

오동나무

10년만 자라도 목재로 쓸 수 있을 만큼 성장이 빨라서 딸을 낳으면 시집갈 때 장롱을 짜주려고 심는 나무로 잘 알려져 있다. 가볍고 가공이 쉬우면서도 습기와 불을 잘 견디고 벌레도 잘 생기지 않아 가구를 비롯한 생활용품 목재로 널리 쓰였다. 또한 소리 전달 기능이 탁월해서 거문고, 가야금 등의 악기를 만드는 재료로 사랑받았다.

소나무

'솔'은 으뜸을 의미한다. 우리 땅에서 으뜸가는 소나무는 중생대 백악기부터 신생대를 거치며 가장 성공적으로 적응하고 번식한 나무이다. '춘양목', '황장목' 등 재질과 용도에 따라 이름을 붙였다. 왕실과 조정에서는 귀한 소나무가 자라는 숲을 금산으로 정해 특별히 보호했다.

'국제적으로 식물에 붙이는 이름에는 학명과 일반명이 있다. 학명은 국제식물명명규약에 따라 정해지며 가장 먼저 등록된 이름이 특별한 이유가 없는 한 유지된다. 일반명은 각 나라에서 저마다 부르는 이름이다.' (조홍섭, 한겨레, 2015. 8. 10)

우리 문화를 외국에 소개할 때 빼놓기 힘든 것이 소나무이지만, 이 나무의 영어 명칭은 '일본 적송(Japanese red pine)'이다. 이는 19세기 중반 소나무를 처음으로 국제 사회에 알린 독일 생물학자 지볼트가 일본에 머물면서 이렇게 이름을 지었기 때문이다. (조홍섭, 한겨레, 2015. 8. 10. 같은 글)

은행나무

은행 열매라고 알고 있는 은행나무 씨가 살구와 비슷하고 표면이 흰 가루로 덮여 있어서 '은빛 살구'라는 뜻의 은행(銀杏)이라는 이름을 지었다. 30년을 자라야 씨를 맺어서 손자 대에 종자를 얻을 수 있다 하여 공손수(公孫樹), 잎이 오리발을 닮아서 압각수(鴨脚樹)라는 별칭도 얻었다. 신생대 에오세에 번성해서 지금까지 살아 왔기에 '살아 있는 화석'으로 불린다.

뽕나무

조선시대 기록에 의하면 양잠을 위해 대농가는 300그루, 중농가는 200그루, 소농가는 100그루를 심도록 권장했다고 한다. 주인 없는 야생 뽕나무 역시 엄중히 보호받을 만큼 귀하게 여겼던 나무였다. 동쪽으로 뻗은 뿌리는 귀한 약재로 쓰였으며 뽕나무 열매 오디는 지금도 건강 자연식으로 많은 사람들이 찾고 있다. 우거진 뽕나무 숲은 동네 젊은이들의 밀회 장소로 알맞아서 남녀상열의 상징이 되기도 했다.

싸리나무

여린 듯 보이지만 박달나무만큼 목질이 단단한 싸리나무는 사립문, 싸리비, 광주리, 키 등 친근한 일상 생활도구의 재료였다. 흙집의 뼈대, 윷짝과 서당 회초리 그리고 화살대까지 싸리나무의 쓰임새는 다양했다. 수분이 적어 불이 잘 붙고 불땀이 쎈 싸리나무는 군대 야영 장비로서도 필수품이었다.

참나무

영어 트리(tree, 나무)는 오크(oak, 참나무)를 뜻하는 고대 인도 · 유럽어 deru, daru에서 파생되었다. 진실, 참을 뜻하는 트루(true, 진실)도 어원이 같다. 유추하자면 진실이란 참나무처럼 단단하고 변하지 않으며 믿을 수 있다는 뜻일 테다. 참나무는 특정 수종이라기보다는 600여 종의 나무 종류의 통칭이다. 우리나라 참나무 종류에 이름이 붙은 까닭은 자못 흥미롭다. 갈참나무는 가장 늦가을까지 잎이 달려 있어서, 졸참나무는 잎과 열매가 볼품없어서, 떡갈나무는 떡을 싸는 잎이라서, 신갈나무는 짚신 밑창에 쓰이는 잎이어서, 굴참나무는 굴피집 지붕으로 쓰여서이다.

흔히 도토리나무로 불리는 상수리나무는 임진왜란 때 피난 떠난 선조가 마땅한 양식이 없어 백성들이 바친 도토리묵에 맛을 들여 환궁 후에도 즐겨 먹었다고 하여 '상수라'라는 이름을 얻었는데 이후 상수리로 변했다고 한다.

튤립나무

북아메리카 원산의 목련과 나무로 우리나라 도시 가로수로 널리 심어졌다. 튤립 모양의 예쁜 꽃을 피워 튤립나무로 명명되었고 백합나무로 불리기도 한다. 잎 모양과 큰 키가 포플러와 닮았지만 다른 종류의 나무이다. 생장이 빠를 뿐만 아니라 음이온 생성 능력이 탁월하고 노란 단풍이 아름다워 가로수로 애용되지만 큰 나무에 핀 꿀이 듬뿍 담긴 꽃을 보려면 행운이 따라야 한다.

닥나무

인류 문화를 꽃 피우는 데 결정적인 역할을 한 종이의 원료가 되어준 나무, 닥나무. 서양은 이집트 나일강변에 야생하는 갈대를 닮은 파피루스를 종이 대용으로 사용했고 paper의 어원이 되었지만 질과 효용성으로는 닥나무 종이에 비할 바가 못 되었다. 우리나라에서도 종이 수요에 충당하기 위해 재배를 장려했다고 하는데 닥나무 줄기가 종이로 탄생하는 과정은 많은 정성과 노력이 필요했다. 종이의 원조 중국에서도 우리 땅에서 제조된 종이를 최상품으로 인정했다.

고로쇠나무

단풍나무를 쏙 빼닮은 고로쇠나무에 관한 옛날이야기 하나. 통일신라 시대 도선국사가 오랜 좌선 끝에 득도를 하고 일어서려는 순간 무릎이 펴지지 않았다. 그때 바로 옆 나무에서 떨어지는 물방울로 목을 축이니 무릎이 펴졌고 이에 뼈에 이로운 나무라는 뜻의 골리수(骨利樹)라는 이름을 얻은 후 지금의 고로쇠가 되었다고 한다. 고로쇠 물은 이른봄 땅속 깊은 뿌리가 흡수한 수분과 영양분을 잎과 줄기로 보내는 고로쇠의 피다. 고로쇠나무에 한두 개 정도의 호스를 박아 수액을 채취하는 건 나무의 생육에 별 영향이 없지만 과하면 나무는 큰 고통을 받을 수밖에 없다.

느릅나무

북유럽 신화에서 창조주 신 오딘은 물푸레나무로 남자 아스크르(Askr)를, 느릅나무로 여자 엠블라(Embla)를 창조했다고 한다. 북유럽인들에겐 단군신화의 웅녀가 느릅나무인 셈이다.

신라 시대 기록을 보면 5두품 이상의 고관만 느릅나무로 집을 짓는 것이 허락될 만큼 우리나라에서도 귀한 대접을 받은 나무이다. 물을 잘 견디는 느릅나무는 가난한 백성에겐 소나무 껍질에 버금가는 구황식품으로, 부잣집엔 귀한 건축 자재로 쓰인 소중한 존재였다.

버드나무

물과 친해서 물가에서 주로 자라는 버드나무는 봄을 상징하는 나무이다. 태조가 물을 마실 때 체하지 말라고 신덕왕후가 잔에 띄운 나뭇잎, 관세음보살이 중생의 아픔에 귀

기울이겠다는 의미로 손에 든 가지 모두 버드나무 잎과 가지로 사랑과 자비를 상징한다. 그러나 화류계(花柳界)에 포함된 버드나무(柳)는 누구나 쉽게 꺾을 수 있다는 의미로 쓰여 기생이나 매춘부의 상징이 되기도 했다.

기원전 5세기 히포크라테스는 임산부 통증에 버들잎을 씹으라는 처방을 내렸고 1899년 이를 전수한 독일의 바이엘사는 버들잎에서 채취한 성분으로 진통해열제의 대명사 아스피린을 개발해 상용화에 성공했다.

숲에서
숲으로

숲속 생명의 소리를 듣다

발행일 | 2020년 10월 20일 초판 1쇄
지은이 | 김담
발행처 | 아마존의나비
발행인 | 오성준
편 집 | 정일영
디자인 | studio motive

등 록 | 2014년 11월 19일(제2020-000073호)
주 소 | 서울시 은평구 통일로73길 31 2층
전 화 | 02-3144-8755   팩스 | 02-3144-8757
이메일 | osjun@chaosbook.co.kr
ISBN | 979-11-90263-11-5 03810
정 가 | 17,500원